AF194310

Das Jahr, als das Klopapier ausging

ASTRONAUTEN DER WAHRHEIT FEAT.
Kate **Bono**

Bibliografische Information der Deutschen Nationalbibliothek: Die Deutsche Nationalbibliothek verzeichnet diese Publikation in der Deutschen Nationalbibliografie; detaillierte bibliografische Daten sind im Internet über http://dnb.dnb.de abrufbar.

Autorin/Lektorat/Redaktion/Cover: **Kate Nicole Bono**

Korrektur/Lektorat: **Christiane Stille**

Cover-Illustration „Frau mit Klopapier":
Gaby Tscherne | https://www.raxalux.com/

Co-Autoren: **Astronauten der Wahrheit**

weitere Unterstützung: Anna Michalewicz

Coverbild-Urhebervermerk © **Kate Bono | katebono.com**

Cover-Background-Foto: Bild von StockSnap auf Pixabay
Astronauten-Illustrationen von Pheladi Shai auf Pixabay
Licenced for commercial use: Font: allinda light by letterena.com

Herstellung: BoD – Books on Demand, Norderstedt

ISBN: 978-3-7568-2828-9

für die

Astronauten
der Wahrheit

Danke für Eure Offenheit und Ehrlichkeit und für das Teilen
Eurer Geschichten

Eine Sammlung von Erzählungen

nach **wahren Begebenheiten**

StoryBoard

Es ist größer als Du denkst

Der rote Faden.

Er beschäftigt mich seit Beginn dieses Wahnsinns, in dem wir stecken. Was macht ihn aus? Ganz deutlich wurde er mir wieder beim Lesen Eurer Geschichten. Ja, anders war ich schon als Kind. Wie viele von uns. Gefunden haben wir uns auf Telegram. Aber das allein reicht auch nicht. Es gehört so viel dazu.

Wir können hinter den Vorhang schauen. Wir waren im Kaninchenbau, ohne es als absurd anzusehen, was wir dort erfuhren. Wir sind keine „Mitmacher".

Ich könnte noch weitermachen, aber zum wahren Kern dringe ich nicht ganz vor. Die Frage, warum wir uns unterscheiden, werden wir uns irgendwann rückblickend beantworten können.

Bis dahin gehen wir unseren menschlichen Weg.

Christiane Stille

D i e   I d e e

Wir alle fanden und finden uns irgendwo im Netz der Möglichkeiten. Uns verbinden die Wahrheit, das Hinterfragen, die Skepsis und der gesunde Menschenverstand.

Eines Abends, als wir uns im Chat des Kanals bei Telegram austauschten, kam mir die Idee, dieses Buchprojekt zu starten – Geschichten der User in einem Buch zusammen zu fassen. Erfahrungen und Erlebnisse ihres Lebens seit Beginn der Pandemie, seit März 2020. Also machte ich eine Aufforderung per Video an alle User im Kanal, mir ihre Stories zu schicken.

Und so sandten mir unzählige wundervolle Menschen ihre Geschichten. Die Stories sind chronologisch, so wie sie eingesandt wurden, nicht nach Thema oder sonstiger Ordnung sortiert.

„Wir sollten mit dem Buch eine Packung Taschentücher versenden", sagte Christiane irgendwann zu mir, als ein paar Tage vergangen waren und die ersten Geschichten für das Buch eintrudelten. Die Stories sind so bewegend und tiefgreifend, dass wir nahezu bei jeder Geschichte einen Moment tief durchatmen mussten und eben manchmal sogar Tränen flossen. Aus verschiedenen Gründen.

Es ist keine „leichte Lektüre", es sind Geschichten aus dem Leben der Menschen - nicht nur – der letzten drei Jahre. Schicksale, Kraftakte, Erinnerungen... die uns alle betreffen und teilweise sehr betroffen machen oder zum Nachdenken bringen.

Doch das ist die Realität. Das ist, was mit den Menschen passierte in den letzten Jahren. Manche wurden stark dadurch, manche wurden verletzt und es brach ihnen das Herz. Manche wurden fast um den Verstand gebracht und wir erleben hier das Ergebnis eines Krieges, eines Psychoterrors, der in den letzten Jahren auf uns einprasselte. Einige haben tiefe Narben auf ihrem Herzen und ihrer Seele und verstecken es hinter einem Lächeln und einem „Jaja, alles gut!".

Wir haben es überlebt, sonst wären nicht diese Geschichten entstanden, die einen mehr die anderen weniger gut oder schlecht. Die Zeit hat uns zusammen geführt und wir sind so weit gekommen.

Aufgeben ist keine Option.

Hinter jeder Geschichte steckt ein wahrer Mensch, die Worte hier sind geschrumpft auf wenige Seiten, dabei weiß ich, dass viele noch viel mehr zu sagen haben. Meine Vorgabe war eine DinA4-Seite, im Notfall zwei. Manche haben sich daran gehalten, andere konnten einfach nicht alles auf eine Seite pressen. Ich weiß, dass man das nicht kann oder nur schwer. Ich würde gerne all Eure ganzen Geschichten schreiben, doch dieses erste Projekt hier soll zeigen, dass es viele Menschen mit ähnlichen Geschichten gibt. Es soll darlegen wie einige Menschen WIRKLICH die aktuelle Zeit erlebt haben und was das Leben mit und aus ihnen gemacht hat. Wie es den Menschen geht, was sie bewegt.

„Irgendwie zieht sich durch alle Geschichten ein roter Faden", sagte Christiane eines Tages und ich nickte. Alle Stories wurden unabhängig voneinander geschrieben, keiner wusste, was oder wie ein anderer geschrieben hat. So konnte alles unverfälscht durchfließen. Interessant war auch, dass einige sagten: „Eigentlich wollte ich nicht mitmachen, doch dann floss es einfach so aus mir raus!" und andere erzählten „Es war so gut, das alles nochmal Revue passieren zu lassen. Es tat gut, das einfach mal niederzuschreiben."

Ich habe uns irgendwann vor zwei Jahren im Kanal „Astronauten der Wahrheit" genannt, weil wir alle auf der Suche nach der Wahrheit sind. Wir fliegen durch die Realität, die aus Lügen besteht und durch so viele Irrwege führt, so dass wir ohne Astronautenausrüstung – manche von uns nennen es die Rüstung Gottes – nicht so heil dadurch gekommen wären.

Wir haben keine Geschichten ausgewählt von bestimmten Menschen, weder nach Alter oder Religion noch sonstigen Punkten sortiert, wir haben sie so in das Buch gefügt, wie sie als E-Mail ins Postfach trudelten. Ohne zu bestimmen welche Geschichte reinkommt oder nicht, ohne zu zensieren. Wir haben die Texte lediglich korrigiert, leicht lektoriert und leserfreundlich aufbereitet. Doch wir haben sie im Großteil alle so belassen, wie sie sind – authentisch, unverändert, unverblümt, persönlich, menschlich und emotional.

Denkt bitte daran, dass hier keine professionellen Autoren schreiben, sondern Laien – es sind Geschichten wie sie sie anderen oder ihrem Tagebuch erzählen würden ohne groß nachzudenken!

Bei manchen Geschichten fragten wir uns: *Was hat das jetzt mit unserer Fragestellung und dem Thema zu tun?* Aber meine Fragestellung war ja: Was hat dich bewegt seit Corona? Wie geht es dir? Was ist so passiert?

All die Geschichten sind eben wahre Dinge, die die Autoren bewegen, belasten und beschäftigt haben, und somit blieben alle Geschichten in diesem Buch drin.

Ich denke, dass es wichtig war, dass diese Menschen Raum hatten ihre Herzensgeschichte oder Teile aus ihrem Leben nieder zu schreiben und ins Feld zu stellen. Auch wenn wir es nicht immer verstehen und ein Lehrer wahrscheinlich bei manchen Texten schreiben würde: *Thema verfehlt, setzen, sechs.*
Wir sind hier aber nicht in der Schule, sondern in der Realität. Und jeder Mensch ist ein Individuum.

Was sind wir nun über drei Jahre lang beschimpft worden als Aluhüte, Verrückte, Leugner, Spinner und Schlimmeres. Vielleicht wird das Buch *zensiert*, so wie sie immer die Wahrheit zensieren, oder ich werde an den Pranger gestellt dafür, who knows, aber wir geben diese Herzensgeschichten ins Feld und legen es in Gottes Hände.

DANKE an die **Astronauten** der **Wahrheit** — ihr schreibt hiermit Geschichte!

Von Herzen alles Liebe

Kate & Christiane

Observe
don´t
absorb

Der Wecker

oder wie ich wieder zu mir selber fand.

„Nicht schon wieder irgendeine Grippe. Was gab es da nicht schon alles! Schweinegrippe, Vogelgrippe... Ich kann es nicht mehr hören. Immer wieder so ein Theater! Das wird schon nicht so schlimm werden."

Das dachte ich im Januar, als die ersten Berichte aus China kamen.

Doch dann machte die Propagandamaschinerie einen sehr guten Job. Leider. Sie beunruhigten mich mit der interaktiven Karte, auf der man zusehen konnte, wie weltweit die Fallzahlen anstiegen. Und dann kamen die Berichte über eine Zunahme des Kawasaki-Syndroms bei Kindern. Damit hatten sie mich! Ich bin gelernte Kinderkrankenschwester und habe über fünfzehn Jahre in einer Uniklinik gearbeitet, bis mich schwere Depressionen und Ängste „aus der Bahn geworfen haben". Das traf genau meine Triggerpunkte.

Ich engagierte mich dann über Facebook lokal. Es wurde Einkaufshilfe geleistet für die vulnerablen Gruppen und ich nähte Stoffmasken für die ambulante Pflege. 150 Stück, also ca. 75 Stunden zuschneiden und nähen. So war ich beschäftigt.

Doch irgendwas stimmte nicht. Ich hatte in der Ausbildung und auch früher im Malteser Hilfsdienst gelernt, dass im Angesicht einer Katastrophe eine bestimmte Regel immer einzuhalten ist:

RUHE BEWAHREN!

Ruhe bewahren und Sicherheit ausstrahlen, selbst dann, wenn man selber panisch ist. Nur so kann eine Massenpanik verhindert werden.

Doch das Gegenteil war der Fall! Die Angst wurde geschürt und mein Mann sagte zu mir, ich solle mir die Nachrichten nicht mehr ansehen. *Habe ich erwähnt, dass er clever ist?*
So gelang es mir zunächst selber wieder runterzukommen und innerlich einen Schritt zurückzutreten. Und mich zu erinnern...

Drosten? Neil Ferguson? Wodarg? Die Namen kannte ich. Die Arte-Doku „Profiteure der Angst" hatten wir zweimal gesehen. Und wir schauten sie erneut. Warum wurde Wodarg denn jetzt so diffamiert? Warum hörte nun niemand auf ihn?

Wir stutzen, denn nun passierte die Gleichschaltung der Medien. Uns war klar, da stimmt etwas nicht und wir versuchten, mit Freunden darüber zu sprechen. Ein älterer Freund von uns hatte sich lange mit dem Dritten Reich befasst, war sehr belesen – und *voll auf Linie*. Der Kontakt zu ihm brach nach jahrelanger, tiefer Freundschaft ab. Das war hart. Auch andere Freunde verstanden uns nicht. Dabei hatten wir mit ihnen noch ein Jahr zuvor über die Nazizeit geredet.
Meine Angst war, dass ich damals zu feige gewesen wäre. Dass ich Mitläufer gewesen wäre. Sie waren sich sicher, dass sie dagegen aufgestanden wären.
Dabei sitzen sie noch heute auf ihrem Sofa und schauen Netflix. Ich zeige mein Gesicht seit 2 Jahren.

Zum Glück gab es den Aufruf von Bodo Schiffmann zu den Freiheitsboten. Wir verteilten Flyer, die kaum jemand las, doch wir lernten auf diesem Wege andere Menschen kennen, die so dachten, wie wir. Das erste „konspirative" Treffen mit lauter unbekannten Menschen fand in unserem Wohnzimmer statt. Eng an eng, alle sehr aufgeregt.

Das war im Herbst 2020.

Seitdem ist viel passiert. Ich habe so tolle Menschen kennengelernt, so tolle Erfahrungen gemacht und bin nicht nur C-technisch erwacht. Auch meine Spiritualität habe ich wiederentdeckt. Für all das bin ich unendlich dankbar, denn ich gehöre zu den Menschen, die in dieser Zeit wachsen durften.

Für mich war dies mein Weckruf!

Auf die kommende Zeit freue ich mich, auch wenn dies nicht viele verstehen.

Monika Cyrol

Kaschperli

Kaschperli und seine Freunde

Als Kind/Jugendliche/Erwachsene hab´ ich nicht viel hinterfragt. Egal welcher sozialen Schicht oder Bildungsabschluss ein "Erwachsener" angehört, vieles war für mich einfach nicht nachvollziehbar, wie: gesellschaftliche Regeln, Gesetze, Herangehensweisen, wirtschaftliche Systeme usw.

Auch hätte es mich nicht groß gewundert, wenn auf die Frage "Warum?" ein Erwachsener so antwortet, in dem er sich ´nen Eimer über den Kopf zieht, gegen die Wand rennt, und dabei "DARUM!" schreit.

Irgendwann im TV kam eine Doku über vergessene Zivilisationen der Maya oder Inka.

Fazit der Sendung: In großen Zivilisationen leben Menschen oft zu nah beieinander, es kommt zum hygienischen Kollaps, in Schrittgeschwindigkeit wird eine Seuche verbreitet, alles (mehr oder weniger) stirbt.

Der logische Schritt daraus war für mich: Wir leben Global, kommt es mal zu ´nem Biolabor-Unfall, oder Virus A verguckt sich in Bakterie B, ein neues Super-was-auch-immer kommt dabei heraus und will alle töten.

Aber Gott sei Dank haben wir ja unsere Kaschperllappen Brigade (Regierung). Wenn nicht diese, wer dann, sollte für einen derartigen Fall minimalst vorbereitet sein?

Klar, es kann nicht für jedes Horror Szenario einen Plan geben, schon gar keinen exakten. Aber ich hab´ jetzt schon erwartet, dass für medizinisches Personal Einmalhandschuhe, Masken, Notfallbetten und irgendein Plan X ansatzweise vorhanden ist.

Doch nun schau ich mich um...

Kaschperl, Seppel, Gretel, und der Rest - alle stehen sie da, schauen bedröppelt, werfen die Hände in die Luft, und rufen verwundert "Wer konnte denn damit rechnen?"

Alisa Mynanom

Von Babylon nach Mittelerde

Icke...'83 in Berlin geboren. War schon etwas aufregend die Wende, dieses Freiheitsgefühl zu erleben.

Hörte schon mit 7 Jahren Elektro, Kraftwerk, Marusha. Klänge waren für mich sehr aktivierend, als würden sich Welten öffnen. Zwang auch immer alle um mich herum, sogar meine Oma, sich alles anzuhören. „Boah, der Ton, Oma, haste dit gehört?"

War ich stolz dann als Jugendliche in Berlin leben zu dürfen. Wir tanzten sogar mit Polizisten auf der Straße, Menschen lächelten. Alles durfte einfach sein. Keine großen Regeln und Zusammenhalt hatte Bestand in dieser Blase.

Nur zwischendurch gab es kurze Momente und Eingebungen, als würde mir der Wind sagen, hier in dieser Stadt stimmt etwas nicht. Irgendwas wird passieren. Ich wurde gewarnt.

Meine Kindheit war geprägt durch Scheidung meiner Eltern, Alkohol und Gewalt durch Stiefväter. So zog ich mich in meine Welt in meinem Zimmer zurück. Und mit heutigem Wissen bekam ich im Rückzug jede Menge Downloads bzw. man aktivierte mich. Ich wurde überladen, so sehr, dass ich nicht mehr reden wollte und konnte. Ich verkroch mich in die Welt der Musik und Bücher, in meine Welt. Ich stellte alles in Frage... z.B. warum man sein ganzes Leben lang zwingend arbeiten gehen sollte?

Schon als Kind wehrte ich mich im Kindergarten. Schrie auf dem Tisch stehend, dass jetzt alle ruhig sein sollen. Ich hatte früh Visionen vom Paradies mit zwanzig Meter großen Tieren, einem ewigen Freiheitsgefühl und unendlichem Glück, wie die Menschheit zusammenlebt.
Das Gegenteil war diese graue muffige Politik. Intuitiv wusste ich immer, da stimmt was nicht.

Meine Downloads, bereits mit zwölf Jahren, ohne mit jemanden darüber reden zu können, waren auch, dass es eine Welt in der Welt in der Welt gibt. Vom Kleinen ins Große oder umgekehrt. Dass ich jederzeit alles ändern kann. Dass das, was wir denken, sich nach außen manifestiert. Dass etwas Großes passiert, und ich eine große Aufgabe haben werde (wovor ich auch wegrannte). Dass wir mehr Kräfte haben.
Und immer wieder schaute ich wie magnetisch hoch zu den Sternen, dass dort mehr ist, als uns bisher gesagt wurde. *Star Wars* und *Star Trek* faszinierten mich. Nebenbei nahm ich mit meinem Kassettenrekorder die Mayday auf.

Telepathie konnte ich eine Zeitlang auch und wusste manchmal sofort, was dem anderen passierte oder was derjenige dachte. Mir fing das auch an, Spaß zu machen. Ich bekam einen Draht zu den Menschen.
Der Druck, nicht in dieser Welt zu leben, wurde immer lauter, so bekam ich eine Vision von einer

Menschenmenge. Ich sah nur Körperumrisse, alle umhüllt von goldenem Licht. Und nur, wenn Sie in diesem Licht sind, schaffen Sie es gemeinsam die Erde oder das Raumschiff zu steuern. Es war wie ein Auftrag. Eine innere Stimme, die mir sagte, du musst das jetzt so vielen Menschen wie möglich erzählen, mal schauen, wie es in zwanzig Jahren aussieht. Samen setzen, so dass es zum Selbstläufer wird.

Also ging ich mit Sechzehn übermotiviert los zur *Love Parade*. Wie passend. Alles war leicht. Ich war total im Redefluss. Menschen staunten oder belächelten mich ungläubig. Es war ein Experiment. Ich wollte wissen, ob meine Gedanken und Visionen real sind, ob es funktioniert, wenn jeder begreift, wenn wir die Liebe leben ohne diese ganzen Regeln, begreifen, was alles möglich ist und dieser Welt entfliehen können.

Ich driftete in der Musikwelt mit Alkohol und Drogen ab. Ich verlor mich in diesem Freiheitsgefühl, was mit Schmerzen durch permanente Angriffe und in einer mehrjährigen Therapie endete. Die Arbeitswelt rückte näher. Was mach ich nur? Ich kann so vieles, aber nicht in diesem System auf diese Art.

Ich entschied mich, nach einem sozialen Jahr, um nicht ganz in die Matrix einzutauchen, mich selbständig zu machen. Ich arbeitete mit über fünfzig Agenturen in der Veranstaltungswelt zusammen, brachte mir autodidaktisch alles selber bei, betreute A-Z-Promis und schaute hinter die Kulissen, wie oberflächlich bunt alles war. Ich konnte es nach sieben Jahren nicht mehr hören, ob genug Kohlensäure im Sekt war oder nicht.

In Berlin wurde alles kräftezehrender, oberflächlicher und teurer. Ich verlor mich irgendwie. Trat auf der Stelle. Menschen hörten mich nicht. Ich verstand die Menschen nicht mehr. Es gibt doch nicht nur Einkaufen, Party,

Arbeiten und Essen. Keiner träumte mehr. Es fehlte die Leichtigkeit.

Von Frau Merkel war viele Jahre nicht wirklich was zu hören. Fand es schon damals seltsam, wofür sie angehimmelt oder *Mutti* genannt wurde. Auffällig überall an jeder Ecke Denkmaltafeln über Holocaust oder eine kleine Beruhigungspille fürs Volk, dafür Einschränkungen am laufenden Band. Die haben was Großes vor.

2010 machte mich meine Mutter auf die Chemtrails aufmerksam. Ich solle öfter mal den Himmel beobachten. Das wurde mit der Zeit intensiver, auch weniger Luft, weniger Tiere und Gefühlskälte der Menschen. Ich hielt es immer weniger aus, in Berlin zu sein. Ich brannte aus.

2012, es war ein heißer Sommer. In Friedrichshain an einer Kreuzung, fühlte mich wie in einer Wüste, wo ich ewig nichts trinken konnte. Ich bekam für einen Moment keine Luft und Panik, irgendwas veränderte sich in meiner Wahrnehmung, und ich wusste, ich muss raus aus dieser Stadt.

Ein paar Monate später, wie aus dem Nichts, lernte ich meinen heutigen Mann kennen und zog ins verstaubte Weimar.

„Es war schon immer so", kriegte ich dort oft zu hören, lernte aber auch das weite Thüringen kennen, mit seinen unendlichen Feldern. Also hier gibt es definitiv keine Überbevölkerung. Eher die Frage, dürfen in Thüringen nicht viele Menschen leben? Wird mit den Feldern etwas verdeckt?

Meine Seele suchte Schutz. Ich lernte nach einiger Zeit kennen, was es heißt, runterzukommen.

Themen wie Rothschild, Monsanto, die zehn *Gebote* auf den Guidestones und Durchmischung der Völker waren die nächsten Etappen. Auf zwei Handys hatte ich schon volle Speicher mit Fotos und Screenshots, um irgendwie ein großes Bild zu bekommen oder zu beweisen, dass ich mir das nicht ausdenke, wenn das mal in der Runde Thema ist.

Nirgendwo kam ich seelisch an. Den Meisten nervten meine Warnungen.

Viele Veranstaltungen wie in Berlin, um sich über Wasser zu halten, gab es dort nicht. Körper, Geist und Seele beschäftigten mich schon immer. Also begann ich nochmal eine Ausbildung als Pflegefachkraft. Mit die anstrengendsten Jahre für mich als hochsensibles Wesen hinter diese Kulissen zu schauen, wo für mich damals schon alles unmenschlich war. Im Anschluss folgten noch Weiterbildungen in der Intensivpflege. Ich ließ mich immer intuitiv leiten.

Zu dieser Zeit wurde ich immer unsicherer, ob ich mein Kind in dieser Welt bekommen soll, aber diese Macht wollte ich *denen* nicht auch noch geben.

2018 wurde meine innere Stimme immer lauter, als hätte ich gar keine Wahl, als dieses Jahr noch schwanger zu werden.

„Lass es jetzt auf dich zukommen, sonst wird es immer schwieriger", hörte ich immer wieder. Dann folgte Dezember 2018 ein Urlaub nach Phuket, wo ich – tadaaa - schwanger wurde. Ich hörte sofort mit Rauchen und Trinken auf. Von meiner Arbeit mit Einzelbetreuung in der Intensivpflege wurde ich sofort freigestellt.

Was für ein Glück, die pure Erholung und Vorbereitung aufs Mutter werden. Einfach mal alles loslassen.

Wir lebten zu der Zeit noch in einer beschaulichen 2-Raum-Wohnung mit einem kleinen Pachtgarten, weiter außerhalb, als Vorübung für das, was auf uns zukommt.

Und wieder wurde meine Stimme lauter: Nur ein Haus kommt in Frage, obwohl ich diesem Programm *Mann, Haus, Kinder, Arbeit* immer aus dem Weg ging, so wurde aus dem letzten Besichtigungstermin ein fast 3000 m² neues Zuhause in einem kleinen 2500-Seelendorf. Unser neuer Schutzraum, für das, was kommt.

Über 100 Kilo (vorher 65) hochschwanger, alleine den Umzug mit Firma gestemmt, sowie den Umbau. Und an einem 17. pünktlich nach drei Stunden mein perfektes Wunschkind bekommen. Ein halbes Jahr hatte ich mit ihr in der alten Matrix bis März 2020.

Obwohl ich mit Trumps gewonnener Wahl schon morgens beim Reinschauen wusste, dass jetzt alles besser wird und sogar eine Glücksträne floss, konnte ich es nur noch nicht im Großen und Ganzen erfassen.

„Fledermaus" aus Wuhan startete. Was ist hier los, fragte ich mich?

Durch meine Tochter, Ausbildung, meine schon immer dagewesene Intuition, Eingebungen und lange Recherche war ich sofort wach, aktiviert und wusste, jetzt geht's los. Dennoch ließ ich es nicht zu 100 % an mich ran. Hunderte Gefühle und Infos rasselten auf mich ein. Ich beobachtete, recherchierte, sammelte weiterhin Infos, kramte Altes raus, versuchte mir Strategien auszudenken, wie ich am besten so viele Menschen, wie möglich erreichen kann. Ich war auf meiner Mission. Stillen und Recherche bestimmten zu der Zeit mein Leben. Meine Augen waren auf, wie von einer Woche Kaffee trinken.

Dann gab es im ersten Lockdown eine Phase, wo es auffällig über zwanzig Tage blauen Himmel gab. Diese

Ruhe. Erinnerungen und Gefühle aus meiner Kindheit kamen zurück von diesem unendlichen Glück und der Liebe in mir. Und es hieß, wenn der Himmel blau ist, haben wir gewonnen. Ja, genauso fühlte es sich an.

Dann ging die Reise immer weiter in den Kaninchenbau. Eine Wahrheitsbewegung wurde auf Facebook immer größer, so viele Menschen wie möglich aufzuwecken. Mit harten Kämpfen. Was hab ich mich wie am Fließband fusselig geredet. Einen Teil meiner Familie konnte ich mitnehmen.

Ich erinnerte mich, dass ich schon immer am Wecken und Kämpfen war, aber auch am Loslassen und Aufbauen. Den Berufszweig *Wecken* gab es natürlich in der Matrix nicht.

Auf dem Weg deckte ich noch viele Illusionen auf. Zu erkennen, dass ich eigentlich vorher fast gar nichts wusste, dass mein Weltbild immer größer wurde und das Wissen unendlich ist. Ich erkannte, jetzt fühlt es sich endlich echt an. Endlich kam ich immer mehr bei mir an. Dieses *nichts mehr einem Vormachen* und verunsichern lassen, ob es so ist oder nicht.

Ich erkannte, dass es schon immer um Energien ging, alles wurde sichtbar. Und ich entschied mich im August 2020 nur noch für die schöne neue Welt, was alles möglich ist, für alles, was einen nach vorne bringt und dass die Zeit gekommen ist, in der mein Gefühl von damals immer mehr Wirklichkeit wird.

Q, Trump & Co., Ufos, Dimensionen, Energiearbeit, Synchronizitäten, Transformieren, meine Heilung, mein Herz, Weiterbildung und Selbstversorgung bestimmen immer mehr mein Leben und auch in Ruhe Mutter sein zu dürfen.

Es gibt nur diese Zeit, diesen Moment. Ich lasse alles Alte los, was nicht echt ist. Endlich. Schaue in Ruhe zu, wie meine Vision immer näher rückt.

Meine Tochter ist genauso für die neue Welt gemacht. Einfach sein. Darauf bereite ich sie vor.

Wecken tue ich weiterhin, wer noch geweckt werden möchte und freue mich so sehr und bin bereit auf alles was kommt, denn alles ist möglich.

Was ich mir vorstelle, wird wahr, egal wie lange es dauert. Geduld zahlt sich aus. Was für eine geniale Zeit.

EBS - Here we go !

In Liebe,

Nele Maja

5

Der Moment in dem der Groschen fiel

„Fledermäuse, Märkte, China, was zum Teufel geht mich das an?"

Und so dauerte es bis zum 11. März 2020, bis ich mich an den Rechner setzte, um mich mit dem C zu beschäftigen. Ein Tag, der mir für immer in Erinnerung bleiben wird. Mein persönliches 9/11 ist ein 3/11. Ein Tag voller Schrecken. Ein Tag im Kaninchenbau. Ein Tag voller Klarheit. Denn eines war sicher an diesem Abend: C war nicht, was es zu sein schien. Ich dankte Gott für die Analogie zu einem Computersystem. Für das Verständnis, das ein Virus aus einem System gelöscht werden kann, indem man einen RESET vornimmt. Festplatte löschen und alle Systeme neu aufspielen. Ich erkannte den Plan und verweigerte mich der Angst.

Die Krankheit war eine ganz andere. Die Gefahr eine ganz andere und die Panikmache System. Es ging um die Kartenhäuser und um den Weg in eine neue Zeit. Ich verstand und begriff – nicht nur den globalen Plan. Der Groschen fiel. Ich verstand meine ganz persönliche Rolle in diesem Erdenspiel. Meine Seelenmission. Meine ganz eigene Geschichte, die mich Ende 2017 das Schreiben hatte beginnen lassen mit einem Text, der mit den Worten endete: „Wer bin ich, wenn nichts vom Alten übrig bleibt?"

Seitdem war ich diesen Weg gegangen. Hatte kaum mehr einen Stein in meinem Leben unumgedreht gelassen. Um bis zu diesem Moment nicht zu wissen, was wahrhaft dahinterstand.

Noch dazu hatte ich einst zu den anderen gehört. Zu denen, die nun vermeintlich die Gegenseite darstellten. Ich hatte für Pharmafirmen gearbeitet. Ich hatte in der Arzneimittelentwicklung gearbeitet – und lange Zeit daran geglaubt. Bis ich Anfang 2018 besagter Frage gefolgt war, meinen Job gekündigt hatte, und dem Ruf gefolgt war, meine Geschichte aufzuschreiben. Eine Geschichte, die von Beginn an Untertitel trug wie „aus dem Hamsterrad ins Sein" oder auch „vom Opfer zum Schöpfer".

Doch warum das alles, das klickte erst in diesem März 2020. Ich war längst auf dem Weg, auf dem nichts vom Alten übrig blieb. Ich war längst auf dem Weg des Wandels, der nun für die Menschheit vorgesehen schien. Ich war bereits losgelaufen, bereit, meinen Weg zu teilen, bereit, die Welt teilhaben zu lassen daran, wie es sich anfühlt, wenn nichts vom Alten übrig bleibt. Eine Erkenntnis, die tief ging. Wenn alle Kartenhäuser fallen, dann wird eines nicht sehr fernen Tages die ganze Welt vor genau dieser Frage stehen:

Wer bin ich, wenn nichts vom Alten übrigbleibt?

C gab meinem Weg Sinn. Himmlisch orchestriert hatte er sich schon lange angefühlt, doch nun verstand ich vieles umso besser. Und vieles noch so rein gar nicht. Denn noch hatte auch ich nicht alles losgelassen.

Noch lebte ich von Hartz IV und noch war ich nicht komplett frei von einem potentiellen verbiegen lassen durch äußere Umstände – durch das zu verabschiedende System.

Bis mich im Herbst 2020 der Ruf ereilte, voll und ganz die Treue zu mir und meiner inneren Stimme zu leben. Voll und ganz loszulassen. Dem System zu kündigen und mit nichts als Gottvertrauen voran zu gehen. Es sei für alles gesorgt, so hatte ich doch schon Jahre zuvor meine innere Stimme vernommen und mir das *Wie* doch so gar nicht vorstellen können. Egal. Würden wir nicht alle Schritte ins Ungewisse setzen müssen!?

In der Hingabe an meinen Weg ließ ich los. Alles im Außen und alles Ausgediente auch im Inneren. Prägungen, Glaubenssätze, Todesängste und Existenzängste, die wir nur auf der menschlichen Ebene haben können. Doch wir sind Seelen. Bewusstsein. Unsterbliche Teile des All-Einen, Teil der Unendlichkeit. Und was auch immer wir in unserer menschlichen Inkarnation loslassen, es bringt uns näher zu uns. Es macht uns reicher und freier und öffnet Tore für unseren wahren Reichtum – für unser wahres Sein. Dafür brannte ich. Für den Wert eines einfach nur Seins. Um es nun beweisen zu dürfen.

An die Fülle des Seins und den inneren Reichtum glaubend, verlor ich Hab und Gut und Wohnung und landete vorübergehend in der Obdachlosigkeit. In einem jeden Moment wissend, dass ich diesen Weg für alle gehe. Um meine Antwort geben zu können auf diese allumfassende Frage: Wer bin ich, wenn nichts vom Alten übrig bleibt? Um den Weg ins Neue hineinzuweisen, der auf nichts als einem „Ich bin" aufbauen darf. Mehr als ein „Ich bin" kann es nicht geben. Alles liegt in uns. All die Kraft, all die Visionen, all der Glaube und die Zuversicht, mit der wir voranschreiten dürfen, sie liegen in uns.

All dies kann uns keiner nehmen. All dies ist unsere wahre Schöpfernatur. All dies macht uns aus. Unsere Souveränität, die von uns wieder in unsere Hände genommen werden möchte. Unsere Einmaligkeit, die von uns endlich einmal gelebt und ausgedrückt werden möchte. Fern all der Rollen und Masken, mit denen wir uns viel zu lange einander zeigten. Fern all der Trennung, die im März 2020 beginnend ins Extrem getrieben wurde.

Verbundenheit spüren und leben, dort soll es hingehen. Die Ganzheit leben. Schöpferbewusstsein leben. Dies war die Aufgabe von C. Dies war der Plan. Dies war der Groschen der fiel.

Ich bin eine, die vorangehen durfte und meine Erfahrungen machen. Jahre bevor das Spiel im Außen begann.

Für mich, für alle und für die Welt.

Marion Elend

Wer bist du,
wenn nichts
vom Alten
übrig bleibt?

6

Kranke verdrehte Welt

Ich habe im Jahr 2020 als Pflegeassistentin in einem Seniorenheim gearbeitet und eigentlich liebte ich das, was ich tue, auch wenn die Rahmenbedingungen da schon nicht die besten waren.

Man hatte immer sehr viel zu tun und für Pausen bleib oft keine Zeit, doch für viele Bewohner war ich ein wahrer Engel. Es war eine sehr wertvolle Erfahrung in Sachen Menschlichkeit. Aber auch in dem Gegenteil davon.

Im Januar 2020 hörte ich im Radio meines Autos erstmals von dem Virus aus Wuhan und eingangs beachtete ich das nicht groß und dachte, dass es ebenso ein Schwindel ist, wie damals das *Sars Virus*, oder auch die Vogelgrippe. Doch dann wurde darüber debattiert, dass man Abstand voneinander zu halten hat, zunächst einen Meter, dann anderthalb Meter und schließlich zwei Meter. Ich fragte mich wie ich das wohl bei meiner Arbeit bewerkstelligen sollte, da ich wohl kaum aus zwei Metern Entfernung einen Menschen pflegen kann.

Innerlich spürte ich, dass wir alle nur getäuscht wurden und dass dies nichts anderes ist als eine normale

Grippe, welche aufflaut und genauso wieder abflaut, so wie jedes andere Jahr zuvor auch.

Dann begann die Maskenpflicht und da sie zuvor angekündigt wurde, besorgte ich mir bei meinem Hausarzt ein Attest, denn ich habe Asthma und bin froh, dass es mir nun, nach einem längeren Kampf, wieder einigermaßen gut damit geht. Anfangs hat das mein Arbeitgeber, wenn auch nur zähneknirschend, akzeptiert, das änderte sich dann später.

Im April des Jahres hatte ich meinen rechten Arm hochgehoben, um in meinen Kleiderschrank hineinzugreifen, dabei knackte es laut hörbar in meiner Schulter und ein Schmerz durchfuhr mich von der Schulter über meinen rechten Arm. Der Schmerz ließ zwar dann später wieder nach, war aber immer latent vorhanden. Ich ging dennoch weiter arbeiten und je nachdem welche Bewegung ich machte tat es wieder extrem weh.

Auf der Arbeit selbst ging es nun auch immer unmenschlicher her, die Bewohner des Heims wurden von ihren Angehörigen separiert und durften sie nur noch durch die Fensterscheiben sehen.

Da ich sehr empathisch bin, brach es mir das Herz, das so zu sehen. Für viele Bewohner waren die Besuche ihrer Angehörigen immer der Höhepunkt schlechthin. Nun konnten sie ihre Angehörigen nicht mehr in die Arme schließen, ich habe da sehr traurige Geschichten erlebt, welche jedoch hier den Rahmen sprengen würden.

Dann wurden die Schmerzen in meiner Schulter immer unerträglicher und ich ging im Juni zum Arzt, der mich daraufhin augenblicklich krankschrieb. Ich hatte ein sogenanntes „Frozen Shoulder" Syndrom und brauchte eine OP.

Diese war im Oktober und anschließend bekam ich eine Physiotherapie. Zur Reha konnte ich allerding nicht, weil dafür das Tragen einer Maske unbedingt von Nöten gewesen wäre, was ich im Übrigen als totalen Quatsch empfinde, aber die Leser sehen das sicherlich genauso. Ich glaube auch nicht, dass ich hier über den Sinn oder Unsinn der Maßnahmen schreiben muss, denn das wissen wir alle selbst, was für eine Inszenierung das Ganze war und ist.

Im Januar 2021 wollte mich mein Orthopäde dann nicht länger krankschreiben, er meinte, ich sei austherapiert und er könne nichts mehr für mich tun, die OP sei bei mir für die Katz' gewesen. Ich hatte aber immer noch Schmerzen in der Schulter, auch heute noch, wenn auch nicht mehr ganz so heftig wie vor der OP. Also meldete ich mich nun wieder bei meinem Arbeitgeber, um meine Arbeit erneut zu beginnen, trotz Schmerzen. Ich fragte ihn, ob das Attest immer noch berücksichtigt werden würde? Doch inzwischen gab es in dem Heim sogenannte positive Fälle und mein Attest wurde nicht länger akzeptiert. Von einem Arbeitskollegen erfuhr ich auch, dass nun alle drei Tage ein PCR-Test durchgeführt werden würde.

Was für eine kranke Welt, in der Gesunde beweisen müssen, dass sie gesund sind!

Auf der Arbeit hätte ich nun nicht nur eine FFP2 Maske tragen müssen, sondern auch eine Schutzbrille über meiner eigentlichen Brille. Bei der FFP2 Maske blieb nur an der Nasenwurzel ein kleiner Spalt zum Atmen, durch die große Brille wird dieser Spalt aber auch noch verschlossen.

Ich bekam Panik, wie sollte ich so arbeiten? Mit Schmerzen in der Schulter und ohne zu atmen? Dazu kam noch, dass ich im Mai 2020 meinen Bruder verloren habe, denn er war vorerkrankt und befand sich selbst auch in einem Pflegeheim. Er begann, trotz Sauerstoffbrille, eine Maske zu tragen, wovon ich ihm deutlich abgeraten hatte. Aber auf kleine Schwestern braucht man ja nicht zu hören.

Durch die Sauerstoffbrille in seiner Nase, lief ihm selbige auch ständig und nun trug er diese Stoffmaske, in der dann die Bakterien eine Party feierten, denn feuchtwarmes Milieu, das lieben sie bekanntlich. Dadurch, dass mein Bruder ohnehin schon angeschlagen war, denn er hatte ein Viertel seiner Lunge durch den Krebs eingebüßt, bekam er durch diese Maske eine bakterielle Lungeninfektion. Man brachte ihn in ein KH und dort wurde er in ein künstliches Koma versetzt und dann auch noch beatmet, was absolut die falsche Behandlung für ihn war. Er starb dann nur eine Woche später.

Für mich wurde er systematisch umgebracht und er war erst sechzig Jahre alt.

Tja und nun sollte ich diese FFP2 Maske tragen und ich suchte verzweifelt nach einer Lösung und wollte mich dann durch meinen Hausarzt erneut krankschreiben lassen. Doch mehr als drei Wochen waren da bei ihm nicht mehr drin, er meinte, dass ihm sonst der MDK auf´s Dach steigt.

Am Ende dieser drei Wochen, wurde ich wieder nervös und dachte ich mach einen auf psychische Störung, damit man mich weiter krankschreibt. Ich suchte nach einem Psychologen, wusste allerdings nicht, dass ein Psychologe mich nicht krankschreiben darf. So begab es sich, dass ich eine echt lustige Erfahrung machte.

Ich hatte mir also einen Termin mit einem Psychologen ausgemacht und ich schilderte ihm im Vorfeld auch, dass ich keine Maske tragen könne. In seiner Praxis angekommen, die übrigens wie eine ganz normale Wohnung anmutete, bis auf die Tatsache das es dort keine Küche gab, öffnete der Psychologe mir die Tür und als er sah das ich keine Maske trug, machte er ein entsetztes Gesicht und fragte mich: "Wo ist denn Ihre Maske?!"

Ich antwortete ihm, dass ich doch genau aus diesem Grund hier bei ihm sei, weil ich eben keine Maske tragen kann! Er selbst trug selbstverständlich eine FFP2 Maske und ging erschrocken zwei Meter auf Abstand zu der Tür und rief von dort aus ich könne nun rein kommen. Das tat ich dann auch und er zeigte mit dem Finger auf die Garderobe an der Wand, dass ich meine Jacke dort aufhängen könne. Anschließend wies er mich an, dass ich mir in dem kleinen Raum am Ende des Flures die Hände waschen solle. Ich ging in den Raum, ließ an dem Waschbecken das Wasser laufen und unterbrach mit dem Finger den Wasserstrahl, ohne mir wirklich die Hände zu waschen. Anschließend rieb ich mir die Hand an meiner Jeans ab und verließ den Raum. Der Psycho wartete auf mich in dem etwas größeren Raum nebenan. Der Raum war gut 20 qm groß und hatte zwei Stühle, welche sich im Anstand von mindestens drei Metern gegenüberstanden, auf dem einen saß bereits der *Psycho* und er deutete mir an mich auf den andern Stuhl zu setzen.

Nachdem ich ihm offerierte, was ich von ihm will, sagte er mir, dass nur ein Psychiater mich krankschreiben könne, er allerdings glaube, dass ich dringend eine Therapie machen müsse mit meiner Angststörung, *lol*. Ich frage mich, wer denn hier eigentlich eine Angststörung hat?

Er, der massive Angst vor Ansteckung hat, bei einer normalen Grippe, oder ich, die Panik bekommt, wenn man ihr die Luft abschnürt?

Ich denke meine Reaktion ist natürlich, seine eher weniger, eher ein Fall für eine Therapie.

Er gab mir noch so einen Wisch mit, um eine Therapie zu beginnen, aber den Wisch habe ich alsbald im Papierkorb entsorgt. Ich hatte immer noch ein Problem.

Später sprach ich mit meiner erwachsenen Tochter darüber, dass ich nicht weiß, was ich noch machen soll, weil mein Hausarzt mich nicht länger krankschreiben wollte, da sagte sie mir, ich solle doch mal zu ihrem Hausarzt gehen, er würde mich sicher noch weiter krankschreiben. Ja, und genau da war ich bestens aufgehoben. Dieser Arzt hatte keine Hemmungen mich krank zu schreiben und Angst vor C oder den Behörden kannte er auch nicht.

Natürlich bin ich bis heute ungeimpft und bald fange ich eine neue Arbeit (nicht mehr in der Pflege) an, aber mal sehen wie lange ich das noch tun werde.

Nun gehe ich ein wenig in der Zeit zurück, denn schon 2020 begann ich hinter den Vorhang zu blicken und sah bei YouTube Xavier Naidoo in die Kamera weinen und hörte ihn etwas von *Adrenochrom* reden und von Kindern, die nun befreit wurden. Ich verstand einfach nicht wovon er redet, doch nicht lange danach erfuhr ich, was er meinte.
Durch eine Freundin bei Facebook gelangte ich an die ersten zehn Teile, die damals noch nicht zensiert waren, von dem *Fall der Kabale* und erfuhr von *Pizzagate* und *Marina Abramovic*, von den DUMBS und all diesem Rattenschwanz.

Ich konnte das nicht fassen, dass dies alles wirklich die ganze Zeit unter unseren Füßen verborgen lag und so erwachte ich geopolitisch, denn spirituell bin ich bereits 2000 erwacht.

Seit 2004 habe ich Kontakt zu *Ephael* meinem Schutzengel. Ich sagte zu ihm: „Ephael, ich kann das alles nicht glauben! Ja, ich wusste, dass es Menschen gibt die Kinder vergewaltigen. Also, dass es Pädophile gibt, das wusste ich, aber das ist mehr als ich ertragen kann. Wie kann ein Mensch so etwas Abartiges nur einem Kind oder einem Baby antun?"

Darauf sagte Ephael: "Das sind auch keine Menschen!" „Was in aller Welt sind sie dann?"

Vor einiger Zeit hatte ich schon einmal von Reptiloiden gehört die uns versklaven und rein technisch und körperlich gesehen über uns stehen sollen, doch damals habe ich das als Nonsens abgetan. Nun jedoch gab Ephael mir genau dieses Bild vor mein geistiges Auge - einen Reptiloiden!

Ich war entsetzt und das hat mich im Jahr 2020 am allermeisten schockiert.

Doch Ephael tröstete mich und sagte, dass diese Seelen nun alle frei sind und nicht mehr leiden müssen und auch, dass Gott das Versprechen, welches er mir bei meiner spirituellen Erweckung gegeben hatte, nun erfüllen würde. Das Versprechen, welches ich zutiefst fühlte, besagte, dass Gott uns alle nach Hause führen wird, wo wir weder Leid noch Furcht kennen werden.

Ich hatte schon geglaubt, dass sich das nie mehr erfüllen würde und dass ich dies alles nur geträumt habe, doch alles in mir drin freut sich auf die nun kommende Zeit und mit mir freuen sich so viele andere. Ich spüre die Anspannung in mir, sowie das Chaos, das wie ein Sturm über uns gekommen ist, doch aus jedem Chaos entsteht eine neue Ordnung und ich verfolge gebannt was geschieht.

Ein schlauer Mensch, hat mal gesagt:

„Am Ende wird alles gut und ist es noch nicht gut, so ist es nicht das Ende!"

Genau das sagt mir auch Ephael.

Ich wünsche uns allen nun den Frieden, die Freiheit und dass wir bald eine Party steigen lassen können, die sich gewaschen hat.

Von Herzen alles Liebe, alles ist EINS

E N D E

Autor anonym

7

Was hat sie denn plötzlich?

Ich war ein angepasstes Chamäleon wie man nicht angepasster hätte sein können. Das „Beste" war, dass ich das gar nicht wusste. Wie auch?

Es war meine Überlebensstrategie oder die meines Unterbewusstseins.

Bis es mir 2018 so schlecht ging, dass ich ´nen halben Nervenzusammenbruch hatte oder kurz vorm gefühlten Herzinfarkt stand. Weil ich mich mit meinem Anpassen und den daraus immer mehr entstehenden, tief in mir versteckten Wünschen, die ich heimlich irgendwo anders kanalisierte oder kompensierte, in so eine blöde Situation gebracht habe.

Nach jahrelangen Schlafproblemen vorher, habe ich plötzlich mitten in der Nacht ein Gefühl erleben dürfen, als wenn mich etwas mit einer Wattewolke voller Liebe zudeckte und mir ein Gefühl der bedingungslosen Liebe und Geborgenheit gab. Ich hatte mein ganzes Leben noch niemals SO ein Gefühl. Ich habe noch niemals SO viel Liebe erfahren. Wow...

Ich weiß nicht mehr wie lange es anhielt, ob Tage oder Wochen, ich kann es absolut keinem Zeitgefühl zuordnen. ALLES war in Liebe gehüllt. Selbst der hässlichste Häuserblock war in ein Licht gehüllt, dass ich immer wieder hinsehen musste. Wow... Irre.

Als hätte jemand den Schalter in meinem Kopf umgelegt. Für mich war es ein Wunder, ein Geschenk, eine Art Gott oder zuerst einmal meinen Glauben zu finden!

Wochen zuvor fühlte ich mich noch so unglaublich leer und dachte: „Ich müsste mal was lesen. Aber was bloß?" Ich wusste überhaupt nicht was mich interessiert. Ja klar, ich wusste ja auch gar nicht wer ich eigentlich bin. Und dann drehte sich mit diesem neuen Gefühl einfach ALLES um 180 Grad. Ich fühlte mich erfüllter als jemals zuvor. Ich wusste plötzlich, wofür ich mich interessierte, und las ein Buch nach dem anderen.

Meine Apokalypse begann also schon etwas früher...

Zu Beginn 2020 begann ich ein Coaching, meine innere Heilungsarbeit sozusagen. Diese Frau fing an, erst einmal alles aus mir herauszuholen. Alles, was nicht zu mir gehörte, um zu finden, was eigentlich zu mir gehört. Dann bekam ich irgendwann mit, wie alle anfingen über „Corona" zu reden. Zuhause beäugten wir das Ganze erstmal im Mainstream.

„Naja, erstmal beobachten. Wird ja immer alles heißer gekocht...usw."

Die Beziehung zu meinem Vater glich früher einem *On and Off*. Interessanterweise hörte ich nach Jahren der Pause am 1. Januar 2020 wieder von ihm. Er wünschte mir ein schönes neues Jahr und ich beschloss es einfach mal laufen zu lassen. Alles andere hatte ich ja schon probiert. Ich fragte ihn, was er von dieser *Corona Sache* hält, und er meinte: „Ach das is nur ´ne Grippe." Damit war das für mich erstmal erledigt.

Ich fand heraus, dass sich auch mein Vater durch einen tiefen Fall um 180 Grad zu einem spirituell lebenden, sich durch Gott führen lassenden Menschen entwickelt hatte. Er bewertete gar nichts was ich ihm erzählte, weder schlecht noch gut. Das war für mich echt anstrengend, weil ich mir aus Kinder(seelen)sicht ja einiges anderes von meinem Vater wünschte. Dennoch hat es mich neugierig gemacht und ließ mich vieles ausprobieren. Durch ihn meldete ich mich bei Telegram an und kam den unglaublichen Unglaublichkeiten immer näher. Durch paralleles Vertiefen von Yoga, Meditation, Lesen und der Aufarbeitung konnte ich immer mehr unglaubliche Punkte im Kopf verbinden, die mich immer wacher, klarer und lebendiger werden ließen. Ich hatte zum Teil echte Synapsen-Explosionen! Wow...

Auch die schrittweise Ernährungsumstellung und Entgiftung taten ihren Teil zu meiner Ent-Wicklung.

Mein Vater, der mich damals durch die Trennung meiner Eltern zurückließ, kam zur genau richtigen Zeit in mein Leben zurück. Dafür bin ich sehr, sehr dankbar. Im Vergleich zum anderen Rest meiner Herkunftsfamilie ist es wie Feuer und Wasser. So angepasst ich auch früher war, als sich dieses Corona Thema immer absurder gestaltete (Lockdown, Maskenpflicht und Co), entwickelte ich eine Art Leidenschaft/inneren Widerstand, den ich so nie erlebt hatte.

Ich wusste, ich konnte mich bei diesem Thema NICHT anpassen! Das hätte irgendwie meine Seele zerstört. Ich fühlte plötzlich soooo viel mehr in mir, als hätte mein Innerstes darauf gewartet, dass mir endlich etwas so deeermaßen auf den Schnürsenkel ging, dass es endlich rausplatzen kann und alle Hemmungsbarrieren runterreißt. Und das tat ich, ich postete, ich diskutierte. Ich schrie es den Leuten ins Gesicht!

Ich war fassungslos.

Ja, es ist kein Auf*weck*programm, es ist ein Auf*wach*programm... und so lernte ich auch hier wieder viel über mich selbst und über andere. Auch, dass ich nicht dafür verantwortlich bin, die Welt zu retten.

Da ich ja beim Einkaufen stumpf keine Maske trug, war ich schnell bekannt wie ein buntes Einhorn. Es brauchte viele Diskussionen mit Verkäufern, um nicht mehr angesprochen zu werden und mein „Attest" vorzeigen zu müssen. Mir war das allerdings gar nicht so bewusst WIE bekannt ich scheinbar schon war.

So stand ich an einem Tag an der Kasse an und sah wie eine (mir fremde) Kundin, die weiter vorn in der Schlange stand, mit einer Verkäuferin wild redete und immer nach hinten zeigte. Ich rollte innerlich schon mit den Augen und fühlte mich „mal wiiiieder" angesprochen, da ich ja meistens „die ohne Maske" war.

Die Verkäuferin zeigte auf mich und die Frau sagte tatsächlich: „NEIN, nein, nicht die Frau! DIE braucht keine Maske tragen... DER MANN DAHINTEN!!! Er hat seine Maske einfach zwischendurch abgenommen! ER IST ES!"

Ich habe mich innerlich weggehauen... und ein kleiner Teil von mir dachte: „Der arme Mann..."

Ich freue mich, wenn wir alle auf diese Zeit zurückblicken können und sagen können:

Sie hat uns stark gemacht, sie hat uns lernen lassen, sie hat uns mehr lieben lassen und sie hat uns verdammt nochmal unseren Humor nicht verlieren lassen!

Corona ist für mich Fluch und Segen!

Ich habe gelitten, ich habe Menschen verloren, die ich (vermeintlich) liebte. Wir haben für unsere Kinder (mit Anwälten) gegen die Maskenpflicht geklagt.

Wir mussten mit ansehen/fühlen, wie unsere Kinder (und wir selbst) ausgegrenzt wurden, weil sie keine Masken trugen.

Aber ich habe mich auch noch nie SO frei gefühlt!

♥ *Nam Ranjoti*

Wir sehen einen Film

8

Wie ein Phönix aus der Asche

Diese Überschrift trifft es sehr gut, welche Veränderung ich innerhalb der letzten drei Jahre durchgemacht habe. Zumal ich es nie gedacht hätte, dass ich noch solche Fortschritte mache, da ich bereits gefühlt mein ganzes Leben an mir, meinem Selbstbewusstsein und meiner Selbstliebe arbeite.

Wenn ich es zusammenfassen müsste, was ich seit 2020 bis heute erlebt habe, kann ich sagen, dass darunter sehr schmerzhafte Ereignisse waren, aber auch sehr viele schöne Momente.

Anfang 2020 war ich noch selbständig und habe im Bereich *„Erhaltung der Gesundheit"* gearbeitet. Somit war ich zumindest, was C. angeht, nicht anfällig für die allgemeine Panikmache. Stattdessen dachte ich mir nur, dass mir das „Krönchen" nichts anhaben kann, da ich ein starkes Immunsystem habe und viel für meine Gesundheit tue. Mein Mann sah das glücklicherweise genauso. Das versuchte ich natürlich auch an meinen Kundenkreis weiterzugeben – teilweise mit mäßigem Erfolg.

Ansonsten muss ich allerdings gestehen, dass es mit meinem „Erwacht sein" noch nicht so weit her war. Denn, ich schaute zum damaligen Zeitpunkt noch TV und war mehr oder minder im System verhaftet.

Apropos *wirkliches Erwachen"*. Neulich habe ich einen sehr schönen und wie ich finde, passenden Spruch gelesen: „Das wirkliche Erwachen besteht darin, zu erkennen, dass man selbst die Ursache für alles ist". *Verfasser unbekannt.*

Mein Aufwachprozess setzte wie folgt ein:

Durch Gottes Hilfe wurde ich auf Telegram aufmerksam. Ich weiß es noch wie heute, nach einem Gespräch über C. wurde mir ein Link zum Kanal von Eva Herrmann zugesandt, auf den ich klickte und dem Kanal beitrat.

Sofort setzte nicht nur großes Erstaunen, sondern ebensolche Neugier bei mir und meinem Mann ein. An die nächsten beiden Kanäle erinnere ich mich auch noch, es war die *Tageskorrektur* von H.-J. Müller und anschließend der Kanal von Veikko. Diese wurden fortan zu unserer täglichen Pflichtlektüre.

Im Laufe der Zeit kamen noch zahlreiche weitere Kanäle hinzu, bis ich schließlich ca. dreißig oder mehr Kanälen folgte und gefühlt rund um die Uhr mit dem Sichten und Verstehen beschäftigt war.

Mehr als einmal bin ich über das, was ich las oder in Videos sah, aus den sprichwörtlichen Latschen gekippt und habe viele Tränen vergossen. Besonders, wenn es um die Kinder ging. Das war aus meiner Sicht das Bewegendste und Schlimmste.

Auch war ich mehr als einmal darüber erschrocken, dass ich von all dem vorher nichts mitbekommen hatte.

An manchen Tagen hatte ich das Gefühl, dass mir der Boden unter den Füßen weggezogen wurde.

Sollte alles, was ich gelebt habe, eine Lüge gewesen sein? Diese Frage kreiste anfänglich ständig in meinem Kopf herum.

Fortan wollte ich natürlich auch andere aufklären, nicht nur Facebook-Bekanntschaften, denn zum damaligen Zeitpunkt war ich auch noch in diversen sozialen Medien, die ich im Laufe der Zeit verließ. Auch Freunde und die wenige Familie, die zu diesem Zeitpunkt noch übrig waren – somit Tanten, Onkels und meine Cousine.

Dass dieser Schuss ordentlich nach hinten losging, musste ich dabei schmerzhaft feststellen.

Da ich seit 2005 in Ungarn lebe und mit einem Ungarn verheiratet bin, fand mein sogenanntes Aufklären über Facebook, Telefon und in brieflicher Form statt. Dass meine gut gemeinten Aufklärungsversuche jedoch so enden würden, wie sie geendet sind, damit hab ich wirklich nicht gerechnet. Denn...

Die Familie zweifelte an meinem Verstand und entfolgte meinem FB-Profil in einem ersten Schritt. Freunde konnten nicht schnell genug den Telefonhörer auflegen, wenn ich anrief. Das Ganze mündete dann darin, dass die Familie mir schriftlich mitteilte, dass sie keinen Kontakt mehr wünschte und ich mich nicht mehr melden solle. Sie äußerten sich dahingehend, dass ich wohl völlig den Verstand verloren hätte.

Dies war für mich eins der krassesten Erlebnisse, denn damit hätte ich nie gerechnet, dass die eigene Familie zu so was fähig ist.

Zunächst heulte ich wie ein Schlosshund und ich fühlte mich wie so oft wieder einmal wie das „schwarze Schaf" der Familie. Das nagte an mir, denn ich dachte, dass ich das längst hinter mir gelassen hätte, schließlich hatte ich doch schon so viel an meinem Selbstbewusstsein und meiner Selbstliebe gearbeitet.

Nach einer Weile setzte eine unbändige Wut ein. Da mir aber klar war, dass es so nicht weitergehen konnte und dieser Zustand auf Dauer nicht gesund für mich ist, wollte ich alles loslassen.

Glücklicherweise konnte ich mit Gottes Hilfe alles verarbeiten, denn er führte mich zu den richtigen Kanälen. Auch habe ich mich dann entschlossen, mich von meinen sogenannten Freunden zu trennen. Frei nach Anthony Hopkins:

„Lass die Leute gehen, die nicht bereit sind, dich zu lieben!"

Was sich alles für mich geändert hat:

Da ich nicht nur politischen und sogenannten Aufweck-Kanälen, sondern auch spirituellen und Lebenshilfe-kanälen folgte und weiterhin folge, war neben dem von Kate Bono u.a. auch der von Angelika (schreib dich einfach glücklich) dabei, die das sog. *Vimala-Alphabet* lehrt, dass das Leben verändert, was ich aus heutiger Sicht absolut bestätigen kann.

Obwohl ich, als kleiner Rebell, der tief versteckt mein ganzes Leben in mir schlummerte, gefühlt schon mein ganzes Leben an mir arbeite, habe ich durch die Kurse von Angelika nochmal einen ordentlichen Schritt nach vorne getan und mir ist vieles klar geworden. Dadurch bin ich nicht nur selbstbewusster und intuitiver geworden, sondern konnte auch loslassen, vergeben und habe gelernt, mir mehr zu vertrauen und zuzutrauen. Auch habe/hatte ich das Gefühl, dass sich meine Kommunikation verbessert hat. Ich durfte zudem lernen, dass ich mir selbst genug bin und liebe mich heute mehr denn je.

Im März 2021 habe ich dann außerdem einen Hund namens Richie aus dem hiesigen Tierheim geholt. Das war schon lange mein Wunsch. Dieses kleine Wesen schenkt mir so viel Freude und bringt mich und meinen Mann immer zum Lachen. Auch lerne ich sehr viel von diesem kleinen Energiebündel, so z.B. den Augenblick zu genießen. Und wenn ich doch mal traurig oder frustriert bin, schafft der kleine Kerl es immer, mich zum Lachen zu bringen und aus meinem Tief zu holen.

Im Juli 2021 bin ich dann in Rente gegangen, weil sich für mich nichts mehr richtig anfühlte und mir meine Tätigkeit keinen Spaß mehr machte. Ich bin dann erst mal in mich gegangen und habe längere Zeit nichts gemacht.

Allerdings beschäftigte ich mich fortan noch intensiver mit dem Vimala-Alphabet und Ende 2021 kristallisierte sich so langsam heraus, was ich wirklich will und was in mir das Feuer der Freude entfacht. Zwar war mir schon immer bewusst, dass ich viel reisen will, aber natürlich nicht um jeden Preis, denn testen oder impfen kam und kommt für mich und meinen Mann nicht in Frage. Und so entstand zunächst ein Blog über Richies-Abenteuer, denn Schreiben lag mir schon immer.
Darin erzählt unser Hund, was er so alles erlebt, im Alltag, auf Ausflügen und vor kurzem haben wir sogar einen Kurzurlaub unternommen.

Wie ich bereits erwähnte, wurde ich auch noch selbstbewusster, mutiger und kommunikativer. Mitte 2022 war ich so weit, so dass ich im August einen erneuten Start mit meinen brachliegenden Videokanal über Richies Abenteuer unternahm und mich mittlerweile dort gelegentlich sogar vor die Kamera traue.

Mir macht das riesige Freude und ich mache das Beste aus der chaotischen Zeit.

Zusammengefasst lässt sich heute (Stand 29.10.2022) sagen: Mein Mann und ich sind glücklich, ungetestet und ungeimpft und darauf bin ich bzw. sind wir mächtig stolz.

Gabriele Valerius-Szőke

9

Einkaufsflirt

Beim Einkaufen (ich IMMER ohne Gesichtswindel) stand mir ein Schrank von „Mann" gegenüber, unsere Blicke trafen sich. Er gerade voll auf Flirt-Modus gewechselt und nuschelte irgendwas, was ich dank seiner Windel im Gesicht nicht verstand. Da ich ja meistens höflich bin, trat ich einen Schritt auf ihn zu und fragte, was er denn gesagt habe... seine Reaktion war, dass er zwei Schritte zurück wich und mir zu verstehen gab, dass ich doch bitte Abstand halten solle.

Meine Antwort auf das Ganze?

„Heh, in Gang vier sind die Eier, die dir fehlen, vielleicht klappt´s dann mit dem Flirten!"

Colette

Nothing can
stop what
is coming

Mein Weg zu mir

Mein Name ist übersetzt in seiner Bedeutung: „Die engelhafte Nichteinheimische." So fühlte ich mich schon als Kind. Hochsensibel, sah Engel und Lichtwesen, war verträumt, liebte alles, Tiere, Menschen; ich war einfach anders als alle anderen Kinder. Bis auf meine Großmutter erzählten mir alle, dass ich mir das nur einbilde.

Mein Leben war schon seit meiner Geburt geprägt von Traumen; sei es Kindesmissbrauch, Mobbing, Todesfälle und Ablehnung meines Umfeldes, weil sie mich nicht verstanden.

Auch wenn ich mein Leben lang versucht habe mich anzupassen, um so zu sein wie die anderen, konnte ich meine wahre Essenz immer bewahren. Ich sagte einmal: "Ich glaube wir sind in einem großen Simsspiel und mein Außerirdischer, der meinen Charakter spielt, ist extrem sadistisch."
Aufgrund meines hohen Gerechtigkeits- und Wahrheitssinns und meiner Herzlichkeit wählte ich einen Beruf, in dem ich dachte, so den Menschen helfen zu können - Polizistin. Aber auch dort war nicht mein Platz. Vielleicht *noch* nicht!

Ich sah im Dienst sehr oft die Seelen Verstorbener und schickte sie nach Hause. Ich leitete schon immer die göttliche Energie zu den Menschen, die Hilfe brauchten; ganz bewusst.

Wenn das meine Kollegen gewusst hätten... die hielten mich eh schon für total durchgeknallt.

Nach erneut schweren Schlägen, z.B. Fehlgeburt und Tod des Partners, kam es immer wieder zu komischen Vorfällen. Damals *dachte* ich, ich würde überwacht! Heute bin ich mir sicher.

Ich passte mich also bis zur Unkenntlichkeit an und irgendwann drang der Dämon *Al-Kuhl* in mein Energiefeld ein. Ich schlief dann zwanzig Jahre lang wieder ein, war nach zehn Jahren trocken, hatte die Diagnose ADHS erhalten und wurde mit Medikamenten ruhiggestellt.

Als der Wahrheitsvirus anfing erlebte ich einen Rückfall, welcher jedoch im Nachhinein das größte Glück war! Ich durfte mich wieder auf den Weg meiner Seele begeben. Meditierte wieder, machte eine Coach-Ausbildung für innere Kinderbeit und stieg tief in meine Dunkelheit hinab.

Mein Bauchgefühl, meine Ermittlerin, gab mir viele Signale und ich tat das, was meiner Meinung nach einen guten Polizisten ausmacht. Er nimmt einen Sachverhalt und beleuchtet ihn so objektiv wie möglich von allen Richtungen. So kam es, dass ich ganz tief im Kaninchenbau war.

Das Schönste daran war die Gewissheit, dass ich den Menschen helfen kann, diese Situation zu bewältigen, indem ich meine Energie und mein Herzenslicht jeden Tag ins Kollektiv speise.

Der Weg in den Dienst wurde immer schlimmer, denn ich hatte ja so vieles durchschaut und ich hätte mich nicht an den Menschen versündigen können. Es war schon immer schwer, energetisch an meine Kollegen heranzukommen, doch nach der Impfung spürte ich, dass dies überhaupt nicht mehr möglich war.

Trotz allem machte ich meinen Dienst weiter, denn ich war überzeugt, dass mein Licht dort gebraucht wird, dass Menschen wie ich, die die Wahrheit vielleicht zu einem Prozent erkannt haben, wieder anfangen, von Herz zu Herz leben, nun wichtiger denn je sind.

Doch war jeder Dienst ein Spießrutenlauf. Die Wahrheit nicht sprechen zu können, zuzuschauen, wie vormals gute Polizisten es einfach nicht mehr hinterfragten. Bei Verkehrsunfällen, bei denen mein Bauchgefühl nur ‚die Schrumpfung' rief, musste ich den Mund halten, obwohl ich wusste, was die Unfallursache war.

Denunziantentum!

Nachbarn, die Nachbarn anzeigten gab es im Minutentakt. In einem Nachtdienst sagte ich mal zu meinem Vorgesetzten: „Dies geht mir so ans Herz!"

Als Reaktion wurde ich angeschrien, ich solle professionell sein. Ich erwiderte: „Ich bin professionell! Aber, dass es mir menschlich etwas ausmacht, das darf ich ja noch erwähnen!"

Allein über diese Anrufe und was ich da erlebt habe, könnte ich Bücher schreiben.

Auch hatte ich meine Kinder zu Hause behalten, ich unterrichte sie zu Hause.

Doch irgendwann ging mein Körper voran, nach dem Motto: *Sagt die Seele zum Körper: "Geh du vor, auf mich hört sie nicht."*

Ich wurde immer wieder heftig krank, vielleicht waren es auch die Geimpften. Meine eigenen Energiefelder brauchten immer wieder Tage, um mich nach dem Dienst zu erholen.

System Overload!

So entschied ich mich meinen Herzensberuf nicht mehr ausüben zu können.

Kurze Zeit später trat ich mit meiner Art einem Schwarzmagier ein bisschen arg auf die Füße. Aus Angst, enttarnt zu werden, schoss er alles, was er so an energetischen Angriffen auf Lager hatte, auf mich ab. Jeden dieser Angriffe konnte ich jedoch intuitiv und mit Leichtigkeit abwehren. Ich bin sehr dankbar dafür, denn ich durfte lernen, was mein Sinn ist, was meine Fähigkeiten sind.

Ich fand heraus, dass ich eine *transluminale Seele* bin, um hier das Licht zu halten und in den Menschen wiederzuerwecken. Mein Leben erklärte sich mir, denn diese Art von Seelen wird mit Traumata „klein" gehalten.

Ich beschäftigte mich mit Energie, Frequenzen und Reinigungen aller Wesenheiten, die in den verschiedenen Energiefeldern an uns andocken können. Ich habe meine Fähigkeiten so erweitern dürfen, dass ich mittlerweile beseelte und unbeseelte Menschen erkennen darf. Ich spüre die sogenannten dunklen Kräfte und ich darf sie entfernen.

Wir dürfen aber nicht vergessen, dass auch diese Kräfte aus der göttlichen Quelle stammen und sie uns nur den Weg zu unserem wahren Hohen Selbst weisen.

Ich darf dadurch immer mehr aus der Polarität heraus in die Dualität wechseln. Ich durfte so in die Fülle gelangen, indem ich nicht mehr einsam bin und weiß, dass ich da draußen nicht alleine bin.

Wir sind soooooooo viele!

Ich bin genau richtig wie ich bin und inkarniert, um den Menschen zu helfen. Ich habe jetzt eine große Anzahl von Herzmenschen, bei denen ich sein darf, wie ich bin. Habe eine wundervolle Gruppe ins Leben gerufen, in der ich Menschen von Herzen helfen darf und diese vernetze. Ich liebe es, die Energiefelder der Menschen zu reinigen, Dämonen/Seelen wegzuschicken, diese in ihre Schranken zu weisen. Ich liebe es, Transmitter der Energie des wahren Schöpfers zu sein. Brenne dafür, dass diese Energie durch mein Licht wirken darf!

Ich bin bei mir angekommen. Auch wenn ich natürlich immer wieder auch meine dunklen Seiten annehmen, ansehen und ihnen einen Platz geben oder sie auch loslassen, transformieren darf. Ich liebe das Sein.

Meine größte Vision ist ein Heilzentrum in dem viele von uns ihre Fähigkeiten an die Menschen schenken dürfen. Dort ist eine Begegnungsstätte mit Café, Seminarräumen, ein kleines Lädchen, in welchem jeder seine von Herzen erschaffenen Dinge anbieten kann.

Alleine war gestern! Die neue Zeit ist gemeinsam. Ich möchte die Fähigkeiten von sehr vielen Menschen verbinden, so dass wir sie gemeinsam für das große Ganze nutzen können. Wir ebnen durch unser gemeinsames Schaffen den Weg für die Kinder in die neue Zeit. Ich gebe Vorträge über Energie, helfe Menschen ihre blinden Flecken aufzudecken, ihre Glaubenssätze zu transformieren und ich liebe jede Reinigung der Energiefelder.

Die Resonanz, wie sehr die Menschen dies gespürt haben in dem Moment, als ich die göttliche Energie zu ihnen leitete, löst ein unbeschreibbares Gefühl der Dankbarkeit aus.

Jeder von uns ist Schöpfer, hat Fähigkeiten und jeder ist auf seinem eigenen Weg. Jeder einzelne von uns ist ein wichtiges Puzzleteil auf diesem Weg, also lasst uns alle gemeinsam leuchten.

Ich bin!

Herzmensch, göttlicher Kanal, Polizistin, Mutter von Kindern der neuen Zeit, Energieleuchtturm, Coach für innere Kindarbeit, transluminale Seele, atlantische Priesterin, Projektorin und alles, was ist!

In Verbundenheit

Angela Isabell

Veränderung

Das Wichtigste, was in meinem Leben nach März 2020 und auch schon davor geschehen ist, ist Veränderung. Veränderung an mir, in mir, Veränderung der Sichtweisen, der Meinungen, der Einstellungen und meiner Welt.

Beginn des Erwachensprozesses war in 2006/2007. Durch eine Urlaubsbekanntschaft wurde ich auf die *Galaktische Föderation* aufmerksam. Im weiteren Verlauf der Jahre resultierten daraus jede Menge Schlachten mit dem BR3D-System (alle verloren).
Alles führte mich dahin, wo ich Anfang 2020 landete. In Abhängigkeiten und auch in Niedergeschlagenheit mangels finanzieller Mittel und rosiger Aussichten.

Irgendwann begann ich Artikel zu schreiben und veröffentlichte diese auf einer amerikanischen Webseite, die sich mit kommenden Währungs-umtauschen befasste.
Der sogenannte RV (Revaluierung) und der sogenannte globale Währungsreset (GCR) sollte endlich die Mittel bringen, damit ich mein Haus, mein Boot, mein Auto und meinen Pool bekommen sollte.
Ich dachte nur an mich, an MEINE neue und tolle Zukunft in 3D.

Im Verlauf der Wartezeit auf diese Events änderte sich immer mehr mein Denken rund ums Geld und ehe ich mich versah, wollte ich nur noch anderen helfen. Projekte wurden ausgearbeitet, die allen helfen sollten, ein Dach über dem Kopf und finanzielle Mittel zu haben, und leben zu können. Mir selbst würde es von alleine besser gehen.

Zwischenzeitlich habe ich auch Livesendungen mit anderen Kanalbetreibern gemacht. Die Veröffentlichung der Artikel auch im deutschsprachigen Raum brachte eine gewisse „Berühmtheit". So kam es fast zwangsläufig zu einem eigenen Kanal auf Telegram.

Und nun begann auch die Arbeit: Noch intensivere Recherche, noch mehr Zeugs, was ich mir reinziehen musste, um immer aktuell oder zeitnah zu sein. Doch auch das veränderte sich, weil *ich* mich veränderte.

Ich selbst merkte das nicht sofort und selbst wenn es so gewesen wäre, würde ich nie sagen, dass ich ein besserer Mensch geworden bin. Oder, dass ich ein Herzmensch bin, ein humanitär denkender Mensch.

Ich selbst konnte und kann das nicht beurteilen, das müssen andere tun. Das Einzige, was ich sagen kann, ist, dass ich immer versuche mit dem Herzen zu schreiben und dabei erstens authentisch zu bleiben, ehrlich, und zweitens einen roten Faden beizubehalten.

Fehler zugeben, Irrtümer eingestehen und auch Fehleinschätzungen zugeben, gehört mit zur Ehrlichkeit.

In dieser Beziehung bin ich auch ein wenig mutiger geworden, etwas selbstbewusster. Das kann ich einschätzen und auch schreiben.

Und doch gab es gravierende, aber schleichende Veränderungen. Ich schaue kein Fernsehen mehr, ich höre kein Radio mehr. Sportevents, Shows, ja selbst mein Steckenpferd American Football interessieren mich nicht mehr. Frühere Hobbies interessieren mich nicht mehr, dafür aber ein schöner Sonnenaufgang, die Farben und die Vielfalt, die es in der Natur gibt, eine Begegnung mit Wildtieren, auch wenn sie nur kurz währen, Spaziergänge mit oder ohne Hund. Das fühlt sich an wie die Zukunft, in die wir gehen können.

Meine private Situation mit einer Zweckehe interessiert mich nicht mehr, ich weiß, dass irgendwo meine Seelenpartnerin auf mich wartet.

War ich 2019/2020 noch auf Geld fixiert, ist mir heute nur ein faires Verteilen wichtig; ich selbst werde bei den ganzen Veränderungen nicht viel brauchen. Hauptsache, ich bin ein gebender und nehmender Bestandteil einer Gemeinschaft, die nicht nur auf dem Papier eine Gemeinschaft ist.

Und die Anzeichen, dass es viele gibt, die das auch wollen, werden immer intensiver. Viele Kontakte gehören auch zu den Ursachen, dass ich mich verändern konnte. Ich bin nicht alleine mit meinen Veränderungen; so wie ich von anderen profitiert habe, haben auch viele von meinem neuen Wirken profitiert. Ich habe zugehört, habe Wissen geholt, habe diese Zeichen erkannt und die offensichtlichen Punkte verbunden. Und hoffentlich helfe ich noch viel mehr Menschen dabei, dies auch zu erkennen und weiter an einen guten Ausgang zu glauben, weiter die Linie der Patrioten zu halten.

Heute, Ende Oktober 2022, bin ich so verändert, dass ich mich stellenweise nicht wiedererkenne. Das zeigen mir auch die Menschen, die virtuell oder digital mit mir verbunden sind, aber auch die, die mir in der Matrix noch begegnen. Letztere schütteln heute noch mehr den Kopf oder rollen noch mehr mit den Augen, so auch meine Noch-Partnerin. Das war früher auch schon so, weil ich eigentlich immer schon etwas anders war und oft als „Spinner" bezeichnet wurde. Darunter habe ich immer gelitten, heute ist es mir egal.

Es war für mich ganz wichtig, in eine Beobachterrolle zu kommen und mich energetisch nicht mehr mit einer sterbenden Welt zu befassen. Auch eine wichtige Veränderung.

Ich schreibe gerne und viel und glaube, dass ich das auch in der neuen Welt weiter machen kann. Es gibt einige angefangene Bücher, auch eine Art „Gedankenmuseum" für eine Nachwelt, ich lasse mich da überraschen. Vielleicht gibt es aber auch noch andere Veränderungen und ich bekomme einen Posten, von dem ich bisher nur vage träume.

Es wird noch mehr Veränderungen geben. Veränderungen sind das Beständige in unserer Welt. Der alten und der neuen. War ich früher ärgerlich über Veränderungen, begrüße ich sie heute.

Stefan R (Hans Phoenix)

Co-Autor in AYNIL 2022 <3

Erinnerungen

15. März 2020

Wir wollen den Supermarkt betreten und werden von einem Schrank von einem Mann, der die Griffe der Einkaufswagen desinfiziert, aufgehalten. Wir sollen jeder für sich einen Wagen nehmen.

„Wir sind ein Paar!", sag´ ich.

„Egal, das muss jetzt so sein!", anders dürften wir nicht hinein. Auf meinen Einwand sagt er: „Das ist Gesetz!"

Das war mein Einstieg in den Coronawahnsinn.

Das erste Mal, dass ich dachte, ich wäre im falschen Film. Sobald ich das Haus verlassen hatte, fühlte es sich an wie in einer Simulation, einem Theaterstück. Von Beginn an spürte ich keine Gefahr, da war nichts!!! Ich weiß noch, dass ich dachte, man müsste in die City nach Wien fotografieren gehen, als alle Geschäfte im Lockdown geschlossen und die Straßen menschenleer waren. Es gäbe Bilder, die es so noch nie gegeben hatte.

Ich hatte keinerlei Angst.

Als aber die Impfpropaganda gegen Ende des Jahres Fahrt aufgenommen hatte, fand ich mich mit einer schon lange nicht mehr erlebten Wucht in schlaflosen Nächten wieder. In unserer großen Familie erlag einer nach dem anderen der Gehirnwäsche von der großen Gefahr und der einzigen Lösung, die alles gut machen würde - der Spritze.

Einer meiner Söhne, junger Familienvater, hatte erst vor ein paar Jahren eine schwere lebensbedrohliche Erkrankung besiegt. Die Informationen auf den alternativen Plattformen waren voll von den düstersten Prophezeiungen für die Auswirkungen, sollte man sich dem enormen Druck fügen und sich impfen lassen. Zuerst kämpfte ich, versuchte aufzuklären, musste aber bald erkennen, dass ich keine Chance gegen die breite Front der Informationen über die Medien hatte.

Ich begann mich der Techniken zu besinnen, mit denen ich mich aus eigener Kraft vor vielen Jahren aus einem Burnout herausgeholt hatte und irgendwann zu Beginn 2022 hatte ich wieder so viel Vertrauen ins Leben, dass ich loslassen konnte. Ich wollte ja auf keinen Fall die Verbindung zu meinen Kindern und deren Familien verlieren!

In diesen nun beinahe drei Jahren fielen viele Feste, die wir sonst im Familienkreis gefeiert hätten, aus. Unsere Silberne Hochzeit, mein 65. Geburtstag, der 40. Geburtstag unseres ältesten und später des zweitältesten Sohnes. Auf der Feier für den 30er unseres jüngsten Sohnes im März diesen Jahres standen einige Familienmitglieder mit Maske den ganzen Abend vor der Bar, so groß war noch die Angst.

Mein kämpferisches Naturell hat mir in dieser ganzen Zeit geholfen, meinen inneren Überzeugungen treu zu bleiben. Ich hatte nur zweimal eine Maske auf, als ich bei der Hautärztin sonst keine Behandlungen bekommen hätte, machte kein einziges Mal einen PCR Test, holte mir keinen *Genesenen* Status (weil ich mich dafür testen hätte müssen) und versuchte mich so zu verhalten, als wäre alles ganz normal.

Ich konnte bei einer Preisverleihung teilnehmen, wo man nur mit 2G Zutritt hatte, gewöhnte mich an den Umstand, nie zu wissen was geschehen würde, wenn ich einen Supermarkt ohne Maske betreten würde und setzte mich ins Restaurant, wo ich mal geduldet, mal hinauskomplimentiert wurde.

Es war mir zunehmend egal.

Wir unternahmen lange Spaziergänge im Wald, kümmerten uns um unser Wohlergehen, ich probierte neue Rezepte und kochte mit Wonne. Ich hatte gedacht, dass ich im Laufe meines Lebens schon eine innere Stärke entwickelt hatte, aber das war nichts im Vergleich zu den letzten zwei Jahren.

Ich bin jetzt zufriedener, empathischer und geduldiger, als ich es vor dieser Zeit jemals gewesen bin. Äußerer Druck formt nicht nur Kristalle und ich wollte und will aus dieser fordernden Zeit gestärkt heraustreten.

Eli fein

Selbst-
reflexion

Monate, der Selbstreflexion

Es ist März 2021. Die letzten Monate ging es mir wunderbar, doch jetzt sitze ich hier auf der Couch und weine mir die Augen aus.

Ich bin unten, im Schlund der Gedanken gefangen. Ich bin berufstätig - eigentlich - und doch habe ich nichts zu tun. Kurzarbeit. Ein Wort, worüber sich viele freuen würden, und auch ich habe es sehr lange genossen, dieses Nichtstun. Doch jetzt reicht es mir. Ich bin Flugbegleiterin, doch fliegen tut hier nichts mehr. Oder zumindest kaum etwas. Zwei Flüge hatte ich in den letzten Monaten. Das war es.

Und jetzt? Ich habe keine Ahnung, wann ich das nächste Mal wieder arbeiten gehen darf. Ja, ich sage "darf". Denn mir fällt die Decke auf den Kopf und ein negativer Gedanke jagt den Nächsten. Ich brauche Abwechslung und doch bekomme ich sie nicht - aus einem guten Grund, wie sich noch herausstellen wird.

Eine Trennung war der Auslöser von diesem ganzen Dilemma und doch nur der Anfang von dem, was mich erwarten würde, denn ich verlor die Verbindung zu mir selbst, zu meiner Seele, zu meinem Sein.

Ich fühle mich einsam, so wertlos.
Niemand braucht mich.

Meine Freunde haben alle Partner und natürlich ihr eigenes Leben. Wir schwingen alle auf der gleichen Welle und haben, was das C-Thema betrifft, dieselbe Meinung. Ab und an haben wir uns getroffen, doch ich konnte dabei keine Freude empfinden. Und um ehrlich zu sein, hat mich ihre Unbekümmertheit noch trauriger gemacht. Denn es hat mir verdeutlicht, was ich aktuell nicht habe. Lebensfreude, Spaß, Selbstliebe.

Ja, all das fehlt mir zurzeit.

Ich befinde mich in einer Spirale, die nur abwärtsführt. Und mit jeder Drehung tauchen neue Fragen und Themen auf. Sie betreffen mich, aber auch diese Welt. Ich war schon immer in meiner Denke anders, bin eine Mischung aus Offenheit, Humor und Witz und zugleich hochsensibel, Gedanken - und Emotionsgesteuert. Seit meiner Jugend beschäftige ich mich mit Dingen, die für den Normalbürger da draußen völliger Schwachsinn sind. Ich hinterfrage alles und glaube erst recht nicht alles, was mir auf dieser Erde durch unsere Politiker, Medien und Wissenschaftler gezeigt wird.

Eigentlich bin ich ein ganz interessantes Paket, nur fühle ich mich hier irgendwie fehl am Platz. Und gerade jetzt, in dieser Phase der P(l)andemie, haut es mich um.

Warum? Warum durchlebe ich das alles? Warum passieren mir gewisse Dinge immer und immer wieder? Warum fällt es mir so schwer mich so anzunehmen, wie ich bin?

Es sind vor allem alte Themen, die hochkommen. Themen, die mir zwar bewusst sind, die ich jedoch immer wieder verdrängt habe.

Ich esse wenig, trinke umso mehr. Mein Wein am Abend lässt mich dieses Gedankenkarussell in meinem Kopf stoppen und ich begebe mich in meine Phantasiewelt, in der alles besser ist.

Ich träume mich zu meinem Wunschpartner, ich träume mich hin zu mehr Selbstbewusstsein, innerer Stärke und Zufriedenheit und in eine andere Welt, in der Harmonie und Liebe herrscht.

Doch ich darf erkennen, träumen hilft mir nicht weiter. Und das sich regelmäßige wegballern erst recht nicht.

Ich bin mittlerweile zu schwach. Zu schwach, mich zu motivieren, auch nur einen Fuß vor die Haustür zu setzen. Ich schaffe es nicht mal mehr Staub zu wischen, ohne dass mir der Kreislauf zusammenbricht.

Dieses seelische Tief laugt mich aus. Geistig und körperlich.

Um ehrlich zu sein, versuche ich all das Chaos, was da draußen herrscht, nicht an mich ranzulassen. Manches prallt förmlich an mir ab. Ich nehme es wahr, verfolge die unterschiedlichsten Kanäle, aber ich leide nicht darunter.

Einzig diese Spaltung der Gesellschaft geht mir auf den Keks. Mir ist es ein Rätsel wie man sich so indoktrinieren lassen kann. Gehörig wird gefolgt. Individuelle Entscheidungen nicht akzeptiert. Nein, da mache ich nicht mit.

Ich war weder auf einer Veranstaltung, noch war ich in irgendeinem Laden shoppen. Ich habe mich einfach von dieser Zwei-Klassen-Gesellschaft distanziert. Bei all dem hat mir von Anfang an mein Bauchgefühl geholfen, denn der liebe Gott hat mir nicht umsonst eine stark ausgeprägte Intuition geschenkt. Und auf dieses mächtige Werkzeug ist Verlass, wenngleich ich mir doch wünschen würde, einen noch besseren Draht nach oben zu haben. Denn eine Frage bleibt, die ich mir selber nicht beantworten kann: Warum leide ich gerade so sehr?

Es ist nun Mitte Mai. Zwei Monate sind seit meinem persönlichen Armageddon vergangen. Auch die letzten Wochen waren arbeitsfrei.

Irgendwann war mir klar, dass es so nicht weitergehen kann und ich Hilfe brauche. Regelmäßige Telefonate mit meiner besten Freundin haben mir zwar geholfen wieder etwas zu mir zu kommen, doch ich brauchte mehr.

Ich bin also zu einem Heilpraktiker, der mir in allererster Linie geholfen hat, körperlich wieder fit zu werden. Ich habe Klangschalentherapie erhalten, aber vor allem die Akkupunktur hat mir geholfen, meine Energie wieder zu erlangen.

Während dieser Zeit tauchten plötzlich Gedanken auf, mir eine Schamanin zu suchen. Ich war verwundert, denn, obwohl ich mich mit der spirituellen Welt beschäftige und mir Schamanismus ein Begriff war, damit auseinandergesetzt hatte ich mich bisher nur oberflächlich.

Und so kam es, dass ich im Internet auf eine ortsansässige Schamanin gestoßen bin. Eine von vielen, aber irgendwas zog mich zu ihr. Also habe ich einen Termin vereinbart und was soll ich sagen, sie ist Gold wert. Durch ihre Hilfe konnte ich in mehreren Sitzungen Blockaden lösen und mich besser kennenlernen.

Die Energien empfand ich zu dieser Zeit als sehr krass. Die Blindheit der Menschen, dieses Leid auf der Erde gepaart mit meinen persönlichen Problemen, machten es mir nicht gerade einfach.

Ich durfte lernen, genau hinzuschauen, die Ursachen zu erkennen und zu bearbeiten.

Und so geht es bergauf. Ich komme wieder zu mir und schöpfe neues Vertrauen - in mich, in meinen Weg und in die Zukunft. Denn es gab eine Phase in dieser Zeit, in der ich an keine Zukunft mehr dachte.

Nachtrag:

Es ist Ende Juni 2021 und ich stelle fest, all das musste so kommen. All diese Themen mussten auf den Tisch und bearbeitet werden. In der Zeit, in der die Welt irgendwie stillstand, bin ich innerlich Achterbahn gefahren.

Jetzt fragt sich der ein oder andere "Was hat das alles mit der Corona Zeit zu tun?".

Nun, kennt ihr das: ihr brecht euch ein Bein, habt einen Unfall, verliert plötzlich euren Job und werdet quasi gezwungen eine Auszeit zu nehmen, einen Schritt zurückzutreten oder euch ganz neu zu fokussieren?

Genau das hat das Universum mit mir gemacht. Genau in dieser Zeit wurde ich dazu gezwungen, mich mit mir auseinanderzusetzen.

Man hat mir quasi meine innere Arbeit auf einem Silbertablett serviert und ich durfte mir anschauen, was noch Unbearbeitetes in mir schlummert.

Einmal Aufräumen, bitte!

Ich kann nicht behaupten, dass ich alles gelöst habe, aber ich bin mir meiner Themen viel bewusster geworden. Ich habe gelernt, dass ich mich so annehmen darf wie ich bin, wenngleich es mir auch noch in einzelnen Bereichen schwerfällt.

Arbeiten gehe ich übrigens auch wieder. Mein Job macht mir nach wie vor Spaß, auch wenn manche Kollegen ihre politisch korrekte Meinung über das aktuelle Weltgeschehen gerne für sich behalten könnten. Aber auch hier habe ich gelernt, jeder geht seinen Weg und macht seine Erfahrungen.

Ich gehe meinen. Weiter. Voran.
So wie ich nun mal bin.

Und falls es auch nur einer Seele da draußen ähnlich geht, so möchte ich dir sagen: **Gib nicht auf!**

All das passiert, um dich selbst zu reflektieren, um dir aufzuzeigen, woran du noch arbeiten darfst und letztendlich, um dich stärker zu machen. Gehe durch dieses Tal und nimm es an. Du wirst stärker aus diesem herauskommen, als du es jemals zuvor warst.

Anonym

14. Oktober 2020

Im Haus gegenüber sehe ich, wie ein Mitarbeiter des dortigen Steuerbüros aufgeregt auf und ab läuft und telefoniert. Er läuft und läuft. Gestikuliert dabei wild mit den Händen. Das heißt mit der einen Hand. Mit der anderen hält er sein Handy ans Ohr. Sein Büro ist beleuchtet und ich sehe ihn, wenn er seine Runde um den Schreibtisch am Fenster vorbei macht. Dann verschwindet er aus meinem Sichtfeld und taucht an einem anderen Fenster wieder auf. Dieser andere Raum ist nicht beleuchtet und trotzdem sehe ich ihn dort. Er läuft und läuft. Und telefoniert dabei.

Das ganze Bürohaus ist dunkel, außer seinem Raum. Auf dem Parkplatz vor dem Haus ist auch nur ein Auto. Seines. Es ist also außer ihm noch niemand da. Ja, freitagmorgens um diese Zeit ist es sonst eigentlich noch ruhig und dunkel dort drüben.

Er läuft und läuft. Und telefoniert dabei. Nach wie vor wild gestikulierend mit der freien Hand. Manchmal ändert er seine Laufrichtung oder dreht sich einfach nur ein paar Schritte vor seinem Fenster im Kreis. Dann nimmt er seine große Runde ins nicht erleuchtete Zimmer wieder auf...

Wie lange starre ich jetzt schon hinüber?

Zehn Minuten? Zwanzig Minuten?

Ich blicke auf meine Schreibtischuhr. Es ist annähernd eine Stunde vergangen. Eine Stunde. Ich kann es kaum glauben. Aber mich hält dieses Szenario weiterhin gefangen.

Vielleicht weil er eine Maske trägt? Wir haben jetzt Maskenpflicht. Eine sogenannte Mund-Nasen-Bedeckung. Sie soll uns schützen, vor dem Virus. Wahrscheinlich muss er sie im Büro tragen. Neue Anordnung. Aber er ist alleine im Büro. Alleine im ganzen Haus.

Er telefoniert mit Maske vor Mund und Nase.

Und läuft und läuft zwischen seinem und dem angrenzenden Büroraum auf und ab. Und ich klebe an dieser Szene wie eine Mücke an diesen Klebefallen.

Ich verstehe es nicht. Es ist doch niemand da, den er schützen müsste. Ganz unabhängig von der Frage, inwieweit diese Maske tatsächlich sinnvoll ist oder eher das Gegenteil. Wie dumm kann der Mensch, der Mensch an sich, sein? Ich fasse es nicht. Wenn ich es selber, mit meinen eigenen Augen nicht sehen würde, ich würde es nicht glauben.

In was für Zeiten leben wir bloß?

Gaby Tscherne

Die Plandemie auf das Essenzielle reduziert:

Die Angst in den Augen, hinter einer Maske, mit Tonnen an Klopapier im Arm.

Gaby schickte mir diese selbstgezeichnete Grafik, die mich sofort vom Hocker haute. auch wenn ich sie für das Cover etwas „beschnitten" habe, steht sie als Symbol für die vielen angst- und panikerfüllten Menschen, die wir in den letzten Jahren erlebt und gesehen haben.

DANKE Gaby für dieses Geschenk!

Un-
erschütterlich

Anfang März 2020. Ich bin seit wenigen Tagen frisch gebackene Mama. Meine Mutter ist zu Besuch.

Ich weiß noch, ich saß mit dem Kleinen auf der Couch, als sie erzählt: „Da kommt ein Lockdown wegen einem Virus."

Ich musste lachen. „Bitte was?"

Ich habe ihr nicht geglaubt. Abends erzählte ich es meinem Freund. Der konnte es auch nicht glauben.

„Was soll das sein?"

Wir schauten nach, im Internet. Im TV. Überall war es da: Corona. Ich glaube, in diesem Moment krachten wir beide zeitgleich von unserer rosa - wirhabengeradeeinbabybekommen-Wolke unsanft auf den Boden der Tatsachen.

Was uns beiden aber sofort klar war: Das stinkt zum Himmel!!

Dieses erste Bauchgefühl war es, woran ich mich noch sehr gut erinnere. Und der innere Trieb, nachzuforschen was dahintersteckt. Wer diese gigantische Lüge da gerade aufbaut. Und so fing es an.

Ich nutzte die Zeit, wenn der Kleine schlief, für Recherchen. Und sobald ich anfing in eine Richtung zu graben, ging es immer tiefer.

Abgründe taten sich auf. Ich recherchierte in eine andere Richtung. Und wieder ging es tief hinab in die Dunkelheit. Es hätte verdammt beängstigend sein können. Das war es aber nicht!

Ich fühlte mich stets geleitet und beschützt. So dunkel die Erkenntnisse auch waren, und auch immer noch sind. Mir wurde so vieles klar. Dinge die ich schon lange seltsam fand, Situationen, in denen ich mich unwohl und fremd gefühlt hatte. Eingebungen, die ich plötzlich hatte. Warum ich nie so recht irgendwo reingepasst hatte. Weshalb es mir in den letzten Jahren immer besser gelungen war, mich abzugrenzen und ohne Angst für meine Meinung einzustehen. Und weshalb ich auch vor der Gegenwart und Zukunft keine Angst hatte.
Es war und ist meine Verbindung zu Gott. Sie ist stark. Sie war es schon immer. Doch seit dem Frühjahr 2020 fühle ich sie immer deutlicher, und habe gelernt, zu vertrauen und mich führen zu lassen.

Ich möchte es allen Wegbegleitern und Wahrheitssuchern der letzten, unglaublich krassen Monate mitgeben:

Leute, ihr seid wie mein Glaube an Gott. Unerschütterlich!

Auch wenn man manchmal verzagt ist, ungeduldig, zweifelt, ängstlich... Wir sind durch so vieles durch gegangen. Haben gelernt, *Nein* zu sagen. Unserer Intuition zu vertrauen. Für unsere Liebsten einzustehen. Uns von vermeintlichen Freunden verabschiedet.

Ja, viele Wege haben sich getrennt. Doch wir sind so stark. Jeder einzelne.

Barbara

Die Zukunft
bauen

Ich weiß nicht so recht, ob ich viel beizutragen habe, denn ich gehöre sicher zu den Menschen, die rein äußerlich am wenigsten unter Corona gelitten haben. Ich bin Single und habe keine Kinder (allerdings empfinde ich es trotzdem so, dass diese und die Alten am meisten gequält wurden und der Umgang mit ihnen bringt mich zur Weißglut) und unserer Tierarztpraxis geht es gut, ich leide also auch nicht unter finanziellen Einbußen.

Ich denke oft, wenn ich schon so unter der Situation leide, wie geht es dann erst denen, die auch anderweitig noch ganz anders betroffen sind, auch mit Existenzängsten und Verlusten in Partnerschaft und Familie...

Aber der Sinn so eines Buches wäre ja, unterschiedliche Erfahrungen darzustellen, deshalb versuche ich es jetzt doch.

Ich muss gestehen, bis 2020 gehörte ich auch noch zu den Schlafschafen, nicht, dass mir nicht klar war, dass vieles schief läuft, aber die pure Absicht und Bösartigkeit hinter all dem war mir nicht bewusst. Auch viele Dinge, wie 9/11, Trump/Wahlbetrug, Pädophilie/Satanismus etc., waren für mich nicht als das ersichtlich, wie ich sie inzwischen betrachte. Allerdings bin ich mit dem Auftreten von Corona schnell und hart aufgewacht. Fast von Anfang an war mir klar, dass hier etwas nicht stimmt.

Erst dachte ich noch an Hysterie/Übertreibung (und dass es bald wieder vorbei sein würde), dann an reine Inkompetenz und Dummheit, bis mir klar wurde, hier steckt Bösartigkeit und Absicht dahinter.

2020 war das Jahr der Erkenntnis und Auflehnung. Parallel zu allem musste ich mich damals noch um meine Mutter mit 92 kümmern, die mit meiner Hilfe in ihrer Wohnung lebte, aber abbaute und in diesem Jahr mehrmals ins Krankenhaus musste, wo ich sie ja nicht besuchen konnte, und das machte mich bereits rasend, obwohl es zum Glück immer nur ein paar Tage waren. Ich musste noch Pflege und Versorgung organisieren, bis sie Ende 2020 an einem Herzinfarkt starb (zum Glück durfte sie in ihrem Bett sterben und ich konnte ihr ersparen, auf einer Intensivstation einsam zu sterben).

Anfangs ging ich noch über die rationale Schiene, hörte Corona Ausschuss, Bhakdi, Wodarg und Co, um mich zu informieren und glaubte in Maßen noch an ein Rechtssystem, das den Wahnsinn beenden würde, trat sogar kurzfristig in die Basispartei ein, bis ich merkte, das nützt alles nichts.

2021 war das Jahr der Vernetzung, da ich praktisch auch mein gesamtes altes Umfeld, inklusive meiner Schwester als einzige verbliebene Verwandte, an das Narrativ verloren hatte. Ich habe mich mit niemandem regelrecht verkracht, aber alles ist geimpft und geboostert und daher für mich nicht mehr als Freundeskreis akzeptabel.
Inzwischen habe ich mir einen neuen Kreis aufgebaut und das stützt mich und hilft mir enorm.
Über Telegram habe ich die Kanäle gefunden, die mir weitere Informationen liefern und ich grabe tiefer im Kaninchenbau. Inzwischen weiß ich, man kann nichts glauben, wir wurden und werden in allem belogen.

2022 ist das Jahr, in dem man versuchen muss, die vielen Informationen zu verarbeiten und sortieren. Der Ausspruch "*observe don`t absorb*" hat mir dabei am meisten geholfen und ich schaffe es immer besser, den anzuwenden, mir die Informationen anzuhören und abzuspeichern, ohne sie als gegeben anzunehmen.

Trotz aller Verrücktheiten um uns herum sagt etwas in mir drin, dass alles gut ausgehen wird und wir eine bessere Zukunft vor uns haben. Meine Vorstellung ist es, bei der Errichtung eines Tierheilcenters mitzuwirken und ich bin auch bei einer Gruppe engagiert, die dies plant.

Liebe Grüße

Petra Mangold
Bad Kreuznach

Es wird nie wieder so sein

Es wird nie wieder so sein, wie es mal war. Das ist der Satz, den ich im Frühjahr 2020 - laut! - in meinem Kopf gehört habe, während des Hundespaziergangs. Ich erinnere mich sogar noch genau an die Stelle, an der wir uns in dem Moment befunden haben.

Aktuell lese und höre ich diesen Satz wieder ganz häufig aus unterschiedlichen Richtungen, puh, das hat ja gedauert...

Damals war ich mega erleichtert, dachte da schon „Juhuuu, geht's jetzt endlich los?" Endlich ändert sich was auf dieser Welt, so geht es für mich nun wirklich nicht mehr weiter.

Tja, das war, bevor ich irgendetwas über Kaninchenbauten wusste. Abgesehen von denjenigen, in denen noch irgendwelche Bälle meiner Hündin rumlungerten.

Und dann sprang ich selbst in ebendiesen. Krass!

Natürlich war das schmerzhaft, aber ich habe nichts anzweifeln können oder Schwierigkeiten gehabt, etwas zu verstehen. Nein, es flutschte nur so in meinen Kopf, ich kam aus dem Nicken und Beipflichten gar nicht mehr heraus. Und aus dem Heulen.

Aber – es war soo erleichternd, endlich habe ich mich bestätigt und richtig gefühlt.

Ich wusste nun, warum mich mein Leben lang eine große Trauer und Frustration bis Depression begleitet hat. Warum ich den Stoff in der Schule einfach nicht in meinen Kopf bekam, speziell Erdkunde und Geschichte. Warum ich schon vor der Schule beruhigende Essenzen zu mir nehmen wollte. Warum mir dieses *9-to-5*-Konzept nie behagte. Warum ich diese große Bösartigkeit mancher (Nicht-) Menschen nicht nachvollziehen konnte.

Ich habe also immer gespürt, dass etwas gründlich fehl-läuft! Nur bekam ich dafür nie eine Bestätigung. Zum Glück gab es diverse legale und illegale Essenzen, die ich auch zu mir genommen habe, sonst hätte ich den Stress gar nicht aushalten können.

Aktuell finde ich es ein wenig schwergängig, die so hoffnungsvoll begonnene Erleichterung stagniert ein wenig. Auch wenn ich weiß, dass wir in der Zielgeraden sind, bin ich oft genervt von dieser vermeintlichen Langsamkeit und muss mich immer wieder bewusst auf höhere Energien einstimmen.

Sehr schmerzhaft war leider die Zeit, als die unsägliche Testerei begann und ich, was der schlimmste Punkt war, meine Mutter im Heim nicht mehr besuchen konnte. Ich bat sie zu mir zu ziehen, aber das lehnte sie ab.

Ab August 2021 hielten dann die härtesten Prüfungen für mich Einzug. Den Anfang machte unser Zwerghamster, es folgte mein Labrador, der sechzehn Jahre an meiner Seite war, dann meine Mama, im Oktober meine Hündin, die auch immer an mir klebte.

Im Mai 2022 folgte meine Tante, mit der ich ebenfalls sehr eng war.

Sie alle verstarben in dieser kurzen Zeit und ich befand mich innerlich in einer Art Schockstarre. Nach außen musste ich weiter funktionieren.

Doch ich hatte das Glück, im Dezember 2021 ins Moderatoren-Team unseres Lieblingskanals aufgenommen zu werden. So war ich inmitten von liebevollen wachen Menschen und das gab mir wieder Kraft!

Ganz aktuell befindet sich meine 14jährige Tochter an einer ähnlich schwierigen Stelle wie ich damals, als ich noch Schülerin war, am gleichen Gymnasium übrigens.

Sie fühlt sich als eine Außenseiterin in ihrer Klasse, die einzige (komplett) Ungestochene, ein sehr stilles Mädchen, hinterfragt ständig das Lehrmaterial und verweigert sich dem. Leider ist sie mittlerweile in einer Depression gelandet. Trotz aller Schmerzen, die das meinem Mutterherz beschert, sehe ich es auch als Chance, um den anstrengenden Prozess von der Raupe zum Schmetterling zu durchleben.

Zu meinem Glück bin ich umgeben von Gleich- oder Ähnlich denkenden, nämlich euch! Das macht so vieles leichter! Daher widme ich diese winzige Geschichte meiner Freundin Kate Bono! Ohne dich, du LIEBE in menschlicher Gestalt, hätten wir hier nicht zusammengefunden!

DANKE!

Christiane
30.10.2022

...heute mal nicht upside down

Ihr werdet
das Ende
lieben

Hexen-
verbrennung

Als die Geschichte mit dem Virus nach Deutschland kam, war mir sofort klar, dass da etwas nicht stimmt. Ich war schon immer anders und habe dem System und der Gesellschaft nie vertraut. Ich galt immer eher als etwas extrem und sehr freiheitsliebend. Ich folgte den Zeichen und ließ mich führen, schon immer. Meine Familie war total verrückt und ich musste, um zu überleben, sehr früh an mir arbeiten und mich von dem distanzieren, was krank macht. Meine ganze Kindheit, sobald ich mich bewegen (weglaufen), sprechen und denken konnte, war ich quasi gezwungen, meinen Weg, meine Sicherheit und Führung in etwas anderem als meiner Familie zu suchen.

Ich lernte, Dinge ganz genau zu beobachten, wie Menschen sich verhalten, wie Strukturen laufen....

In diesem Prozess stellte ich fest: Die Welt ist krank!

Ich entwickelte ein inneres Wissen, was zählt, und ein Gespür für mein eigenes "Falsch und Richtig". Grundsätzlich hielt ich immer schon alles für möglich, ob es Außerirdische waren, die Form der Erde, der Sinn des Lebens...

Es war also Anfang 2020, sodass diese ganze Geschichte, die uns erzählt wurde, sich irgendwie "schräg" anfühlte. Zumal ich nie auch nur einen Funken Angst hatte. Ein Gefühl in mir sagte: „Das ist jetzt wichtig, dass du die Hintergründe verstehst und anfängst zu lernen, wie alles zusammenhängt."

Also ging ich tief in den Kaninchenbau hinein, schaute mir alles an, ging durch die Schmerzen und die Erkenntnis, dass es größer und schlimmer ist, als wir überhaupt begreifen können. Ich wurde zum Schwamm all dieser Bilder, Informationen und je mehr ich lernte, desto klarer wurde das "JA" in mir. Endlich verstand ich es: "Deswegen ist das Alles so!"

Es war einfach nur die Bestätigung, dass ich immer schon richtig lag mit meiner Art zu sein und zu leben! Und es war sehr, sehr schmerzhaft.

Ich wollte meine Erkenntnisse mit meinen Mitmenschen teilen. Sie sollten doch alle wissen, was hier los ist, in was für einer Welt wir leben! Und auch, dass Sie keine Angst haben müssen vor diesem "Virus"! Also postete ich ziemlich "provokant" auf Facebook, über all diese Themen: NWO, Transgender, die Geschichte, Kinder, die Lügen unserer Politik, Wetter, Pharma, Essen... Wow... und verlor ziemlich viele, "Freunde". Online und in echt. Doch ich verlor nicht nur Freunde, sondern auch meinen Job.

Ich hatte vier Jahre meines Lebens gegeben, ehrenamtlich, mit viel Stress, Herzensblut, und unheimlich viel Zeit, einen Waldorf Waldkindergarten in unserer Region zu gründen. Als er schließlich lief, ging ich aus dem Vorstand raus und bekam dort eine kleine Anstellung im Büro. Darüber hinaus war ich natürlich noch Ansprechpartner für alle möglichen Belange, klar, denn ich hatte ihn ja gegründet.

Es war unheimlich viel Energie, die ich dort ließ, zu unmöglichen Zeiten, auch sonntags, manchmal abends...

Und das als alleinlebende Mama mit zwei Kindern.

Ich weiß nicht, wie die Waldorfvereinigung über meine privaten Facebook Posts erfuhr, aber man lud mich zu einer Sitzung im Kindergarten. Alle waren dort und jeder von ihnen, jeder Einzelne, hatte ein anderes Problem mit mir: Ich wäre homophob, rechtsradikal, Reichsbürger, Corona Leugner, hilfsbedürftig, psychisch krank. Ich konnte gar nicht viel sagen, ich fühlte mich wie auf der Anklagebank. Ich saß am Tisch mit zehn Leuten, und alle waren gegen mich. Ich dachte immer nur: *Wenn Rudolf das hier sehen würde, er würde das nicht gutheißen.* Er würde mir beistehen. Wie können sie das nicht sehen und verstehen, denn genau deswegen hatte ich ihn ja gegründet!

Ich stand mega unter Stress, war verwirrt, enttäuscht und total geschockt über diese Energie, die mir entgegenkam.

Und dann gab es diesen Moment. Ich erlebte eine Art Flashback. Dieses Gefühl kannte ich, von früher, aus einem anderen Leben. Es war, als würden die Zeiten sich verschieben.

Damals, als ich als Frau, als "Hexe" von allen Seiten an den Pranger gestellt wurde... Und dann auf dem Scheiterhaufen verbrannt wurde. Das war echt ein sehr intensives und verzweifelt eschreckendes Gefühl. Einfach nur noch hoffnungslos.
Plötzlich war ich genau wieder dort. Ich zitterte am ganzen Körper und hatte Schweißausbrüche. Ich musste alle meine Kraft zusammennehmen.

Also sagte ich mir in diesem Moment: „Es mag dasselbe Gefühl sein, aber dieses Mal gehst du lebend da raus! Du bist nicht falsch, sie sind es! Rudolf steht auf deiner Seite. Schau einfach nur, dass du da schnell rauskommst. Dieses Mal kannst du einfach gehen."

Es war einfach nur klar: "Das war es!" Das ist der Moment, in dem dieses Kapitel endet.

Ich habe keinen Moment gezweifelt, bin erhobenen Hauptes aus diesem "Kindergarten" herausgegangen und habe es kurz betrauert, dann losgelassen und anschließend gefeiert da raus zu sein.

Bis heute genieße ich es, wenn noch irgendwelche Anrufe kommen für den Kindergarten, und ich mich sagen höre: Ich bin nicht mehr zuständig dafür!

Später ist er übrigens in der Flut weggeschwommen, und meine Tochter sagte sofort: "Mama, sei froh, dass Du da jetzt nichts mehr mit zu tun hast! Sonst müsstest Du jetzt Schlamm schippen." Recht hat sie!

Seitdem hat sich mein Leben spürbar entspannt und ich habe wieder viel mehr zu mir selbst gefunden.

Ich helfe hier bei einem Seminarzentrum bei der Aufstellungs- und Heilarbeit, und liebe diese Tätigkeit sehr. Ich bin einfach nur dankbar und im Nachhinein ist es klar, wenn es nicht auf diese Weise geschehen wäre, wäre ich wohl noch dort.

Auch bin ich, wie immer, vollkommen im Vertrauen über das, was kommt und es kribbelt in mir vor Vorfreude. Es wird einfach nur mega! Endlich!!

Das, warum wir hier sind, wird sich endlich entfalten und darf sein. Das ist der Grund, warum wir hier sind. Das berührt mich total.

In Liebe,

Padma

Ab wann ist man aufgewacht?

Entweder man schläft, oder man ist aufgewacht. Punkt!

Aufgewacht... aber ab wann ist man aufgewacht?!?!

Wenn ungeimpft? Wenn man auf Demos geht? Wenn man sich informiert? Wenn man das System hinterfragt - alles hinterfragt? Wenn man nicht mehr wählt? Wenn man meditiert? Wenn man die Blockaden in den Chakren aufgehoben hat? Wenn man weiß welche Form die Erde hat? Wenn man für einen Blackout vorbereitet ist? Wenn man an Gott glaubt? Wenn man bedingungslos liebt? Wenn man ...

Fuck! Oh man! Warte! Bin ich wach???

Ich glaube, geschlafen hab ich nie wirklich... Wurde immer mal wieder geweckt, war eher im Dämmerzustand unterwegs, aber zu müde vom Leben, dem Versuch zu überleben, froh um jede Minute Schlaf, musste ich mich doch wieder hinlegen.
Schlaf und Überleben - im wahrsten Sinne des Wortes, das eine ging ohne das andere nicht.

Ein narzisstischer Elternteil, das „Bildung"system, eine Welt, in die man nicht hineinpasst, in der so viel Lüge steckt, etc. Es kostet einfach so viel Kraft.

Ok, nehmen wir mal an, ich bin endlich aufgewacht. (Wohooo! party!)

"WANN wachen die Schafe endlich auf? So blind/doof kann man doch gar nicht sein!" Den oder ähnliche Sätze hat fast jeder schon mal gehört, eventuell sogar verzweifelnd gedacht. Ich nehme mich da nicht raus.

Sagt die, die um jede Scheiss verfickte Minute Schlaf froh war...

Ende Gelände.

Alisa Mynanom

Verbinde die Punkte

63 - und das Leben fängt an

Frühjahr 2020 - Die Welt hält den Atem an. Wir Menschen werden bedroht von einem schlimmen Virus – so heißt es in den Medien. Die Nachrichten überschlagen sich. Ich sitze vor dem Fernseher und bin geschockt. Was kommt da auf uns zu? Meine kleine Welt (ich lebe allein mit meinem geliebten Kater Moritz) wird auf den Kopf gestellt. Der erste Lockdown wird ausgerufen. Wie organisiere ich mich jetzt? Meine Tochter und ihr Lebensgefährte wohnen weiter weg. Wie mache ich das mit dem Einkaufen und, und, und,...

Ich habe Angst, denn ich war in meinem Leben schon sehr oft mit Krankheit konfrontiert. Im Ort, in dem ich lebe, wird Hilfe organisiert und ich muss nicht nach draußen. Was bin ich froh.
Ich habe Zeit, viel Zeit mit mir, zum Nachdenken, zum Lesen. Ich schaue mir weiter die Nachrichten im Fernsehen an. Es wird immer gruseliger.

Seit 2019 bin ich auf Telegram mit einer Gruppe verbunden, die sich für gesundes Wasser engagiert. Ich kann mich leider nicht mehr erinnern, was mich dazu bewogen hat, auf dieser Plattform Informationen zu suchen – war es vielleicht etwas von Xavier Naidoo?
Ich suche und finde Aufklärung im Übermaß. Ich recherchiere fast 24 Stunden am Tag über Wochen und Monate.

Der nächste Schock erreicht mich. Es ist ALLES gelogen, ALLES.

Ich kann es erst nicht glauben – ich lese in hunderten Kanälen, vergleiche, setze die Infos wie Puzzleteile zusammen, weine, schreie, kann nicht schlafen, bin unendlich erschöpft. Ich muss erkennen: wir wurden alle dermaßen angelogen und manipuliert und nicht nur das.
Das Böse, wie es sich kein beseelter Mensch vorstellen kann, hat die Erde in Besitz genommen. Was ich hier darüber erfahre, zieht mir den Boden unter den Füßen weg.

Und was nun?

Langsam komme ich aus meiner Verzweiflung heraus, kann die Dinge distanzierter betrachten. Ich wende mich noch mehr mir und meiner Spiritualität zu – sie wird zu meinem Anker. Sie hilft mir auch sehr bei der Bewältigung der Momente, wenn Menschen sich von mir abwenden, Freundschaften abgebrochen werden, man meine Informationen nicht hören will.
Im Laufe der Zeit höre ich auf, meine Recherchen weiterzugeben an Menschen, die es eh nicht hören wollen. Nur bei einer lieben Freundin bleibe ich penetrant dabei, sie über die vermeintlich guten Impfungen zu informieren. Sie ist die Einzige in ihrer Familie, die standhaft bleibt und sich nicht spritzen lässt. Nach Abwägung aller Informationen hat sie sich dagegen entschieden. Ich bin so froh darüber.

Im Laufe der Zeit konnte ich erkennen, dass die Geschehnisse der letzten drei Jahre eine Vorführung war, um den Menschen die Augen zu öffnen für die Wahrheit. Manche konnten sie erkennen, andere nicht.

Für diese Zeit seit Anfang 2020 bin ich von ganzem Herzen dankbar. Ich durfte so viel lernen – über mich, über andere Menschen, über das Universum.

Ich bin davon überzeugt, dass mein bisheriger Lebensweg eine Vorbereitung war auf diese und die kommende, gute Zeit. Ich durfte zu Gott finden und ich bin unsagbar dankbar dafür. Meine Anbindung an die Schöpfung wird stetig stärker; ich spreche fast jeden Tag mit Gott, Jesus Christus und der geistigen Welt.

Es ist ein so großes Geschenk, das ich erhalten habe.

Ich könnte noch so viel erzählen; über die Prozesse, durch die ich innerlich gegangen bin. Die für mich wichtigsten möchte ich noch kurz benennen:

Dankbarkeit für das, was ist.

Vergebung im Herzen.

Dadurch fühle ich immer mehr Freude und Liebe im Leben. Gibt es etwas Schöneres „auf meine alten Tage"?

In Liebe,

Martina

Alles hat einen Sinn

Ich heiße Saskia (Spitzname Sasa). Ich fühle mich wie eine 30-Jährige im Körper einer 46-Jährigen und wohne im Hamburger Speckgürtel, in einer Kleinstadt namens Glinde, in einem Reihenhaus mit Partner und zwei Katzen. Ich arbeite seit 2001 als kaufmännische Angestellte im Büro.

Mit 30 Jahren, dachte ich, ich müsse mich weiterbilden und habe eine Heilpraktiker Ausbildung neben dem Job gemacht, habe aber nie damit gearbeitet. Es kam mir trotzdem sehr zugute, weil ich durch meinen Lehrer erfahren habe, was es mit „Impfungen" auf sich hat.

Seitdem war ich in diesem einen Bereich kritisch und aufgewacht... aber nur in diesem Bereich.

Schon bei der Schweinegrippe, habe ich den faulen Braten gerochen.

Im Januar 2020, als Corona noch gar nicht in Deutschland angekommen war, schob mein Chef schon pure Panik, während ich mir sagte: „Ach, die nächste Sau, die sie durchs Dorf treiben, die haben doch bestimmt schon eine Impfung in der Schublade, die an den Mann gebracht werden muss." Ich blieb tiefenentspannt.

Dann spitzte sich die Lage zu, der erste Lockdown kam, und ich fand alles irgendwie aufregend, aber dachte: „Das können die doch nicht machen!"

Ich suchte im Internet verzweifelt nach kritischen Stimmen zu dem Virus, aber es war sehr, sehr schwierig etwas zu finden, weil sie schon an allen Stellen munter zensiert haben. Als ich fündig wurde und angefangen habe, kritische Dinge auf Facebook zu teilen, fragten Freunde hinterrücks meinen Partner, ob mit mir noch alles in Ordnung sei. Dies erzählte er mir und ich fragte mich, warum die anderen denn den Betrug nicht sehen können und fing schon an, an mir selbst zu zweifeln.

Das war für mich der Zeitpunkt, mich zurückzuziehen, auch aus Facebook, und meine Meinung nicht mehr offen Kund zu geben, weil ich merkte, dass es bei dem Thema Corona nur schwarz oder weiß gab. Ich meldete mich bei Telegram an.

Dort bin ich dann, abgesehen vom C-Thema, auch auf andere Themen gestoßen: Fall der Kabale, Chemtrails, Reptos, gefakte Mondlandung, etc. Ich war regelrecht geplättet, in wie vielen Dingen wir getäuscht wurden, und wie wenig ich hinterfragt habe. Ich hatte vieles einfach so hingenommen.

Dann fingen die Diffamierungen in den Medien an: Corona-Leugner, Covidioten, Nazis, Rechtsesotheriker, Schwurbler, Verschwörungstheoretiker. Ich musste dann erkennen, dass die Medien uns belügen und nicht wahrheitsgemäß berichten.

Mein Partner gab mir zu dieser Zeit das Gefühl, dass ich mich in etwas verrenne und ich nicht alles anzweifeln könne, er möchte doch die alte Sasa zurück. Gott sei Dank aber teilte er in Punkto Corona meine Meinung.

Als Ende 2020 die experimentelle Gen-Spritze auf den Markt kam, war für mich klar: UNTER GAR KEINEN UMSTÄNDEN!!!!

Aber der Druck wuchs kontinuierlich, bis sich dann nach und nach alle meine Kollegen die Spritze abgeholt haben, sei es aus Überzeugung oder aus dem Wunsch nach der alten Normalität heraus.

Eskaliert ist es dann, als im November 2021, in den Betrieben 3G eingeführt wurde, und alle Ungepimpften jeden Tag einen negativen Test abgeben sollten, um überhaupt das Bürogebäude betreten zu können. Unsere Firma hätte ja auch einen Selbsttest, unter Aufsicht, zulassen können, aber das wurde von unserer Personalabteilung, aus Gründen, die „Abtrünnigen" zu schikanieren, nicht gestattet. Ich kündigte bereits ein paar Tage vorher schon an, dass ich mich ab dann ins Homeoffice zurückziehen werde.

Eine meiner Kolleginnen, mit der ich eigentlich immer gut befreundet war, fing plötzlich, aus heiterem Himmel an, mich in einer Lautstärke anzuschreien, dass mir die Ohren klingelten... Ich weiß gar nicht mehr genau, was sie mir alles vorwarf, allerdings muss ich dazu sagen, dass Ihr Demenzkranker Vater im Pflegeheim liegt und zu dem Zeitpunkt Corona hatte. An was ich mich erinnern kann, ist: „IHR CORONA-LEUGNER, ICH WÜNSCHE EUCH CORONA MIT EINEM SCHWEREM VERLAUF!!!"

Ich war in dem Moment so platt, ich wusste nicht, was ich sagen sollte. Für mich war es, als wenn mir jemand den Tod wünscht. Einer meiner Kollegen (der auch so tickt wie ich) aus der benachbarten Abteilung hat sogar das Herumgeschreie gehört und mich gefragt, was denn los sei, so laut war es.

Ich ging also mit diesen letzten, wirklich unschönen Eindrücken, ins Homeoffice.

Am nächsten Morgen konnte ich mich Online nicht mehr ins Zeiterfassungssystem einloggen und fragte meinen Chef, warum das so sei. Ich musste ihm jeden Tag meine Arbeitszeiten per E-Mail aufgeben. Als mein

Chef mir dann sagte, dass unsere Personal-Tante meinte: „Man solle es den Ungeimpften nicht zu bequem machen, und die sollten doch bitte im Betrieb erscheinen, mit tagesaktuellem Test" - da war für mich endgültig eine Welt zusammengebrochen.

Mir ging es in dieser Zeit wirklich sehr, sehr schlecht. Ich konnte kaum essen, fühlte mich sehr erpresst und unter Druck gesetzt, aber ich wollte mich unter keinen Umständen fügen. Mein Chef, der ja wirklich Panik vor dem Virus hatte, war froh, dass ich ins Homeoffice gegangen war, weil ich ein Maskenattest besaß und nicht geimpft war, und setzte sich dann glücklicherweise dafür ein, dass ich weiterhin von zu Hause aus arbeiten durfte. Wenigstens ein Lichtblick.

Wie gesagt ging es mir sehr schlecht, meine Kollegin und Ihre Verbündeten redeten nicht mehr mit mir und ich war die Ausgestoßene. Dann gingen die Diskussionen los in welches Restaurant es denn zur Weihnachtsfeier gehen sollte, da war schon nur noch 2G in den Restaurants möglich. Also war ich wieder ausgeschlossen.
Mir ging es wirklich elend. Mein Magen war wie zugeschnürt und ich konnte kaum etwas essen. Das ging ca. 3-4 Wochen so.

Bis ich dann einen Geistesblitz hatte und mir gesagt habe, dass ich nicht mit meinem Job verheiratet bin, und wenn sie mich nicht mehr haben wollen, dann sollen sie mich kündigen, irgendwo wird sich dann schon eine neue Tür öffnen. Eine Gen-Spritze kam für mich, wie schon erwähnt, auf keinen Fall in Frage.
Irgendwie würden wir es schon schaffen, finanziell über die Runden zu kommen.

In dieser Zeit habe ich Frieden geschlossen mit mir

selbst und hab losgelassen. Der Job war mir nicht mehr wichtig, bzw. wäre es kein Drama für mich gewesen, wenn sie mich gekündigt hätten. Ich bin immer noch in der Firma tätig, auch mit der Kollegin habe ich mich wieder versöhnt. Ich habe ihr verziehen, aber vergessen kann ich das nicht...

Das war aber genau die Zeit, die mich stark gemacht hat, stärker und selbstbewusster als jemals zuvor, ich mache jetzt mein Ding. Während dieser Krise habe ich eine Vernetzungsgruppe in meiner Gegend kennengelernt und habe da so viele wunderbare, aufgewachte Seelen getroffen. Wir sehen uns regelmäßig und es ist wirklich eine schöne Gruppe von Herzensmenschen.
Unter anderem habe ich eine gute Freundin meiner 2014 verstorbenen Mutter, durch diese Vernetzungsgruppe wiedergetroffen. Wir haben uns viele Jahre nicht mehr gesehen und sie kannte mich schon als Teenager. Ich glaube, es sollte so sein, dass wir uns wieder begegnen.

Seitdem gelingt es mir fast täglich, hoch zu schwingen und immer positiv zu sein. Corona ist für mich schon lange durch, wir sind stark geblieben und ich bereue nichts!!!

Ich bin der Auffassung, dass wir es uns ausgesucht haben, jetzt, zu dieser Zeit, hier an diesem Ort zu sein... es ist unsere Bestimmung. Es gibt keine Zufälle!

Herzliche Grüße

Saskia Brandt

Man muss es
den Menschen
zeigen

Das Erwachen für unsere Tiere

Bevor ich mich drastisch veränderte, war mein Leben als Manuel Enders normal. Ich machte das, was von mir verlangt wurde, wie Abitur, Ausbildung und noch einen Bachelor in Psychologie auf einer Fernuniversität. Doch als ich die sozial erwünschten Ziele der Gesellschaft erreichte, fühlte ich mich leerer denn je. Aber wie konnte das sein? Ich habe mich doch so sehr angestrengt, um *gut* zu sein; um *angepasst* zu sein. Und im Nachhinein stellte ich fest, dass genau das mich unglücklich machte.

Es musste doch an mir liegen, dachte ich erst. Nein! Es war einfach eine falsche Programmierung, die durch den Schmerz aufgebrochen war. Ein sinnloses Leben, in dem ich schon montags auf die Uhr schaute und sehnlichst aufs Wochenende wartete. Das sollte ein für alle Mal vorbei sein.

Seit der erheblichen Schwingungserhöhungen auf der Welt, schon vor der Plandemie, verfolgten mich die spannendsten Visionen einer längst vergessenen Zeit.
Sie waren wie eine Offenbarung, denn ich konnte mein Herz für etwas öffnen, was mir vorher verborgen blieb.

In dieser Welt konnten Menschen noch mit Tieren sprechen. Sie lebten in bedingungsloser Liebe zusammen und aßen von den Früchten, die sie von Gott aus der Natur bekamen. Die fleischliche Hülle war im Leben nur zum "sichtbar werden" des Geistes und nicht zum Verzehr gedacht. Das Paradies, der höchsten geistigen Ebene, das All-Ein-Sein war auf der Erde materialisiert.

Doch der zu mächtig gewordene Antichrist warf einen großen Schatten auf die Welt. Er selbst machte sich zu Fleisch, um die Menschen zu verführen. Das Ego war sein größtes "Geschenk", weil er die Trennung und das Beherrschen über andere liebte. Ganz besonders liebte er die Unterwerfung des Tieres. Er durchtrennte den Menschen das geistige Band zu ihren tierischen Brüdern und Schwestern. Er nistete seine giftigen Gedanken in den Köpfen der Menschen ein. Sie sollten glauben, dass sie in der Schöpfung "die Krönung" seien.

Seine Masche funktionierte. Die Menschen bekämpften die Tiere mit den hinterhältigsten Mitteln, was aber nicht allzu lange andauerte, denn die Menschen kannten zuvor keine Gewalt und waren überrascht über ihr schreckliches Handeln.

Die List des Antichristen war aber noch größer und sein Plan perfider. Er grub tiefer in der menschlichen Psyche und überflutete ihr kollektives Unterbewusstsein mit der Angst "nicht genug zu haben".

Das Blut des Lebens, was in den Menschen floss, war verunreinigt. Sie töteten viele Tiere. Den Neuankömmlingen wurde das "Sprechen-Lernen" verboten, bis über alle Generationen ihr Intellekt und das Kehl-Chakra verkümmert waren. Sie wurden nur noch ausgebeutet.

Einige wenige sprechende Tiere konnten sich in die Tiefen der Wälder retten. Sie schützten ihre göttlichen

Wurzeln des Sprechens und gaben ihre Fähigkeiten an ihre Nachfahren weiter. Ihr Ehrenkodex lautet bis heute: Sprich niemals mit einem Menschen.

Das Werk des Antichristen wirkt zwar noch, doch das Licht scheint jetzt in jeden Winkel der satanistischen Tierindustrien, in denen die unbewussten Menschen mit Geld gelockt und verführt wurden, solche Verbrechen ohne schlechtes Gewissen ausüben zu können.

Die Zeit und die Bestimmung unseres All-Ein-Sein werden in naher Zukunft wiederkommen und der Antichrist verbannt. Die weisen Tiere der Wälder werden ihre Verstecke verlassen und sich uns wieder zeigen, wenn unser unreines Blut wieder mit Liebe durchtränkt und unser Geist geklärt ist. Dann verbindet sich das geistige Band zwischen den Tieren und uns wieder, wobei man davon ausgehen kann, dass dies bei einigen schon geschehen ist.

Der Antichrist wird nie mehr über diesen Planeten herrschen, denn die größte Lüge war und ist immer, dass wir Menschen etwas Besseres wären, als die Tiere, doch in Wahrheit sind wir nur „gemeinsam stark".

Diese Botschaft, die ich von Gott für die Liebe zu den Tieren empfangen habe, gebe ich an die Kinder und die nachfolgenden Generationen weiter. Aus diesen Visionen habe ich eine kindgerechte und von Herzen kommende Geschichte geschrieben, an der ich ein Jahrzehnt gearbeitet habe, um sie zu perfektionieren. Sie heißt **„Kleine Igel, große Probleme"** und ist als Buch veröffentlicht worden. Es ist meine Motivation, den Lesern zu vermitteln, dass Tiere unsere Brüder und Schwestern sind und nicht unsere Diener.

In der Corona Zeit haben meine Frau und ich der bulgarischen Hündin "Easy" ein Zuhause geschenkt und wir unterhalten uns auf geistiger Ebene miteinander. Ich denke, dass es auch diese Fähigkeit ist, die wir jetzt wieder erlernen dürfen, bevor sich uns die sprechenden Tiere aus den Wäldern zeigen.

Manuel Enders

Die Jäger
werden die
Gejagten

Die Spreu trennt sich vom Weizen

In dem Jahr, wo das Klopapier ausging, da verlor ich meine beiden besten Freundinnen. Die eine, weil sie mich für eine Verschwörungstheoretikerin hielt und die andere, weil sie sich nicht zum Licht entwickeln wollte, sondern sich mit Lügen ihren Weg bahnt.

Ich verlor meinen Vater, zu dem ich aber bereits seit zehn Jahren keinen Kontakt mehr hatte. Er starb nach seiner zweiten Schlumpfung an einem Aneurysma im Kopf. Ich durfte nach der Beerdigung nicht mit ins Café, wegen 2G, was aber nicht weiter tragisch war, sondern nur symbolisch für die Kluft, die zwischen der Familie stand.

Meine 92-jährige Oma kam mit Herzinfarkt ins Krankenhaus und niemand durfte sie besuchen. Das war der Horror für uns alle.
Ich verlor den Glauben in die Waldorfpädagogik und die Waldorfschule, nachdem sich alle Waldorflehrer unserer Schule boostern ließen und im Gleichschritt mitmarschierten.

Ich bin zwar schon immer wach gewesen, auch als Kind und immer anders als der Rest der Familie - aber diese Zeit und diese Erfahrungen haben mir den letzten Kick gegeben.

Ich war jeden Tag mit meinen Kindern und Hunden im Wald und habe das Beste aus der Situation gemacht. Unsere älteste Tochter, die sich zu Beginn nicht sicher war, ob wir jetzt abdrehen... ist nun überzeugt davon, dass es der Rest der Welt ist und nicht wir.

Nina

Bitte bleiben Sie gesund!

Dieser Satz macht einen krank!

Kate Bono

Like ice in the sunshine

Es begann mit diesem unterschwelligen Empfinden, dass irgendetwas so gar nicht stimmte auf dieser Erde. Das war einige Monate, bevor die Welt in Angst vor einem gefährlichen Virus komplett ihren Verstand verlor.

Ich stand in unserem Garten und hatte das Gefühl, dass ich plötzlich mit allem verbunden bin. Vor meinem inneren Auge überflog ich meine Welt und von oben sah ich Dinge, die mir bis dato völlig fremd waren. Kurz zweifelte ich an meinem Verstand. Es war schwer, all das Gesehene zu verarbeiten und im Alltag weiter zu funktionieren. Täglich wartete ich darauf, dass sich wie bei der Truman-Show ein Scheinwerfer löste, damit ich endlich realisieren konnte, wie es wirklich ist.

Davor hatte ich viele gesundheitliche Baustellen und tigerte von Arzt zu Arzt. Geholfen haben die mir aber nicht und nachdem ich die Nase voll hatte von all den pharmazeutischen Giften und eine meiner Baustellen mithilfe eines YouTube-Videos (ein Tipp von einer befreundeten Tierheilpraktikerin) lösen konnte, fragte ich mich, wofür es denn bitte Ärzte gab.

Dann kam der Sturz zu Hause und ich konnte kaum noch laufen. Lag herum, hatte starke Schmerzen und auch hier wieder keine wirkliche und hilfreiche

Unterstützung seitens meines Arztes. Geschweige denn, in diesem unmenschlichen von pharmazeutischen bzw. wirtschaftlichen Interessen geprägten System erst einmal einen zeitnahen Termin zu bekommen. Nicht mal eine Physiotherapie würde helfen, das würde in meinem Fall ja eh nichts mehr bringen, so die Meinung meines Arztes. Mein Standardantwortsatz in dieser Zeit: „Das sind Ihre Grenzen, aber nicht die meinen!"

Ich hatte also enorm viel Zeit nachzudenken, zu reflektieren und zu schreiben. Nach einigen Wochen spürte ich, wie sich etwas in mir löste, es war wie ein großer Eisklotz in meinem Inneren, der sich plötzlich auflöste und ich mich wieder langsam hinaus in die Welt bewegen konnte.

Doch dann kam mit einem Schlag dieser C19-Kram und ich konnte von Beginn an nur noch mit dem Kopf schütteln. Sahen die Menschen denn nicht, was hier vor sich ging? Das war doch alles so offensichtlich, man musste doch nur den Mustern folgen und eins und eins zusammenzählen!? Ich konnte das einfach nicht verstehen.

Dazu kam, dass mein Mann auch noch nicht so weit war und sich an alles hielt und wir uns oft gestritten haben oder er den Raum verlassen hat, als ich versuchte, bei ihm bestimmte Themen anzusprechen. Dabei habe ich noch nicht mal die Hardcore-Themen wie Kindesmissbrauch und satanische Rituale angesprochen, weil ich wusste, dass er das überhaupt nicht hören mag. Ich war jedoch vorbelastet, was diese Themen anging, da ich früher ehrenamtlich in einem Verein gewirkt habe, wo es genau darum ging. Die Geschichten von damals verfolgen mich noch heute!

Es wurde schlimmer und schlimmer, wir wurden eingesperrt, um uns und andere zu schützen, *würg*, schon bei diesen manipulierten Worthülsen wurde mir schlecht. „Bitte bleiben Sie gesund", hallte mir nahezu überall entgegen und ich antwortete zu Beginn noch, „Hallo, ich bin gesund!"

Dass die Schulen schlossen, fand ich ja noch gut, diese Missbildungs- und Indoktrinationsstätten fand ich ohnehin desaströs. Doch als es immer schlimmer wurde und die Menschen wie bekloppt Klopapier horteten, sich mit mehreren Masken die Fratzen verzierten und dann auch noch andere diskriminierten, weil sie sich keine Giftsuppe injizieren lassen wollten, war es für mich vorbei.

Ich konnte diese Wesen nicht mehr ertragen und vermied es, einkaufen oder nach draußen zu gehen. Zu widerlich hatte sich für mich diese Welt da draußen entwickelt (es war schon immer nicht leicht in den letzten Jahren, aber diese vermeintliche Krise hat einigen noch mal mehr das nicht vorhandene logische Denken vernebelt). Angst macht nun mal gefügig.

Ich haderte mit mir, war einsam, fühlte mich wie Eis in der Sonne, dass immer mehr schmolz so ganz ohne Halt in der Familie. Freunde mieden mich, auch langjährige für mich gute Freundschaften zerbrachen und es war auf einmal sehr viel Raum für Neues. Dazu kam, dass ich aufpassen musste, was ich bei bestimmten Personen sagte, da mein Kind betroffen war (das war die schwerste Aufgabe, weil ein totaler Systemling mit involviert war und ich mein Kind schützen musste und das mit sehr viel Fingerspitzengefühl und dem ständigen Damoklesschwert des Systems über mir).

Ich hatte wieder viel Zeit, mich mit mir zu beschäftigen, ging richtig tief und bearbeitete auch Themen, bei denen ich dachte, dass diese schon durch sind (nach einer schwierigen Trennung vor einigen Jahren hatte ich mich schon bis auf die Knochen gehäutet).

Ich wurde stärker, fand wieder mehr zu mir und sprach weiter meine Wahrheit aus. Ich recherchierte immer weiter, beschäftigte mich mit unserer Geschichte, mit meinen Ahnen, las alte Bücher über die Heimat meiner Vorfahren. Ich tauchte noch tiefer ein und noch tiefer und ich weinte viel. Ich war entsetzt, was alles da draußen in der Welt geschah, ohne dass es jemand mitbekam, geschweige denn interessierte.

Meine alte Welt zerbrach völlig, alles, was ich kannte, war für mich nur noch eine Scheinwelt. Ich jedoch wollte die Wahrheit finden und meine Intuition, dieser innere Kompass, der jedem innewohnt, half mir sehr gut dabei. Es war eine sehr intensive Zeit, die mich aber meiner Seele so nah wie nie gebracht hatte.

Der Wendepunkt kam für mich dann 2021, als mein Mann endlich begann (bis dahin war seine Einstellung, wenn er sich impfen lassen muss, dann macht er das), sich auch Gedanken zu machen. Nun, jeder geht in seinem Tempo und ich war wirklich geduldig, aber ich hatte mir schon überlegt, was ich tun könnte, wenn dem nicht so ist. Mehr jedoch sorgte ich mich um mein Kind, dass es sich vom Erzeuger belabern lassen könnte, die Giftsuppe zu nehmen...

Als sich in der Familie dann noch einige Mitstreiter fanden (die zwar die Tests noch mitmachten und brav die Kaffeefilter trugen, aber zumindest die Giftsuppe verweigerten und auch ihre Jobs hinschmissen bzw. verloren haben), ging es stetig bergauf. Ich fand Kates tollen Kanal, und all die wundervollen Menschen dort gaben mir täglich Kraft. Ich war nicht allein und es wurden immer mehr.

In mir breitete sich eine innere Ruhe aus, die Gewissheit, dass ich genau hierfür hierhergekommen bin (wo auch immer meine Urheimat sein mag). Hier war ich genau richtig und hier konnte ich meine volle Kraft entfalten, die in mir brodelte und nur darauf wartete, endlich gelebt zu werden.

Das Außen wurde immer doller, es fiel mir manchmal schwer, ernst und in meiner Mitte zu bleiben. Meine Intuition und meine Eingebungen erwiesen sich immer als treffend und so folgte ich allem, was da aus mir herausfließen wollte. Ich bekam ein unglaubliches Gespür für Menschen, Situationen und Ereignisse und sah manchmal die Wesen, wie sie wirklich aussahen, was ich am verstörendsten fand (gerade beim Autofahren oder Einkaufen).

Meine innere Welt wurde so reichhaltig, dass ich dem Außen immer weniger Aufmerksamkeit schenkte. Ich konzentrierte mich auf meine Lieben und wir drei wuchsen noch mehr zusammen.

Das in der Sonne geschmolzene Eis in 2020 (so wie ich mich damals wahrgenommen habe), setzte sich neu zusammen und stieg neugeboren wie Phönix aus der Asche auf. So lange habe ich mich verbogen, um andere zu befriedigen, um im Außen akzeptiert zu werden, um zu gefallen, doch nun war ich dran und das fühlte sich einfach herrlich an. Ich flog regelrecht durch meinen Alltag und alles war in einem harmonischen Flow.

Heute ist es so, dass mich nichts mehr so leicht aus der Ruhe bringen kann, ich mir alles erst mal von oben anschaue, in alle Richtungen blicke und dann loslasse. Die Antworten und Lösungen sind ja bereits da und kommen immer ziemlich schnell, da ich mich sehr angebunden fühle.

Tagebucheinträge

06.01.2020: Mit Freunden mein Wort des Jahres ausgesucht. Es lautet: Demaskierung. Weiß zwar noch nicht, was das bedeutet, das Jahr wird es mir bestimmt zeigen.

11.08.2020: Diese Inkonsequenz und das unlogische Verhalten so mancher Zeitgenossen machen mich noch wahnsinnig. Sie leben vegan, rennen aber wie bekloppt zum Arzt und holen sich alle möglichen pharmazeutischen Gifte. Und wenn es um ihre Interessen geht, nehmen sie diese Plandemie auch nicht so ernst... Nun gut, Selbstreflexion ist auch Meisterklasse, das schafft nicht jedes dieser Wesen... Toll, bin faltenlos im Gesicht, hab aber ´ne Delle vom Dranschlagen an der Stirn.

19.11.2020: Es geht uns gut, wir machen das Beste aus dem ganzen Durcheinander und halten die Frequenz der Liebe und des Friedens hoch... Jetzt ist Kreativität und Liebe gefragt und auch, dass man andere inspiriert, selbst zu denken... Es ist teilweise anstrengend, in der Frequenz zu bleiben, aber wir sind auf einem guten Weg als Familie! Des Nachts reise ich durch unser wunderschönes Universum als Botschafterin der Welten und des gelebten Friedens & der Menschlichkeit. Dort erlebe ich schon die Neue Zeit mit all ihrer Liebe und Freude - und das stärkt mich!
To sum it up: Wir tun, was wir können in unserem kleinen Universum!

07.12.2020: Energetisch geht es gerade voll ab bei mir, der Stillstand ist nun völlig weg und ich scheine durch den Alltag zu schweben... Ich werde immer ruhiger und gelassener und rebelliere liebevoll, wo ich nur kann... Und da scheine ich manchmal die richtigen Worte zu finden... Manchmal spüre ich beim Gegenüber dann so etwas wie einen innerlichen Ruck... das tut gut... Das mit der Geduld klappt auch immer besser... also läuft wieder alles rund.

Nachts habe ich derzeit eher liebevolle Aufgaben, manchmal besuche ich bestimmte Seelen, die mir irgendwie bekannt vorkommen (Ahnen vielleicht?) und mit denen ich rede oder denen ich etwas aufschreibe mit den unterschiedlichsten Materialien... ich bin dann wie in einer kreativen Trance... und schlafe auch sehr gut...

27.03.2021: Heute vor dem Impfzentrum: Ein alter Mann kam ganz grau im Gesicht aus der Giftverteilungsstelle. Sein Begleiter (Sohn?) saß in seinem fetten SUV, hörte laut Musik und war sichtbar ungeduldig. Ich fragte den älteren Herrn, ob ich ihm helfen könne, er schwankte und hätte ich ihn nicht festgehalten, wäre er hingefallen. Der Schwiegersohn machte keine Anstalten, uns zu helfen. Ich war so traurig auf einmal...

Der alte Mann sagte mir, dass ich so nett sei und ich sagte, das sei doch selbstverständlich, aber er schüttelte den Kopf in Richtung seines Schwiegersohnes, der ihn zur Impfung überredet habe... Ich segnete ihn innerlich und drückte ihn. Er fragte mich, ob ich keine Angst vor dem Virus habe und ich verneinte und sagte ihm, dass mir die Menschen wichtiger seien als dieser unsichtbare Virus. Ich brachte ihn zum Auto und er winkte mir dann noch, während sein Schwiegersohn mich nur anpflaumte. Auch ihn segnete ich innerlich und ging gar nicht auf diese negative Energie ein. Im Auto weinte ich erst mal.

15.05.2021: Geträumt, dass ich, wie gestern auch, auf der Streuobstwiese nebenan durch ein Tor in eine andere Welt reise (gestern Nacht ging ich durch sieben Dimensionstore und traf in der siebten Dimension bzw. Welt ein Wesen, dass mir etwas erzählte, was ich vergessen habe und wir uns an den Händen fassten und eine große weiße Energiekugel erschufen und diese auf die Erde brachten). Heute Nacht ging ich zur Pferdekoppel neben den Obstbäumen. Dort streckte ich meine Hand nach vorne, weil ich einen Widerstand spürte, der mich nicht wie sonst weiterlaufen ließ. Meine Hand verschwand und ich wurde sanft hineingezogen. Dort traf ich auf mehrere Menschen, die ich (noch) nicht kannte und wir meditierten gemeinsam. Dann erschien eine weiße, durchschimmernde Frau mit unglaublich toller Licht- und Liebesenergie, die vor uns schwebte. Sie segnete uns und bereitete uns auf die bevorstehenden Dinge vor, die der Menschheit noch mal einiges an Mut und Kraft erfordern würden. Sie sagte uns, dass wir sehr viele hochschwingende Menschen seien, die nun ihre Aufgabe langsam übernehmen dürfen. Wir blickten uns alle an und sahen unser wahres Sein, spürten, wie kraftvoll wir alle miteinander verbunden waren und auch zukünftig sein müssen. Im echten Leben würden wir uns sofort auf energetischer Ebene erkennen.

Es wurde uns gezeigt, dass wir Lichtbringer für die Menschen sind, um ihnen beim Übergang in eine neue Dimension zu helfen.

17.05.2021: Heute Nacht geträumt, dass ich einem Informatiker helfe, den Himmel und das Universum auf Werkseinstellung zurückzustellen. Ich war über einer Kuppel und konnte den echten Himmel und das echte Universum sehen - einfach traumhaft. In der nächsten Traumsequenz befand ich mich in einem Tunnel, der gar nicht enden wollte, habe irgendwelchen Teams ihren Platz zugewiesen, Sachen herumgetragen und bin ewig gelaufen, bis ich oben auf einem Berggipfel herausgekommen bin, obwohl ich nicht gemerkt habe, dass ich bergauf laufe. Oben haben wir uns dann alle an den Händen gefasst und Licht in die Erde und den Berg transformiert. Das war sehr schön von der Gruppenenergie her. Am Ende kam Jesus kurz vorbei und hat sich bei uns bedankt und uns gesegnet.

04.06.2021: Es ist sehr anstrengend gerade, lieber Gott. Ich weiß nicht mehr, wem ich noch trauen kann oder was ich noch lesen kann, um wieder 100%ige Zuversicht zu erlangen. Es ist wahrlich ein Informationskrieg... Vor allen Dingen die Kinder leiden unter all den absolut hirnrissigen, unmenschlichen Maßnahmen.

Spreche ich das im Elternbeirat an, werde ich in Stücke gerissen. Sie verstehen nicht, dass mein Kind weiterhin beurlaubt ist und zu Hause bleibt. Es wird mir vorgeworfen, dass ich meinem Kind die wichtigen Kontakte zur Peergroup verweigere und es damit sicher eine Entwicklungsverzögerung davontragen wird. Während sie ihre Kinder in der Angstspirale halten und alle totspritzen lassen.

Natürlich! Die Angst macht aus Menschen Monster. Nun heißt es, seinem Gefühl zu lauschen und zu vertrauen, dass einem das Innerste den wahren Weg weist und auch spüren lässt, dass bald alles gut wird - sehr gut sogar... ich bin im Rückzug, kann das Außen kaum ertragen. Diese Turbulenzen, diese hypnotisierten Menschen, die für Freiheit alles tun würden. Sehr gut konditioniert. Viele neue Player tauchen auf, viele alte lassen einen misstrauisch werden, wieder andere kann ich gar nicht einschätzen. Worte haben eine unglaubliche Kraft und man muss schon sehr achtsam damit umgehen, sie schreiben und sprechen. Ihre Energien und Frequenzen darf man nicht unterschätzen.

15.06.2021: Lese gerade ganz fasziniert Aufsatzthemen, die vor einhundert Jahren an Gymnasiasten gestellt wurden, wie beispielsweise "Der Stillstand unseres Gartens im Herbst", „Ein Fluss in einer mondhellen Nacht", „Der Wald von seiner schönsten Seite", „Das Wort als Quelle des Glücks", "Worauf basiert die spirituelle Verbindung zwischen Vorfahren und Nachkommen?" oder „Großvaters Kindheit".

Für Schüler der unteren Klassen gab es Themen wie "Über das, was der Vogel in fernen Ländern sah" und "Riesen und Pygmäen des Waldkönigreiches"... Man stelle sich diese Themen mal heute in den Schulen vor, ein Großteil würde alleine die Themen schon nicht mehr verstehen... Was für ein Jammer, was aus dem Land der Dichter und Denker doch geworden ist bzw. wurde.

10.07.2021: Ich wünsche jedem das Beste.

18.08.2021: Irgendwo gelesen:
"Um Völker auszulöschen, beginnt man damit, sie ihrer Erinnerung zu berauben. Man zerstört ihre Bücher, ihre Kultur, ihre Geschichte, ihre Symbole, ihre Fahne. Andere schreiben dann ihre Bücher, geben ihnen eine andere Kultur, erfinden für sie eine andere Geschichte und zwingen ihnen andere Symbole und eine andere Fahne auf. Danach beginnt das Volk zu vergessen, wer es gewesen ist, wenn nicht die geschichtliche Erinnerung von neuem geweckt wird."
Und dann noch den *Schuldkult* obendrauf und so bekommen auch die nachfolgenden Generationen gleich ihren Stempel aufgedrückt. Ich fühle mich sehr traurig, wenn ich lese, was unserem Volk alles angetan wurde...

29.09.2021: Lieber Gott, ich danke dir für mein wundervolles Leben. Jeden Tag wachsen die Freude und das Glück in mir. Deine Worte schenken mir Kraft und Zuversicht. Bitte weihe mich noch tiefer in deine himmlische Weisheit ein. So sei es!

05.10.2021: Ich spüre seit gestern Morgen mehr Schwung und eine enorme energetische positive Welle... Träumte, dass mir ein Unbekannter einen Film vorgespielt hat. Ich kann mich leider nicht an die einzelnen Szenen erinnern, nur dass ich nach Ende des

Films lange geschwiegen habe und dann zu dem Mann gesagt habe, dass das so genial ist und dass ich da nie drauf gekommen wäre. Er meinte dann grinsend, ich solle jetzt weiterschlafen und würde das vergessen, bis auf meinen Satz eben, aber wenn es so weit wäre und ich irgendjemandem etwas erklären müsste, würde ich mich an die entsprechende Filmsequenz erinnern. Ich wachte total beglückt auf und wusste, wir redlichen und liebevollen Menschen müssen überhaupt keine Angst haben, sollten stattdessen frohlockend herumhopsen und uns freuen!

01.11.2021: Verlasse Facebook und Linkedin. Kann den Schrott nicht mehr ertragen!

02.12.2021: Gestern und heute habe ich sehr merkwürdige Zeitsprünge vollzogen, mir fehlten gestern Nachmittag zwei Stunden und heute Nacht drei Stunden... Auch meinen Jungs ging das so, was zu sehr viel Verwirrung und vielen Lachanfällen geführt hat.

07.12.2021: Man kann in jeder Sekunde seines Lebens großartige und menschliche Dinge vollbringen! Und häufig ist es für uns nichts Besonderes, aber unsere „kleine" Geste bedeutet dem Gegenüber eine ganze Menge!
Ein Beispiel aus meinem Alltag: Ich habe einen Hermesboten, der gerade Deutsch lernt. Immer wenn wir uns sehen, fragt er mich etwas, was er nicht verstanden hat. Wir unterhalten uns in einer Mischung aus Deutsch und Englisch.
Ein anderer Paketdienstleister weiß, dass er bei mir seinen Kaffee auffüllen kann und auch unsere Toilette benutzen kann, falls es mal dringend ist. Oder neulich beim Bäcker: Die Dame vor mir hatte nicht mehr genug Geld, es fehlten ihr 80 Cent. Ich schenkte ihr einen Euro und sie war glücklich, weil sie just an diesem Tag auch

ihre Bankkarte nicht dabeihatte. Als ich zu meinem Auto ging, lag ein Euro direkt vor meiner Fahrertür.

Oder man tröstet jemanden, der von einem Mitmenschen grob behandelt wurde.

Wenn man mit offenen Augen und Herzen und empathisch durchs Leben geht, findet man immer Möglichkeiten, sich positiv einzubringen. Unsere Zukunft wird genauso sein: Dass wir uns gegenseitig unterstützen, uns helfen, wo wir können, und unsere Gaben teilen. Miteinander und füreinander statt gegeneinander!

Ein weiser Mensch hat mal gesagt, er gehe in jedes Gespräch mit der Frage "Vielleicht hat der andere ja recht?". Und da ist etwas dran, denn so oft sind wir in unserem eigenen Weltbild und unserer Wahrnehmung gefangen.

Notiz an mich selbst: Open your mind!

Maria Matrixoff

Kein Brot wenn du nicht gehorsam bist

„Noch vor einem Jahr bekam ich beim Bäcker kein Brot, weil ich keine FFP2 Maske trug, in Bayern waren die Pflicht, aber ich trug nur eine OP Maske. Unfassbar! Ich bekam wirklich kein Brot!

Daniela M.

96

Glück ist 96cm groß

Wir schreiben das Jahr 2020, die Welt fängt an sich zu verändern und das Corona Virus breitet sich über dem Planeten aus.

Es gibt da eine Gruppe von Menschen, welche die meisten ihrer Ursprünge in den Ostblock Ländern haben, nun aber mittlerweile in Deutschland, Österreich, England und sogar Kanada leben. Sie besinnen sich auf ihre Wurzeln und haben eine Hilfsorganisation gegründet mit dem Ziel bedürftigen Kindern zu helfen.

So ergab es sich, dass auf dieser Liste eine Mutter mit ihrem Sohn erschien, beide lebten/hausten in der Tschechischen Republik unter widrigsten Umständen. Man wollte beiden helfen mit Kleidung Nahrung und eventuell einer Unterkunft.

Und hier beginnt sie, die Geschichte eines Ehepaares aus Bayern, welche gerne Mutter und Kind helfen wollten. Das Haus war groß und Platz war da, also boten WIR an, uns um die beiden zu kümmern.

Mittlerweile war Lockdown ausgerufen und mit der Hilfe von Herzensmenschen kamen Mutter und Kind dennoch bei uns an. Wir wollten den beiden ein Heim bieten, bei der Suche nach einer eigenen Wohnung, einem Kindergartenplatz und einem Job für die Mutter helfen. Sobald sie auf eigenen Füßen stehen können, sollten sie ihr eigenes Leben leben.

Nach einer gewissen Zeit des Aufenthaltes erzählte die Mutter, dass sie kein Interesse an dem Kind habe und schon mehrfach versucht hat, es bei anderen Leuten loszuwerden. So kam der Tag, als die Mutter uns fragte, ob wir ihr Kind adoptieren wollen. Sollten wir dem nicht zustimmen geht sie zurück in ihre Heimat und legt das Kind vor einer Haustür ab. WAS WAR DAS FÜR EINE FRAGE?! Da wir uns selbst immer noch ein Kind gewünscht haben, aber das passende Glück fehlte und wir nicht verstanden, warum Eltern so etwas tun, wurde intensiv über das Thema diskutiert. Das Ergebnis war „Jaaa, wir nehmen den kleinen Mann bei uns auf!"

Da wir in Deutschland leben, geht nichts ohne Behörden, also war der erste Anruf beim Jugendamt. Wir wussten sehr viel über diese *Firma* und dass sie nicht immer zum Wohle von Kindern agieren, aber wir mussten uns fügen, denn ohne ihre Hilfe geht es keinen Schritt weiter.

Nachdem alle rechtlichen Schritte für eine Auslandsadoption geklärt waren, wurde ein Termin beim Notar erstellt. Es waren viele helfende Hände von Nöten, da wir diverse Dokumente aus dem Ausland brauchten, diese aber dann wieder für Deutschland in deutscher Sprache benötigten. Mittlerweile begann die Mutter damit Druck zu machen, dass der ganze Vorgang zu lange dauert und sie am besten sofort abreisen möchte. Nur durch gutes Zureden des Jugendamtes konnte sie bis zur Adoptionsfreigabe beim Notar zum Bleiben überredet werden.

Der Tag beim Notar war da, die Dokumente wurden unterschrieben und keine zwei Stunden später war die Mutter fort.

Okay, nun waren wir allein und hatten ein Kind.

In dem einen Monat gemeinsamen Lebens mit der Mutter merkten wir bereits, dass das Kind über erhebliche Defizite für sein Alter verfügte. Wir dachten bis dato mit Liebe und viel gutem Essen können wir schnell die Zeit wieder aufholen.

Das erste, was wir machten, war wiegen und messen - und da war sie, die 96. Mehr war der kleine Mann nicht groß und es war eine Zahl, welche uns fast zwei Jahre begleitete. Es ist erstaunlich, was es für Emotionen hervorruft, wenn ein Kind mit vier seinen ersten Geburtstag feiert, am 24. Dezember zum ersten Mal der Weihnachtsmann kommt. Es sind Sachen, die für uns oder unsere Kinder normal sind, der kleine Mann erlebte all diese Sachen zum ersten Mal.

In dieser ganzen Zeit begleitete uns das Jugendamt und obwohl es ein angespanntes Verhältnis war, mussten wir uns fügen. Wir waren normale Eltern mit Lebenserfahrung und einem geregelten Leben - aus Regel und Ordnung. Nun ist es bald soweit und das Amtsgericht entscheidet endgültig über den Adoptionsantrag. Doch war es ein langer und harter Weg, denn nicht nur das Kind musste lernen, nein, auch wir als Eltern haben viel gelernt und sind zum Teil mehrfach an unsere Grenzen gestoßen. Aber es bleibt dabei, die 96 ist die schönste Zahl für uns, denn mit ihr zog das Glück in unsrem Haus ein.

Normalerweise könnte hier die Geschichte enden, doch dem ist leider nicht so. In den zwei Jahren mit unserem neuen Sohn wurden wir an die dunkelsten Punkte im Leben des Kleinen geführt.

Bevor wir den Kleinen in den Kindergarten bringen konnten, brauchten wir einige ärztliche Untersuchungen. Schon daheim stellten wir sehr schnell fest, dass das Kind mehr Narben als ein Soldat im Afghanistan Krieg hatte. Wir zogen das Jugendamt hinzu und erstellten einen Rapport, in dem alle sichtbaren Schrammen, Narben und Schäden protokoliert wurden. Nach der Grunduntersuchung kamen direkt ein Besuch beim Kinderzahnarzt und Augenarzt hinzu. Mit dem Ergebnis, dass dem dreijährigen vier Zähne gezogen werden mussten und er eine Brille bekam wegen Hornhautverkrümmung durch ständigen Handykonsum. Wir dachten, das war's mit Schäden der Gesundheit, nein, weit gefehlt, denn wir vergaßen die Schrammen seiner Seele.

Nachdem das Kind uns vertraute und uns schon als Mama und Papa akzeptierte, erzählte es vom Martyrium durch seine leibliche Mutter und deren Lebensgefährten. Dabei wurde das Kind geschlagen in härtester Form, mit einem heißen Feuerzeug verbrannt und mit heißer Milch übergossen. Als wenn es noch nicht genug wäre, wurden auch sexuelle Handlungen an dem Kind vorgenommen. Wobei das Kind penetriert oder im Gegenzug zu oralen Handlungen gezwungen wurde.

All diese Grausamkeiten erzählte der kleine Junge immer wieder in Phasen der völligen Geborgenheit.

Leider war das für meine Frau, als Mensch und als Mutter fast nicht zu ertragen.

Nachdem auch das Jugendamt über diese Vergehen informiert wurde, stellten wir Strafanzeige gegen die Mutter und den Lebensgefährten. Da die Mutter mittlerweile im Ausland lebte, wurden ausländische Strafbehörden eingeschaltet.

Man könnte denken, die Geschichte wird jetzt gut und der kleine Junge kann sein Leben als normales Kind erfahren, denn es gibt ja jetzt liebende neue Eltern und eine komplette Familie. Doch wir hatten die Rechnung ohne die leibliche Mutter gemacht, welche Nachricht von den Strafbehörden ihres Landes hatte und nun der Meinung war, das Kind wieder zurückzuholen, um einer Verurteilung zu entgehen. Dummerweise war der in der Geburtsurkunde eingetragene Mann nicht der Erzeuger, sondern nur der Unterschreiber.

Und leider war dieser Mensch kriminell und hatte schon mehrere Haftstrafen hinter sich. Über gute Kontakte im

Ausland erfuhren wir, dass das Kind aus unserem Haus entführt werden soll. Ab da brauchten wir Hilfe von höheren Ebenen. Das Kriminalamt wurde eingeschaltet und die komplette Familie fiel unter Personenschutz.

Es war eine schwere Zeit für alle, regelmäßig gab es Kontrollanrufe der Polizei, alle zwei Stunden stand ein Streifenwagen für mehrere Minuten vor unserer Tür. Für den Fall einer geglückten Entführung gab es einen Notfallplan, welcher mehrere Polizeistationen inklusive Europol und die Kollegen der Deutsch-Tschechischen Grenze von der Bundespolizei und dem Zoll umfasste. Mit diesem Plan sollte eine Flucht ins Ausland verhindert werden.
Ganze zwei Wochen lebten wir so in Angst um das Kind, aber auch uns, da wir wussten, dass wir es mit Kriminellen zu tun hatten.

Eines Tages kam die Info, dass sich der Pseudo-Vater den Behörden gestellt hat und verlauten ließ, dass er keine Absicht habe, das Kind zu entführen. Das Leben wurde leichter und wir konnten wie eine normale Familie leben.

Die Tage kamen und gingen und jeder Tag war ein kleiner Sieg.

Wir wissen mittlerweile, dass unser Sohn kein Akademiker wird, da während seiner Schwangerschaft sehr viel Alkohol floss und daraus das Kind nun unter FASD[1] leidet.

---

[1] Die Fetale Alkoholspektrumstörung (FASD / engl.: Fetal Alcohol Spectrum Disorders) entsteht durch Alkoholkonsum der werdenden Mutter in der Schwangerschaft, der lebenslange Folgen bei den betroffenen Kindern verursacht.

Es ist uns egal! Was zählt, ist die Liebe, die er uns jeden Tag spüren lässt und die Gewissheit, dass eines Tages alle Dämonen seinen Kopf verlassen haben.

Übrigens sind wir nun schon 103 cm groß, aber die 96 bleibt in unserem Herzen als Glückszahl.

Es war sehr schwer das Erlebte dieser aufregenden Reise auf zwei DIN 4 Seiten zu komprimieren. Von allem, was wir bisher getan haben, um den kleinen Mann zu retten, ist das größte Opfer das, was meine Frau erbracht hat.
Auf eine Anordnung des Jugendamts musste das Kind zu einer kriminaltechnischen Untersuchung. Dort wurde vom Jugendamt bestimmt, dass der Kleine über Nacht im Krankenhaus bleiben soll. Mit einer Begleitung, welche sich vorher PCR testen lassen muss.

Da meine Frau extrem spirituelle Fähigkeiten hat und ich wusste, was der PCR Test anrichtete, riet ich ihr davon ab. Sie tat es dennoch.
Sie opferte ihre Fähigkeiten für dieses Kind. Dafür werde ich so lange ich lebe vor meiner Frau den Hut ziehen.

Mario Bräuer

Let Go
Let God

Grace

Wir waren zu Hause. Eingesperrt in oder zwischen irgendeinem erneuten Lockdown, zumindest sollten wir uns so fühlen. Und ja, wir waren wie eingesperrt, nur in einer ganz anderen Hinsicht.

Es war der 28. Mai 2021. Der Besuch beim Tierarzt, den ich nie mehr vergessen werde.

Nach wochenlanger Therapie einer vermeintlichen Blasenentzündung unserer Golden Retriever Dame namens Grace teilte uns der Tierarzt mit, dass er am Röntgen eine riesengroße Blase erkennen konnte und diese operativ kaum bis gar nicht mehr entfernt werden könnte.

Er wollte eigentlich sagen, ein irreparabler Tumor würde die Symptome des ständigen Harnlassens und nicht mehr kontrollieren Könnens des Blasenmuskels verursachen. Wir sollten am nächsten Tag in der Früh zu ihm kommen, dann würde er sie operieren. Wenn er uns nach einer halben Stunde nicht anruft, dann läuft die OP planmäßig und wir könnten sie am Nachmittag wieder mit nach Hause nehmen. Wenn er allerdings früher anrief, dann müssten wir schnell kommen, um uns von ihr zu verabschieden. Er sagte es so nüchtern wie möglich.

Sollte heißen, er würde sie dann wieder zunähen, aber nie mehr aufwachen lassen von der Narkose. Weil der Alptraum des Irreparablen dann seinen Siegeszug antreten würde und dieser unsere Grace für immer schlafen ließ. Schmerzfrei, voll Energie und liebevoll sollte sie uns in Erinnerung bleiben, meinte der Tierarzt, diesmal an versuchter Nüchternheit kaum mehr zu übertreffen.

So saßen wir nun um unsere Grace herum, wir Vier - meine drei wundervollen Kinder und ich. Wir hatten den Ofen eingeheizt, damit sie es schön warm haben kann an ihrem letzten Abend, in diesem Körper, auf dieser Erde. Wir wollten es ihr so schön, so liebevoll und unvergesslich wie nur möglich machen, weil wir es scheinbar alle schon wussten, dass es tatsächlich ihr letzter Abend mit uns gemeinsam sein würde. Ihre letzten Eindrücke von diesem verrückten Planeten sollten voll Zärtlichkeit und Harmonie geprägt sein. Unvergesslich eben...

Doch dieses *unvergesslich* blieb uns allen im Hals stecken. Jeder Einzelne von uns war anfangs den Tränen nur nahe gewesen, aber irgendwann mussten wir alle weinen und manchmal mischte sich auch ein Lachen dazu, während wir uns Geschichten über sie erzählten.

Die Tränen fielen auf ihr wunderschönes weißes Fell und die Glasscheibe im Ofen spiegelte ihren Körper wider, so als wenn er uns schon aus der Ferne gezeigt werden würde. Aus einer anderen Dimension, in die wir mit ihr gemeinsam kurz eintauchen durften.

Wir schliefen die Nacht bei ihr, niemand brauchte am Morgen einen Wecker. Bei Tagesanbruch waren wir munter. Gemeinsam gingen wir noch ihre Lieblingsrunde mit ihr. Wassertrinken war erlaubt und auch, wenn der Tierarzt es uns verboten hatte, bekam Grace noch einmal von uns ihr Lieblingsleckerli.

Wir wussten, wir würden es ihr nie mehr geben können und als Dank dafür zeigte sie noch ein Tänzchen, das sie mit allerletzter Kraft für uns tanzte. Ein Abschiedsreigen, bei dem ihre dunklen Knopfaugen noch einmal kurz aufleuchteten. Da war er wieder, der

Lebensfunke, ihr Feuer, ihr Temperament, der Seelenfunke unserer Grace, in Gestalt einer wunderhübschen weißen Golden Retriever Dame, die gerade ihr viertes Lebensjahr begonnen hatte.

Wir fuhren alle gemeinsam zum Tierarzt, der schon auf uns wartete. Kurz angebunden meinte er nur: „Ich rufe sie an." Dann begann die Spritze ihre Wirkung zu zeigen und Grace schlief in meinen Armen ein.

Der Anruf kam sogar früher als erwartet. Wir waren kaum wieder zu Hause angekommen und ich gerade dabei mir einen Kaffee zuzubereiten, da läutete mein Handy. Ich dachte kurz, wenn ich nicht rangehe, dann kann er es uns nicht sagen, dann muss er sie wieder aufwecken. Doch wie ein einprogrammierter Automatismus ließ mich meine Hand den Anruf entgegen nehmen. Ich bekam kein „Hallo" raus. Ich wartete nur auf die vereinbarten Worte des Tierarztes. Und die waren klar und deutlich. „Bitte kommt schnell". Das war alles, was ich hörte. Irgendwas von, „es ist leider sogar noch schlimmer als ich dachte und sie wird es nicht überleben"... drang von ganz weit weg noch an mein Ohr. Dann legte ich auf und rief nach meinen Kindern, denen ebenso der Schock ins Gesicht geschrieben stand.

Vor allem Konstantin, mein Sohn, der besonders in den letzten Monaten in ihr eine beste Freundin, Spielgefährtin und Sparringspartnerin zugleich gefunden hatte, da ja schultechnisch und sporttechnisch kaum bis niemand zur Verfügung stand in diesen eingesperrten Zeiten.

Wir fuhren los. Jeder hatte schon etwas bereitgestellt, was er ihr noch mitgeben wollte auf ihrer letzten Reise.

Diese Autofahrt hin zum Tierarzt werde ich niemals vergessen. Kaum ein Schluchzen war zu hören aber eine Traurigkeit, die mein Herz fast zerspringen ließ und nicht nur meines...

Da lag sie nun, regungslos, angebunden und gleichzeitig hatte dieser wunderschöne Hund der da am OP-Tisch unseres Tierarztes lag, nichts mehr mit unserem Schatz zu tun. Wir kamen natürlich ohne Maske, auch wenn es so gewollt gewesen wäre eine zu tragen, ich nahm meine Kleine in den Arm und küsste sie auf ihre Stirn. „Lebe wohl liebe Grace. Verzeih mir bitte, dass ich dich nicht mehr mit nach Hause nehmen kann."

Jeder von uns hielt sie noch einmal fest und drückte sie ein letztes Mal. Dann ließen wir sie los, zumindest körperlich.

Wie wir vom Tierarzt nach Hause gekommen sind, weiß ich bis heute nicht. Irgendwie haben wir gemeinsam die nächsten Tage verbracht.

Ich habe nie verstanden, wie Menschen so traurig sein können, wenn ein vierbeiniges Familienmitglied sie verlassen hatte. Jetzt konnte ich es verstehen, weil ich es fühlte. In jeder Faser meines Körpers konnte ich den Schmerz fühlen, den Verlust, die Traurigkeit, die Verzweiflung, die Selbstvorwürfe, die Wut, die Einsamkeit, einfach alles, was es an Gefühlen gibt, wenn man ein Kind verliert.

Sie war wie ein Kind für mich und sie war eine Schwester für meine Kinder. Und in meinem Herzen wird sie immer mein Kind bleiben, halt eines mit vielen wuscheligen weißen Haaren und einer neugierigen Nase, die meist dort zu finden war, wo es nichts zu finden gab, so dachte ich zumindest.

Wir vermissen deine flatternden Ohren, immer wenn du über die Wiese gerannt bist und dein Ziehen an der Leine, wenn eine Katze sich erdreistete, deinen Weg zu kreuzen und deine zärtlichen Nasenstupser, wenn wir wieder einmal, traurig über die fürchterlichen Zustände der Lockdowns und dem ganzen Drumherum, am Boden saßen und eine Träne auf dein weiches kuscheliges Fell tropfte. Die meisten hast du vorher schon weggeschleckt und uns aufgefordert dich zu umarmen, um all den Wahnsinn da draußen zu vergessen.

Die Tränen sind getrocknet aber der Wahnsinn ist leider noch immer geblieben, nur mit dir wäre es sicher manchmal leichter gewesen, ihn zu vergessen.

Eingesperrt waren unsere Herzen, eingesperrt und verschlossen, in der Hoffnung, den Schmerz nie mehr spüren zu müssen. Aber die Erinnerung an dich lässt uns frei! Deine Liebe befreit unsere Herzen jeden Tag ein kleines Stückchen mehr und nicht nur unsere...

Love you Grace<3

Andrea Kühr

Normales Leben

Ein wirklich normales Leben?! Ja, im Grunde hatte ich früher ein normales Leben, mit normalen Eltern, einer normalen Schwester, in einer normalen Stadt im Bergischen Land. Allerdings hatte ich, wie vermutlich die meisten von "uns", immer das Gefühl etwas anders zu sein und seit knapp drei Jahren weiß ich auch endlich, warum das so ist.

Meine Eltern haben 1981 geheiratet, da war meine Mutter gerade zwei Wochen zwanzig und mein Vater zwei Monate dreiundzwanzig. Aus heutiger Sicht unheimlich früh, damals aber das „normale" Alter, um eine Familie zu gründen. Jedenfalls habe ich dann zwei Jahre nach der Hochzeit meiner Eltern das Licht dieser Welt erblickt und drei Jahre nach mir meine Schwester.

Zeitsprung ins Teenageralter... Da, wo andere feiern waren, habe ich lieber gelesen und ruhige Stunden zu Hause mit mir oder sehr ausgewählten Freunden verbracht. Ich konnte damals schon gut allein sein und kann das auch heute noch. Ich habe keinen Alkohol getrunken, nicht geraucht und auch keine Partyexzesse hinter mir. Der Alkohol kam erst später dazu, aber auch nur sehr selten und mittlerweile trinke ich seit knapp zehn Jahren keinen mehr.

Ich hatte auch bis zum meinem 25. Lebensjahr keinen festen Freund, keinen Kuss oder was darüber hinausgeht.

Meine Schwester war das komplette Gegenteil. Sie ist sehr früh feiern gegangen und hat im Alter von fünfzehn sogar meinen Perso dafür bei mir entwendet. Natürlich wusste ich nichts davon... Sie hatte einige Freunde, sehr früh Geschlechtsverkehr, hat getrunken, geraucht und im Grunde nichts anbrennen lassen. Von vielen Dingen weiß ich nichts und sie würde den Teufel tun, mir von ihrer Vergangenheit zu erzählen. Sie hat mich und auch meine Eltern oft angelogen. Es gab, als ich noch zu Hause gewohnt habe, nur sehr wenig, was meine Schwester und mich verband. Heute ist es nichts mehr.

Wir haben uns einfach so grundlegend unterschieden, dass ich mich oft gefragt habe, ob ich überhaupt in diese Familie gehöre. Hinzu kommt auch noch, dass meine Mutter und meine Schwester ein viel innigeres Verhältnis zueinander haben als ich zu den Beiden jemals hatte.

Mein Vater spielt(e) in der Familienkonstellation auch nur eine Nebenrolle. Meine Eltern sind zwar immer noch verheiratet, allerdings wurde mein Vater von meiner Mutter und Schwester eigentlich nie wirklich integriert, obwohl ich irgendwie das Gefühl hatte, dass seine zugewiesene Rolle für ihn ok war. Ich schreibe *war*, weil ich seit 2017 keinen Kontakt mehr zu meinen Eltern habe.

2008 habe ich meinen Mann kennengelernt. Ein Jahr später sind wir ein Paar geworden und bereits einen Monat später sind wir zusammengezogen. Zwei Jahre später haben wir geheiratet.

Kinder haben wir keine, aber dafür seit knapp zwei Jahren unseren Herzenshund aus dem Tierschutz.

Mein Mann ist, genau wie ich, immer schon etwas anders als die anderen gewesen und anscheinend schmeckte das meiner Mutter nicht wirklich. Sie konnte ihn nicht "greifen" und hat ihn immer schon sehr skeptisch betrachtet und ihre eigenen Schlüsse gezogen, ohne mit ihm oder uns das Gespräch zu suchen.

Wir wurden für unsere Ernährung (vegan) belächelt, unser Hobby (das Drehen unserer YouTube Serie) wurde nicht ernst genommen und im Grunde beschränkte sich das Interesse meiner Eltern und vor allem meiner Mutter auf die Fragen, wohin wir denn als nächstes in den Urlaub fahren, wie blöd die Arbeit war, wie das Studium (meines Mannes) läuft, was für Filme man im TV gesehen hat und wie meine Arbeit so läuft.

Wirklich tiefe Gespräche kamen dabei nie zustande und so kam es, und letztendlich war es auch der logische Schluss des Ganzen, dass wir uns immer weiter voneinander entfernt und 2017 den Kontakt (zu meinen Eltern) komplett abgebrochen haben.

Zu meiner Schwester hatten wir bis dahin immer noch sporadischen Kontakt und wenn wir uns dann mal gesehen haben, oder wir bei ihr einen Termin zur Fußpflege hatten (ich habe wirklich versucht, das Gute in meiner Schwester zu sehen und unser Verhältnis irgendwie aufrecht zu erhalten), haben wir "normale", oberflächliche Gespräche geführt. So haben wir uns dann stillschweigend darauf geeinigt, dass das die beste Umgangsweise für uns ist. Damit sind wir bis zum Sommer 2018 auch ganz gut gefahren.

Sie erzählte uns auch, dass sie einen Mann kennengelernt hat. Vorstellen wollte sie uns ihn aber nicht, denn sie hatte ihm, und das haben wir später erfahren, viele Lügen über uns erzählt. Dann kam der besagte Sommer und mit diesem auch der Bruch mit meiner Schwester. Wir erfuhren durch meine Oma, dass meine Schwester und ihr Mann geheiratet haben und ein paar Wochen später ein Kind bekamen. Wir wurden sogar von ihm bedroht, weil wir die Heimlichtuereien meiner Schwester kritisiert haben. Er hatte bis zu diesem Zeitpunkt kein einziges Wort mit uns gesprochen. Damit hatte sich auch der Kontakt zu meiner Schwester erledigt.

Durch die Plandemie haben wir die endgültige Gewissheit bekommen, warum sich die Spreu vom Weizen trennen musste, denn meine ganze Familie (Großeltern, Eltern, Tanten, Onkel, Cousinen und Cousins) hat sich impfen lassen. Sie glauben diesem Narrativ, so wie meine Oma, die nicht möchte, dass wir sie als Ungeimpfte besuchen, da sie große Angst vor diesem Virus hat.

Alles hatte Sinn. Spirituelles Wachstum durch die falsche Umgebung und die falschen Menschen. Einerseits ist es traurig, dass es so kam, andererseits ist es das Beste, was passieren konnte, sonst hätte es noch zu einem großen Familienkrieg geführt, weil wir uns die Giftspritze nicht geben lassen wollten. Ich danke diesem „Wahrheitsvirus" und rückblickend weiß ich, warum ich so bin, wie ich bin.

Wir erfahren aktuell und in Zukunft immer noch mehr darüber, wer wir sind und was alles im Verborgenen liegt. Mein Leben hat sich so sehr geändert und ich bin froh über jeden Schritt, den es voran geht. Wir sind gespannt und gehen mit Vertrauen in die Zeit, die kommt.

Jennifer Enders

Meine
Gedanken

Als es Anfang 2020 losging, war für mich völlig klar, dass das alles eine riesengroße Vollverarsche ist. Ich bin schon länger am Aufwachen und die Zeichen waren mehr als deutlich. Dass es jedoch so rasant ging und so an Dynamik gewann (Lockdown im April 2020) hätte ich nicht gedacht.

Ich habe damals den Monat genossen, super Wetter, niemand sonst außer Chef im Büro und die Parks waren leer. Einkaufen ohne Lappen war noch eine Selbstverständlichkeit.

Tja, aber dann wurden die Schrauben mehr und mehr angezogen und es wurde unlustig mit der Zertifikats- und Maskenpflicht.

Ich arbeite nach wie vor für die größte medizinische Fachgesellschaft der Schweiz und habe hautnah miterlebt, wie alle voller Angst auf den Pandemiezug gesprungen sind. Mir war das alles immer wurscht, ich war dem Käfer gegenüber total entspannt.
Ich habe im ganzen Jahr 2020 niemanden gekannt, der C gehabt hat. Was haben mein Bruder und ich über die Doofheit der Masse gelacht...

Tja, und dann kam die Gentherapie - Halleluja, die Rettung naht!

Ich dachte schon damals, dass das in den wohl schlimmsten Genozid aller Zeiten ausarten wird, habe aber aus Erfahrung geschwiegen. Mir hat ja nie jemand irgendwas geglaubt, was ich gesagt habe. Den glasigen Blick der Systemtreuen ertrage ich schon lange nicht mehr, wenn man sie auf Ungereimtheiten oder Lügen aufmerksam macht. Schon gar nicht mein Dr. med. Chef.

Mittlerweise sind beinahe drei Jahre vorbei und es war nicht lustig. Ich habe mich geweigert, so eine Maske anzuziehen (nur selbst genähter Stofflappen), habe nie einen PCR-Test gemacht und verweigere mich natürlich auch der Gentherapie. Seit Beginn der Gentherapie (alle im Büro sind mindestens 3x genadelt) leide ich unter Shedding und dem üblen Geruch, den viele verströmen. Echt manchmal zum Kotzen, es ist so widerlich.

Ich wurde ausgeschlossen vom öffentlichen Leben, habe Kumpels verloren und sehr viel Zeit alleine daheim verbracht. Ferien? Nein danke, ich bleibe lieber daheim. Im Büro bin ich das schwarze Schaf und privat gibt es nur wenige in meinem Umfeld, die ähnlich denken, wie mein Bruder und ich. Trost habe ich immer wieder in diversen Telegram-Kanälen gefunden – geteiltes Leid ist auch halbes Leid. Dennoch war es für mich nie auch nur eine Sekunde wahrscheinlich, dass ich mich aus Bequemlichkeit therapieren lassen würde.

Nun, was ist mein Fazit aus der Geschichte, die immer noch andauert: Ich denke mittlerweile, dass die letzten drei Jahre für die Aufwachenden die Vorbereitungszeit für das Abschiednehmen war. Abschiednehmen vom bisherigen Leben, von Freunden und allenfalls Familie und zu guter Letzt Abschiednehmen von der Welt, wie wir sie kannten. Sie wird sich fundamental ändern.

In welche Richtung genau, weiß ich nicht, aber ich bin und bleibe im Vertrauen, dass es in die richtige Richtung gehen wird. Ich freue mich auf eine Zukunft mit Menschen, die auch Menschen sind. Eine Zukunft mit selbstverantwortlichen, unabhängigen Selberdenkern voll Wärme, Freundlichkeit und Empathie!

Bibi aka Pia Tanner/CH

Kinderseele

Liebe kleine Kinderseele, du leidest stumm,
weil die Menschheit ist so dumm.
Du kannst dich nicht wehren, das Leid sitzt tief,
es ist als ob die Menschheit schlief.
Ein weltweites Virus wurde initiiert,
von einer Machtelite, die nur nach Profit giert.
Du möchtest spielen, toben Freunde treffen,
das geht nicht sagt man dir,
du würdest Gesetze brechen.
Gesetze ohne Sinn und Verstand,
die Wirtschaft und Menschlichkeit
fährt man an die Wand.

Angst wird geschürt, auf Distanz sollst du gehen,
du weißt nicht wohin mit deinem Flehen.
Deine Seele weint leise vor sich hin,
du trägst eine Maske, macht das noch Sinn?
Sie nimmt dir das Lachen, das Atmen fällt schwer,
tolle Regierung, viel dümmer geht 's wohl nicht mehr.
Nichts geschieht von heute auf morgen,
es existiert ein Plan und der macht mir Sorgen.
Von machthungrigen Menschen
von langer Hand geplant,
das Volk hat lange davon nichts geahnt.

Von ihnen wurden Fangnetze ausgeworfen über Nacht,
kein Mensch hätte je an so was gedacht.
Angst wurde verbreitet,

wie ein loderndes Feuer geschürt,
Masken, Tests und Ausgangssperren eingeführt.

Du bist verängstigt, Verbote werden dir erteilt,
keiner fragt dich, wie gehst du um mit deinem Leid.
Du bist gefangen, alleine mit dir,
deine Seele schreit: „Bitte hilf mir!"
Glaube mir, ich könnte schreien vor Wut,
dass die Mehrheit der Erwachsenen nichts tut.

Seit einem Jahr bitte ich darum, dass man versteht,
was hier auf der Welt vor sich geht.
Tag ein und Tag aus lässt man das Böse gewähren,
viel zu wenige zeigen Rückgrat, um sich zu wehren.
Blinder gehorsam aus Angst vor Strafen,
erwachsene Menschen
lassen sich behandeln wie Sklaven.

Wir wurden belogen, betrogen,
in die Abhängigkeit gedrängt,
ja, das passiert, wenn man nicht mehr selber denkt!
Aber um dich, du reine Kinderseele, geht es hier,
du brauchst Schutz von allen, nicht nur von mir.

Volk, steh endlich auf und schütze unsere Kinder,
sie sind verstört, depressiv, traumatisiert,
vielleicht für immer.
Wie kannst du so ignorant und feige sein
wo bleibt deine Fürsorge für diese Seelen,
so rein und klein.
Es ist unmenschlich, eine Folter der kleinen Seelen
wie kannst du diesem Leid so tatenlos zusehen?
Wenn nicht für dich, dann steh endlich auf für sie
Schluss damit, dass sie uns zwingen in die Knie.
Das Leben besteht nicht aus Macht und Gier,
schau auf die Kinder, sie zeigen es dir.
Das Leben ist bunt, fröhlich, laut

und will gelebt werden,
nicht eingepfercht wie die Schafherden.
Schau in den Spiegel, was hast du getan?
Kinder alleine gelassen in all ihrer Scham.
Sie sind die Zukunft, sie sind das Leben
Was kann es Schöneres,
als für sie zu kämpfen, geben?

Schließen wir uns zusammen gegen all dieses Pack,
das uns maßregelt, knebelt und impfen mag.
Wir werden unsere Kinder schützen, die ihr ins
Verderben schickt,
das Maß ist voll, tretet endlich zurück.
Ihr seid machthungrig, ihr seid gierig,
ihr seid unmenschliche Gestalten,
ihr wollt uns nicht schützen, ihr wollt uns vernichten,
als Sklaven halten.
Es wird euch nicht gelingen,
es dauert vielleicht noch einen Moment,
aber wehe euch, wenn die Mehrheit
eure Absichten erkennt!

Liebe Kinderseele, ich werde nicht eher ruhen
bis der letzte versteht... wir müssen was tun.
Ich werde so lange kämpfen, informieren und
Verordnungen brechen
bis das letzte Seelenkind wird wieder lächeln!
Ich erhebe meine Stimme für alle Kinderseelen,
ich möchte euch strahlen und lachen sehen.
Unbeschwert durchs Leben gehen,
fühlen, lieben, das sind Menschenseelen.

Gedicht von Jutta, März 2021

Dieses Gedicht habe ich gleich zu Beginn von C geschrieben. Es war "mein innerlicher Frustabbau", mein Innerliches von der Seele schreiben, da ich die Menschheit nicht mehr verstanden habe.

Seit gut 30 Jahren, heute bin ich 56, frage ich mich, wann den Menschen bewusst wird, in was für einer Scheinwelt wir gehalten werden, aber dass es mit sowas wie C eingeleitet wird und sooo viele damit mitgehen, hätte ich mir in meinem schlimmsten Albtraum nicht vorgestellt....

Jutta

Eingeparkt

Ende 2019 (oder war es bereits Jänner 2020?) sah ich staunend im TV, wie in China angeblich reihenweise Leute aufgrund eines versehentlich frei gewordenen Laborvirus' umfielen. Nach dem ersten Lachanfall ratterte es in meinem Kopf, welche geplanten Folgen das für uns noch haben könnte. Niemals hätte ich mit dem Chaos gerechnet, das auf uns zukam.
Ich hatte ja davor schon mehrfach von Alternativmedien erfahren, dass bestimmte Mächte die Weltbevölkerung reduzieren wollten und zweifelte nicht daran.

Innerhalb der folgenden fast drei Jahre bis heute, im November 2022, durchlief ich Ängste, die wohl viele von uns in dieser Zeit durchmachten. Ich als passionierte Impfgegnerin musste akzeptieren, dass meine Kinder sich drei- bis viermal mit einer Substanz impfen ließen, von der ich aufgrund meines Wissensstandes und meiner Intuition absolut nichts Gutes erwarte. Zu Gott betend, dass sie es heil überstehen, zumal mein 24jähriger Sohn eine Asperger-Diagnose hat, wo ich vermute, dass der Autismus durch die Masern-Impfung entstanden sein könnte. Der Kinderarzt hatte ihm damals so schnell die Spritze verpasst, ich wurde als Mutter damals gar nicht richtig gefragt.

Von uns Menschen wurde innerhalb dieser Zeit verlangt, dass wir uns mit fragwürdigen Substanzen auf einen angeblichen Virus testen, um ins Restaurant gehen zu dürfen, um Angehörige im Krankenhaus oder Pflegeheim besuchen zu dürfen. Wir sollten einen Mundschutz aufsetzen, der erstens schon lange ein Sklavensymbol ist und uns die Luft zum Atmen nimmt, unseren Körper nachweislich übersäuert und so unser Immunsystem schwächt.

Im März 2021 hatte mein Mann, der durch Schlaganfälle bereits gehandicapt war, einen Unfall und brach sich die Hüfte, als wir dabei waren, die Sachen einer Bekannten bei uns im Keller unterzubringen. Wir beide wussten: dies bedeutete, dass er sich testen lassen muss, um operiert zu werden. Ich selbst bin bis heute absolut ungetestet und wir entschieden gemeinsam, dass mein Mann nach der Operation so bald wie möglich von mir zu Hause betreut wird. Dies bedeutete für mich auch, dass ich mich von der Arbeitssuche beim AMS abmelden musste, weil ich ja dem Arbeitsmarkt in Österreich nun nicht mehr zur Verfügung stand. Das alles sollte wohl so sein.

Dem Schicksal bin ich auch dankbar, dass genau zu dieser Zeit die Bekannte, der wir mit ihren Habseligkeiten halfen, für ein paar Wochen bei uns im Haus lebte. So konnte ich mich mit ihr abwechseln, wenn ich Besorgungen machte.

In diesen Jahren haben wir viele Aufklärungsfilme gesehen, angefangen mit der Serie „Fall der Kabale", die uns die Augen über die grausame Wahrheit geöffnet haben, dass die Menschheit seit unglaublich langer Zeit belogen und betrogen wurde. Ich wusste davor schon viel, doch dies überstieg fast meine Vorstellungskraft. Dass es Wesen gibt, die Kinder bestialisch foltern und sie sadistisch so lange wie möglich leiden lassen, bevor sie ermordet werden, wollte ich erst nicht glauben, doch es passte leider so gut in das gesamte Puzzle, dass es niemand mehr anzweifeln kann.

Ich hatte eine Zeit, da glaubte ich, ich selbst hätte die Macht, die Welt zu verändern, wenn ich das Gute in allem sehe. Von dieser Illusion musste ich mich nun leider vollends verabschieden. Jeder einzelne, jedes Wesen hat die Selbstverantwortung für seine Handlungen.

Zurzeit fühle ich mich noch vom Leben eingeparkt in eine Ecke, wie die Puppe eines Schmetterlings. Den Schmetterling hat die liebe Kate Bono öfters erwähnt, die mir in dieser herausfordernden Zeit u. a. eine große Stütze war und noch ist. Ich bin sehr dankbar, solche Engel in meinem Leben zu haben. Ich bin zuversichtlich, dass dies die ultimative Heilungskrise der Menschheit ist, da kommt so richtig Freude auf, das Licht am Ende des Tunnels.

Birgit Figer

Südsteiermark, Österreich, Nov. 2022

Schlaf
wandler

Wir haben November 2022. Morgens klingelt mein Wecker. Ich stehe auf, mache mich fertig für die Arbeit, setze mein Lächeln auf, begrüße meine Kollegen freundlich, halte Smalltalk, mache meine Arbeit vorbildlich und überlege mir, ob ich genug CDL dabei habe, um mein Immunsystem gegen die Spikeproteine der ganzen Geimpften fit zu halten.

Sie sind alle total nett. Aber alle total im Schlafmodus. Ich weiß nicht, ob sie schlafwandeln oder ich. Es wirkt alles total surreal. Corona ist fast vorbei. Niemand muss mehr Maske tragen, testen tut sich jeder Kollege morgens freiwillig und wenn das nicht hilft, dann noch drei weitere Male am Tag. Manchmal glaube ich, dass sie süchtig danach sind und jeden Tag enttäuscht sind, wenn es keine zwei Striche anzeigt. Wie so ein Schwangerschaftstest. Dass sie zur nächsten Impfungen gehen ist für sie selbstverständlich. Man hat sie dran gewöhnt, wie man Hunde trainiert. Ob das einen Sinn hat, fragt sich dabei keiner.

Nach der Arbeit gehe ich durch die Stadt, es begegnen mir lachende Gesichter – endlich – das habe ich so vermisst. Ich brauche die Blicke in die Gesichter, die Mimik der Menschen. Wenn jemand mit Maske grinst sieht es so aus, als wenn er grimmig die Augen zusammen zieht.

Ich höre schlecht. Nicht, weil ich schwerhörig bin, aber ich verstehe die Menschen manchmal schlecht. Ich bin autistisch veranlagt. Ich bin drauf angewiesen, die Mimik und die Lippen zu sehen. Ohne das fühle ich mich wie taub. Aber das ist für die Maskenfetischisten kein Grund, dass ich keine Maske aufziehe. Aber jetzt brauchen wir sie kaum noch. Nur vereinzelte Angsthasen haben die Maske noch von der Augenbraue bis hinunter übers Kinn gezogen. Habe eigentlich immer erwartet, dass sie die Dinger mit Gaffatape luftdicht abdichten.

Die Welt wirkt so surreal, ich kann es kaum beschreiben. Ich gehe shoppen, ich mache Besorgungen. Ich begegne wirklich vielen freundlichen Menschen. Mir kommt die Welt wirklich freundlicher vor. Seltsam oder? Sind sie alle erleichtert? Oder sind wir jetzt im Game von dem Film „Free Guy" angelangt, wo alle total glücklich damit zu sein scheinen bald „Nichts mehr zu besitzen"?

Ich stehe nach dem Einkaufen oft an der Kasse und betrachte, was die Leute sich so kaufen. Bio-Obst und Bio-Fleisch, Bio-Wein und Bio-Gemüse. Veganen Fensterreiniger und Öko-Tampons. Das ist so total bescheuert, wenn man überlegt, was sie sich mit Masken, Impfungen und Tests und - nicht zu vergessen – den 1000 Litern Desinfektionschemieplörre auf ihrer Haut – angetan haben. Sie denken nicht nach.

Und dann schließe ich meine Haustüre hinter mir und bin zuhause in meiner heilen Welt. Ich suche mir eine Beschäftigung, die nicht das Fernsehen mit einbezieht, da ich den Mist nicht mehr ertragen kann. Alles ist voller Lügen und Werbung und Panik-Nachrichten. Oder ich wähle mir einen Film, bei dem man denkt sie klären die Welt auf und doch macht sich damit nur jemand lustig über die Menschen und hält sie mit Brot & Spielen bei Laune.

Nach ein paar Stunden gehe ich langsam ins Bett. Ziehe mir noch ein paar TicTocVideos rein, weil ich versuche mein Gehirn am Durchdrehen zu hindern und ich einfach hoffe, dass mich diese niedrige Anforderung an mein Gehirn einfach mal entspannen lässt.

Und dann prüfe ich meinen Wecker, damit er mich morgens wieder weckt, um wieder pünktlich zurück in die Free-Guy-Welt zu gehen.

Und das mache ich jeden Tag. Bis es vielleicht auch dem lieben Gott langweilig wird und er eine neue Sintflut schickt. Ach neh, das will er ja nicht mehr tun, hat er versprochen, hab´ ich gehört. War da nicht eine Option mit dem Feuersee?

Naja, vielleicht schießt uns ja auch der Polsprung aus dem Orbit, oder ein Asteroid knallt auf die Erde, den die Nasa nicht per CGI abknallen konnte.

Ich frage mich wirklich:

Schlafwandele ich oder die anderen?

Niki B.

Drei Jahre und eine Ewigkeit

oder

Schluss mit dem Rumgepimmel

Wenn ich jetzt auf die letzten drei Jahre zurückblicke, weiß ich ehrlich gesagt nicht, ob ich laut lachen soll, oder ob ich mich fast mit dem Kissen ersticke vor lauter hinein schreien, beißen und fluchen...(ich will ja nicht, dass die Nachbarn die Männer mit der weißen Weste und diesen schicken Bindeärmeln anrufen...)

Was für eine Zeit...

Mein Aufwachprozess kam mit Beginn der Plandemie sehr schnell. Oder wurde, besser gesagt, auf ein ganz neues Level gehoben. Das Universum hatte mir ja die Jahre zuvor - freundlicherweise in mehr oder weniger gut verdaubare Häppchen - einen Aufwachprozess in aufsteigenden Schwierigkeitsstufen deftig um die Ohren gehauen. Gut verdaulich in dem Sinne, dass ich und meine Familie einige Schicksalsschläge überstanden hatten, nur mit leichten bis mittelschweren Blessuren.

Wir hatten ja bis 2019 schon so gut wie alles durch, was einen im Leben so abhärtet. Schwierigste Familienverhältnisse, eine Mutter mit narzisstischer Störung und hochgradig manipulativem Verhalten, der Tod der Eltern, Verlust auf vielen Ebenen, Krankheit und dadurch finanzieller Super-Gau - Haus weg, Leben auf links gedreht.

Und ich habe gelernt, dass keine der uns gelehrten "Wahrheiten" für mich Bestand hat.

Also, wir waren dermaßen abgehärtet, dass wir dachten: „Och, das bisschen Drama und Lockdown stecken wir auch noch weg."
Da mir relativ schnell klar war, dass an dem offiziellen Narrativ nichts logisch oder wahr und vor allem plötzlich aus heiterem Himmel gekommen war, sondern ein unglaublich perfider und bösartiger Plan dahinter steckte, dachte ich damals noch, das dauert nicht lang. Die Menschen sind ja nicht blöd, selbst, wenn sie jetzt noch panisch durch die Gegend hüpfen, die Wahrheit kommt raus, immerhin ist es ja so offensichtlich. Das muss doch jeder sehen, der einigermaßen bei klarem Verstand ist.

Dachte ich. Selten so gelacht.

Dass daraus jetzt inzwischen drei Jahre wurden, in denen die Welt sich global allumfassend gewandelt hat, das hätte ich da niemals für möglich gehalten.

Ich muss inzwischen damit klarkommen, dass ein Teil der Menschheit anscheinend nicht nur vollkommen verrückt geworden ist, sondern dass die überwiegende

Mehrheit der Leute um mich herum sich nicht mal ansatzweise darüber klar ist, was für ein Wahnsinn eigentlich läuft. Es scheint so, als ob wir Parallelwelten bewohnen, die sich nur noch in manchen Situationen überlappen oder eins werden.

Die skurrilen, traumatischen, vollkommen bekloppten Geschichten, die wir in dieser Zeit erlebt haben, würden wahrscheinlich ein Buch füllen, gegen das Tolstois "Krieg und Frieden" als Kurzgeschichte da stehen würde, und das gilt wahrscheinlich für jeden von uns Aufgewachten.

Das Schlimmste in den letzten Jahren war mit Sicherheit, dass ich erleben musste, wie unser Sohn unter dem Druck der Pandemie und ihrer absurden Auflagen in seiner Abiturzeit zusammen brach und wir wirklich dachten, er hat seine Lebensfreude vollkommen verloren. Ihm ging es so schlecht, dass ich wirklich Angst um ihn bekam. Wir holten uns Hilfe, alles andere war nebensächlich.

Er hat es durch sein wunderbares Wesen und seine Stärke geschafft, und seitdem ist alles nur noch halb so wild. Mit dem Rest komm ich klar.

Auf jeden Fall sage ich mir das täglich gefühlt hundertmal. Vom Aufstehen, im Bad zu mir selbst im Spiegel, bis abends kurz vor dem Einschlafen. Den Rest verarbeite ich im Traum... oder beim Zähne putzen.

Den Teppich ausklopfen oder mit Kopfhörern brüllend laut zur Musik abtanzen hilft auch.

Als ich 2020 Weihnachtsgeschenke besorgen wollte, und in gar keinen meiner gewohnten Läden durfte, stand ich dann letzten Endes etwas verzweifelt in einem türkischen Haushaltswarengeschäft (mit Putzmitteln, deswegen durften wir Aussätzigen ja noch rein) und habe ein paar Tränen verdrückt im Regal bei den Tupperwaren...

So schnell ist man nur noch ein unwertes Stück Mensch, der einfach mal an den Rand der Gesellschaft gedrängt wird? Alle fanden es ok, und fast niemand hat aufbegehrt. Ich fühlte mich sehr allein. Und dort, zwischen den Plastikschüsseln kam diese Wut, die Kraft gibt aus dem tiefsten Inneren, dieses unbändige Gefühl... Nein, meinen Stolz lasse ich mir nicht nehmen. Darüber bestimme ich selbst!

Egal, und wenn die ganze Welt uns ausschließt, es wird immer eine Tür aufgehen. Sie werden mich nicht klein bekommen, und meine Familie wird das durchstehen.

Tja. Mein Mann hat sich über den roten Handmixer wirklich sehr gefreut... und unser Sohn bekam endlich seine lang ersehnte Mikrowelle. Sch... drauf. Oh, und einen Tischgrill, den wollte er schon lange. Ganz sicher.

Diese Zeit war heftig. Ich habe drei Jahre recherchiert, die Wahrheit gesucht, mich in den Kaninchenbau gegraben, habe mich allem gestellt, in den Entwicklungsschritten, die ich gerade noch so ertragen konnte. Es war unglaublich hart, und mein Kopf und mein Herz sind zigmal fast geplatzt in der Zeit. Ich bin seelisch fast auseinandergefallen und hab mich doch wieder zusammengesetzt.

Und was für mich das Wertvollste ist: ich habe so unglaublich wundervolle Menschen kennen gelernt, im echten Leben und auch virtuell, in deren Gesellschaft ich tatsächlich das erste Mal keinerlei Kompromisse eingehen muss. Es gibt keine thematischen Tabus, sondern eine Herzensnähe, die unbeschreiblich ist, die letzten Jahre haben uns zusammengeführt, und so musste es sein.

Noch nie im Leben habe ich mich so wach, klar und energiegeladen gefühlt wie in den letzten Monaten. Wir werden eine neue Welt erschaffen, und wir werden diese Ära nicht nur überstehen, sondern wir werden das Dunkle, das uns umgibt, vollkommen überwinden.

Auch wenn es noch ordentlich rumpeln wird, bin ich felsenfest davon überzeugt, dass wir Geschichte schreiben werden. Und kein Drama, kein Trauma und keine durchheulte Nacht hat mich daran zweifeln lassen.

Ja, ok, äh, fast nie... Verzweifeln, ja. Zweifeln, nein.

Inzwischen bin ich einfach nur heilfroh, im größten spirituellen Krieg der Menschheitsgeschichte die Seite gewählt zu haben. Und für mich ist es die Richtige.

Und ja, ich bin stolz. Auf uns, auf Euch, auf meine Familie, und auch auf mich selbst. Wir haben in dieser Zeit ordentlich was gerockt, und ich will auf keinen Fall tauschen mit den Freunden, die nicht stark genug waren und sich heute noch einreden, alles wäre mit rechten Dingen zugegangen.

Wir müssen zusehen, wie sie nach und nach den Preis für drei Jahre kognitive Dissonanz zahlen. Leider. Die Einschläge werden immer mehr - Krankheit, plötzlicher Tod - die Dramen häufen sich in unserem Umfeld.

Wir konnten uns das Aufwachen selber erkämpfen, und haben es freiwillig getan. Die Anderen werden damit konfrontiert werden, vielleicht sogar in einem Schlag.

Ich beneide sie nicht. Ich wünschte, ich hätte zu ihnen vordringen können, doch ich musste lernen, dass jeder Mensch seine Zeit braucht, und manchen rennt sie davon.

Und ja, es wird noch sehr viel geben, dem wir uns stellen müssen. Wahrheiten werden ans Licht kommen, die sogar uns noch bis ins Mark schocken werden. Und auch das schaffen wir zusammen.

Ich bin dankbar, dass es euch gibt, ihr, die ihr dieses Buch zusammen mit euren Geschichten gefüllt habt und vor allem auch Kate und ihrem tollen Team.

Und jetzt, Ärmel hochgekrempelt und weiter geht's. Der Weg ist noch lange nicht zu Ende.

Irja

„Also ich mag die Masken, weil dann brauch ich die ganzen Leute die ich eh nicht mag, nicht mehr anlächeln."

Ein Spruch, den ich des Öfteren hörte

Meine
Aktivierung

Es war 2020 im März. Es sollte keinen Lockdown wegen Corona geben, dann war er plötzlich doch da.

Ich war zum einen erstaunt, da ich das nicht erwartet habe und es sich irgendwie falsch anfühlte, gleichzeitig bin ich in eine Schockstarre verfallen, wie viele andere auch. Meine Frau und ich haben zuerst die Maßnahmen mitgemacht, beobachtet, was passiert und es uns mit unserem Sohn im Home Office eingerichtet und das Beste zu Dritt draus gemacht.

Da wir nicht „Systemrelevant" waren, durfte unser Sohn nicht in den Kindergarten, da galt es sich zu organisieren. Gleichzeitig war wunderbares Wetter und wir haben jede Möglichkeit zu Dritt genutzt, um in die Natur zu gehen.

Es war wundervoll, die Mehr-Zeit, die ich mit meiner Frau und meinem Sohn verbringen konnte, auch wenn es herausfordernd war, auch, weil mit Start des Lockdowns an unserem Mehrfamilienhaus eine Baustelle gestartet ist, bei der die alten Balkone (u.a. mit Presslufthammer) abgerissen und neue angebaut wurden.

So saß ich nun in einer Dreizimmerwohnung, wo kein Platz für ein gesondertes Büro war, mit meiner Frau im Home Office am Computer, viel am (Video-)telefonieren, bei Baulärm und einem Kindergartenkind, der es gewohnt war sich viel zu bewegen und mit Freunden zusammen zu sein. Wow, ich liebe ja Herausforderungen!

Nach ein paar Wochen kam dann der Tag, als wir zu Dritt im Wald waren und auf einer schönen Lichtung Zeit verbracht haben, wie manch andere Familien auch, da dort die Kinder wunderbare Spielmöglichkeiten, wie einen natürlichen Sandkasten und (umgefallene) Kletterbäume hatten und die öffentlichen Spielplätze mit Flatterband abgesperrt waren und nicht betreten werden durften. Mein Sohn, der so wundervoll, empathisch, liebevoll und offen ist, rückte plötzlich von einem anderen Kind weg, als dieses ihm zu nahe kam. Das kannten wir von ihm nicht. Wir waren zutiefst erschrocken von dieser Beobachtung.
Zuhause haben meine Frau und ich darüber gesprochen und sind zu dem Schluss gekommen, dass wir sofort etwas im Umgang mit dem Thema Corona ändern müssen, auch wenn wir nicht tief ängstlich waren, damit bei unserem Sohn nicht tiefgreifende psychische Probleme entstehen und sich festsetzen. Denn das was wir dort erlebt haben, war eine **Angst vor Nähe**, die durch die ganzen Regeln, wie Abstandhalten etc. entstanden war.
Noch am gleichen Tag haben wir mit unserem Sohn darüber gesprochen und dies in den kommenden Tagen fortgesetzt, selbst einen immer lockereren Umgang mit Corona vorgelebt und es hat zeitnah bereits gewirkt.
Seitdem lebt er wieder sein fröhliches und unbeschwertes Leben, selbst wenn andere Kinder oder Erwachsene um ihn herum ängstlich in Hinsicht auf Corona sind.

Rückblickend bin ich sehr dankbar, dass wir diesen Moment so früh in dieser C-Zeit erlebt haben, gegensteuern konnten und so unseren Sohn bestens bis zum heutigen Tag durch diese herausfordernde Zeit bringen konnten. Gleichzeitig war spätestens dieser Moment der, als ich mich auf den Weg gemacht habe.

Ich habe mein ganzes Leben bereits nicht nur die einfachen Wege gewählt und die, die alle gehen. So hart und herausfordernd, wie dieser werden sollte, das ahnte ich bisher jedoch noch nicht. Rückblickend weiß ich nun jedoch, dass meine vierzig ersten Lebensjahre mich auf diese Zeit vorbereitet haben.

So ging es los, dass ich immer mehr Informationen rund um C gesucht habe, egal was, alles war willkommen. Ich habe jegliche Talkshow gesehen, Zeitungen gelesen, bei Facebook und YouTube geschaut und, und, und... Neben dem allgemeinen Narrativ „C ist ganz schlimm", gab es dabei immer wieder „Fehler in der Matrix", die genau das Gegenteil gezeigt haben. Laut meinem Gefühl war das jedoch die Wahrheit. Ich war schon immer jemand, der sich gerne die Realität angeschaut hat, um sich ein Bild zu machen.

Auch diese Realität, die ich gesehen habe, bestätigte diese Wahrheit und nicht das Narrativ.

Nach und nach fing ich nun an, bei Facebook diese Artikel zu teilen, die eine andere Sichtweise beleuchtet haben, immer darauf achtend, dass ich Quellen nahm, die aus meiner Sicht unkritisch und allgemein anerkannt waren, wie die Öffentlich Rechtlichen, Focus, Welt, etc. (also die Mainstream Medien), da ich bereits gespürt habe, dass dies ein heißer Ritt werden könnte und ich vor allem negative Folgen für meine Familie vermeiden wollte. So ging dies eine Weile. Ich habe viel Zeit hier investiert in immer tiefere Recherche, Posts, habe mich mit (kritischen) und immer wieder auch beleidigenden Kommentaren befasst und dort selenruhig geantwortet.

Geduldstraining war eins meiner Themen dieser Zeit.

Gleichzeitig war ich in der Realität unterwegs und habe mir diese angesehen, sie erlebt und mit ihr interagiert, wie der Kita, Behörden und war auf ausgewählten Demos, wie die am 29.08.2020 in Berlin.

In dieser Zeit haben sich Freunde von mir abgewendet, von denen ich es niemals erwartet hätte, wie z.B. von meinem Trauzeugen und gleichzeitig dem Patenonkel von unserem Sohn. Und das nicht mal, nachdem man ordentlich miteinander gesprochen hat, sondern wie bei ´ner Beziehung per Kurznachricht, nachdem meine Facebook Posts eine Weile verfolgt wurden. Eine der großen Enttäuschungen, die ich in dieser Zeit erlebt habe, bei der ich das Loslassen trainieren durfte.

Sehr spannend fand ich das Muster bei den „Schlafenden". Es waren gefühlt vor allem die vermeintlich sehr gebildeten, mit langer Schul- und Studiums-Laufbahn sowie diejenigen, die im System arbeiten, wie im Gesundheitswesen, Anwälte, etc. Davon habe ich in meinem Umfeld und dem der Eltern der Freunde von unserem Sohn sehr viele, wie ich feststellen durfte.

Selbst in der eigenen Familie hatte ich lange Zeit zu kämpfen, bis meine Frau endlich zu der Einsicht kam, dass ich mit meiner kritischen Haltung richtig liegen könnte. Ein sichtlich schwerer Schritt für sie.

Mein Sohn hat mich dabei teilweise unterstützt, wie z.B. an einem Tag, wo er sagte „Hör auf Papa, er hat recht!" Unbeschreiblich dieser Moment. Ich bin immer noch so erfüllt von diesen Worten eines 7-jährigen.

Da mich meine Aktivitäten bei Facebook spürbar jedoch immer mehr Kraft gekostet, meine Beziehung belastet und mich teilweise auch runtergezogen haben, habe ich diese Ende 2020 eingestellt. Gefühlt war zu dem Zeitpunkt auch bereits alles gesagt. Ich hatte jedem genug Möglichkeiten gegeben, sich die Dinge anzusehen, wenn er wollte und gleichzeitig habe ich über die Aktivtäten aus meinem Social Media Umfeld die Stellen rausgefiltert, die auf der „guten Seite der Macht" standen. So habe ich mein Netzwerk aufgebaut, mit dem ich mich dann im Weiteren auch viel Analog ausgetauscht habe. Weiter ging es bei Telegram. Ganz neue Welten taten sich auf. Mein Forscherdrang war geweckt.

Ich kann ´ne ganze Menge wegstecken, so habe ich mir auch unangenehme Dinge angesehen und immer tiefer gebuddelt. Ich musste lernen, die Kanäle zu filtern, denen ich folge. Welche sind für meine aktuelle Bewusstseinsebene richtig, welche rauben mir Zeit, welche sind mit Fake Meldungen versetzt, was kann ich glauben, was sollte ich selbst nachrecherchieren, wohin leitet mich meine Intuition.

Sehr geholfen haben mir dabei der Austausch und die Reflexion mit ein paar engen Freundschaften, die sich in dieser Zeit gebildet haben. Spannenderweise gehörte keiner meiner bisherigen Freunde dazu – und mein Freundeskreis war sehr groß.

Schnell habe ich gemerkt, dass die oberflächliche Realität nicht die einzige ist, die betrachtenswert war. So bin ich zusätzlich in spirituelle Themen eingetaucht, habe viel dazu gelesen, Videos gesehen und u.a. das Chakra Training von Bahar & Jeffrey mitgemacht. Ein absoluter Herzöffner war für mich die „Spirituelle Vollmeise" von Kate Bono. Ich war plötzlich da angekommen, wo ich hingehöre und ich mich wohl fühle.

In den letzten 2,5 Jahren habe ich gefühlt so viel gelernt und mich weiterentwickelt, wie in den letzten 40 Jahren davor zusammen nicht – und das mit großem Interesse und Freude. Diese Wege habe ich immer weiter beschritten.

Nun ist es bereits Ende 2022. Die Zeit ist rasend schnell vergangen.

Ich bin so unsagbar dankbar für diese letzten zweieinhalb Jahre, auch wenn ich viel Schreckliches erlebt und gesehen habe. Es zerreißt mir immer noch das Herz wenn ich sehe, was mit den Kindern und den Alten, aber auch Obdachlosen etc. (kurz gesagt, den Schwächsten) gemacht wird. Gleichzeitig weiß und fühle ich, in welche wundervolle Welt sich gerade alles wandelt.

Ich darf dabei sein und mich weiterentwickeln und meiner Familie dabei ein Schutzschild sein, um diese gut und sicher in die neue Welt zu bringen. Ich wurde angeschaltet/aktiviert – das war immer wieder ein Gefühl, welches in mir hochkam, in den letzten Monaten. Aufgewacht aus einem tiefen Schlaf, um nun da zu sein für andere, um ihnen zu helfen (wenn sie dies möchten) in dieser herausfordernden Zeit. Dies ist mir in so vielen Situationen gelungen und wenn es „nur" mit einem offenen Ohr war oder meiner Ruhe, die ich auf andere ausstrahlen durfte.

Ich habe eine Aufgabe. Das spüre ich sehr deutlich und dies gibt mir so unsagbar viel Kraft, genauso wie mein Sohn, ohne den ich die letzten Monate vielleicht nicht so kraftvoll durch die Welt gewandert wäre.

Danke, danke, danke, dafür, dass ich diese Zeit miterleben und –gestalten darf sowie für all die wundervollen Seele, die mich dabei begleiten.

Björn

Das Ende
wird nicht
für alle
sein

Meine

Corona-

Geschichte

Hallo, ich heiße Sabine. Ich sage immer, das ist kein Name, sondern ein Sammelbegriff. Doch ich habe gelernt, ich bin eine wundervolle Frau mit einem goldenen Herzen. Dies hat Robert Betz mal auf einem Seminar zu mir gesagt, aber ich konnte es bisher nie für mich annehmen.

Meine Suche nach mir selbst und meiner Wahrheit begann vor jetzt siebzehn Jahren, nachdem meine „große" Liebe mich ohne Nennung von Gründen an Weihnachten verlassen hat. Für mich zerbrach meine Welt und ich funktionierte nur noch. Hatte ich mich doch als alleinerziehende, berufstätige Mutter um zwei Kinder und einen frisch verwitweten, an Demenz erkrankten Vater zu kümmern.

Nach dem ersten Schock und nach einigen verzweifelten Anrufen bei einer bekannten Wahrsager Hotline, hatte ich eine aufregende Zeit. Ich habe neben meinen familiären und beruflichen Verpflichtungen viel ausprobiert und war viel auf Achse.

Reiki Einweihung ersten und zweiten Grades, Ausbildung zur Tierkommunikation und eine

Transformationswoche am Timmendorfer Strand mit Robert Betz.

Die Wahrsager besagter Hotline, sicherten mir doch immer wieder zu, dass mein Herzensmann den Weg zu mir zurück findet. Klingt naiv, aber ich brauchte das zu dieser Zeit und ich war und bin da mit mir im Reinen.

Ich hatte mir einen neuen Freundeskreis aufgebaut durch den Gospelchor, dem ich inzwischen beigetreten war. Irgendwann wurde es mir alles zu viel - die Betreuung meines Vaters, der körperlich und geistig immer mehr abbaute und den ich in der Zwischenzeit in einem Heim unterbringen musste und meine zwei *Pubertiere*. Ich zog mich immer mehr zurück, freute mich nur noch auf ein Wochenende ohne Termine und Verpflichtungen und Betäubung durch sinnloses Abhängen vor dem Fernseher. Dann starb mein Vater und ich musste wieder ins Handeln kommen. Sein Haus stand lange leer und ich war dort mit meinem Sohn eingezogen. Nun musste ich bangen, ob ich dort wohnen bleiben konnte. Verhandlungen mit meinen Geschwistern über das Erbe und die Finanzierung standen nun im Fokus. Ich habe es hinbekommen und konnte erstmal wieder aufatmen.

So plätscherte die Zeit dahin, in meinem Hamsterrad. Der Job, inzwischen in Vollzeit und ständiger Streit mit meinem Sohn hinderten mich, ins Denken zu kommen.

Dann trat der Worstcase für mich ein: Mein Arbeitgeber (Bank) plante, unseren Hamburger Standort aufzugeben und ich bekam Existenzängste vom Feinsten, da ich ja acht Jahre wegen Kindererziehung zu Hause gewesen war und ich dachte, mir fehlen Zeiten, die wichtig bei der Berechnung der Abfindungssumme waren.

Es fügte sich aber alles zu meinem Besten und ich habe dann eine Vorruhestandsvereinbarung zum 01.07.2023 unterschrieben. Ich dachte noch, irgendwie abgesehen von den Höhen und Tiefen, die wohl so jeder in seinem Leben bewältigen muss, dass ich doch ein privilegierter Mensch bin, wenn ich so rückwirkend mein Leben betrachte, und dass ich in zwei Jahren frei und selbstbestimmend leben kann...

Doch dann kam C o r o n a und für mich kam das große Erwachen. Irgendwie kam mir das alles unwirklich vor. Ich sah auf Facebook ein Video von Bill und Melinda Gates, die sich mit einem diabolischen Lächeln im Gesicht geäußert haben: wenn wir denken, Corona wäre schlimm, da werden wir uns noch wundern, denn es kommen zukünftig noch viel gefährlichere Pandemien (so sinngemäß). Ups, da ist was faul, sagte ich mir. Ich, die sich in der Vergangenheit nie um Politik gekümmert hat, ein wahres Schlafschaf, das zum Fernseh-Junkie mutiert war, fing an zu recherchieren. Erst den Corona Ausschuss stundenlang geguckt und dann kamen Telegramkanäle.

Ich habe dann doch noch mal „meine" Hellseherin angerufen, sie sagte: „Sabine, lass dich bloß nicht impfen!" Endlich jemand, der mich bestätigte. Sie war schon länger „erwacht" und beantwortete mir ein paar Fragen, betonte aber, dass sie solche Beratungen eigentlich nicht machen darf. Sie empfahl mir aber einige Telegramkanäle und sagte, ich soll mich informieren und die Punkte verbinden.
Ich grub mich immer tiefer in den Kaninchenbau. Konnte die ganzen Informationen kaum verdauen und als dann noch Tests, etc. auf der Arbeit Pflicht wurden, habe ich mir einen neuen Arzt gesucht, da ich es auch nicht ertragen konnte, wie mein bisheriger Hausarzt auf Teufel komm raus „geimpft" hat.

Meine neu gewonnenen Erkenntnisse wollte ich natürlich auch an Familie, Freunde und Kollegen weitergeben, fühlte ich mich doch verpflichtet, sie zu warnen. Bin aber überall auf kognitive Dissonanz gestoßen und war dann nur noch einsam und allein.

Im April 2022 zog mein Sohn dann endlich mit einunddreißig Jahren aus, die unterschiedlichen Meinungen über Corona hatten unserem Verhältnis geschadet, es war kein schönes Zusammenleben. Es wurde auch endlich Zeit, dass er das Nest verlässt. Er hatte sich im Dezember 2021 aus einer Laune heraus den Booster geben lassen und es freute ihn fast, wie sehr mich das schockierte.

Ein Kampf war es jetzt noch im September, als ich meine Tochter, die in der Pflege arbeitet, nicht vom Boostern abhalten konnte. Sie hätte ab 1. Oktober hier in Hamburg ein Betretungsverbot bekommen und wollte ihren Job nicht riskieren. Sie ist mir das Liebste was ich habe, aber ich musste erkennen, obwohl ich ihr gegenüber ziemlich übergriffig war in meiner Not, dass ihr Weg ein anderer ist. Nun hatte sie sich auch abgewandt. Es war ihr sehnlichster Wunsch Mutter zu werden, sie wurde drei Monate nach der zweiten Spritze ungewollt von ihrem neuen Freund schwanger.
Das Kind entwickelte sich erst nicht, dann doch und als sie sich auf das Kind freuen konnte und ihrem Freund die Schwangerschaft „gebeichtet" hat, wurden massive Fehlbildungen festgestellt und sie entschloss sich für eine Abtreibung.
Ich hatte mich riesig darauf gefreut, zu meinem 60. Geburtstag im März dieses Jahres Omi zu werden. Dadurch hatte sie sich immerhin bis dahin nicht boostern lassen.

Ich war ziemlich einsam in dieser Zeit, meine „Freunde" haben sich von mir Spinnerin abgewandt, meine Familie und meine Kollegen hatten nur ein mitleidiges Lächeln für mich.

Telegram wurde immer wichtiger für mich, seit Februar 2022 ist der Fernseher aus (bis auf ganz, kaum zu erwähnende, klitzekleine Ausnahmen) und mir wurde klar, dass ich mich vernetzen muss. Ich war schon längst jedes Wochenende auf Demos unterwegs, dort hatte ich zwar gute Gespräche, aber es funkte nicht so richtig.

Dachte, vielleicht habe ich ja auf den Montagsspaziergängen mehr Glück. Das klappte erst auch nicht so recht, ich verstand die Welt nicht mehr, wo wir doch vermeintlich alle dasselbe Problem haben. Ich habe zwar nicht das größte Selbstbewusstsein, bin aber ´ne Nette, Liebe. Kam irgendwie nicht an.

Ich erfuhr dann von einem Mittwochspaziergang in der Nachbargemeinde und dachte, ich gehe da einfach mal hin. Am Treffpunkt angekommen, bin ich auf eine Gruppe zugegangen und wollte gerade fragen, ob ich richtig bin und ich mich anschließen darf, da kam eine junge Frau mit ausgebreiteten Armen auf mich zu und begrüßte mich herzlich mit meinem Namen und einer Umarmung. Es war die Tochter meiner ehemaligen früh verstorbenen Freundin. Das Eis war gleich gebrochen.

In dieser Gruppe bin ich immer noch und ich freue mich immer wieder, Saskia zu treffen. Inzwischen auch außerhalb der Gruppe.

Über Telegram habe ich auch eine Gruppe gefunden, wo regelmäßig Treffen stattfinden und diese empfinde ich schon als magisch. Was für tolle Menschen und dort stößt man endlich auf Verständnis.

Was die Zukunft betrifft, bin ich zuversichtlich, dass wir wieder Menschen sein dürfen und ich hoffe, dass die liebsten Menschen in meinem Umfeld sich auch auf die Suche machen, was nach dem gebotenen Aufwachprogramm mir sowieso ein Rätsel ist, dass man sich immer noch alles schön redet und nicht mitbekommt, was so abgeht.

Immerhin, meine Mutter hat sich mit 86 Jahren auf Telegram angemeldet und liest mit Begeisterung, was ich ihr so schicke.

Ich wünsche allen „Geimpften", dass sie die Wahrheiten verkraften und dass es einen Weg geben wird, sie wieder gesund zu machen. Vielleicht durch Medbetten, we will see.

Ja, uns wurde allen viel zugemutet und wir haben aber auch viel gelernt und dafür bin ich dankbar!

Ich wünsche euch allen alles Liebe und Gute, Danke Kate an dich.

Sabine

Recherche
ist alles

Signs and symbols rule the world,
not words nor laws.[2]
Confucius

Bereits unmittelbar nach „9/11" sah ich die Dokumentation *Change Loose*, und dies gleich mehrmals, um alle Ungereimtheiten auch wirklich zu erfassen. Damals ging ich davon aus, dass es „nur" um Geld, Macht und Öl geht – *little did I know.*

Ich glaube im Jahr 2008 oder 2009 habe ich zum ersten Mal von Wikileaks im Radio gehört. Ich bin dann auch tatsächlich auf die Webseite gegangen und habe mir das Video „*Collateral Murder*" angesehen nach welchem mir übel wurde. Es war unerträglich und ich war überzeugt davon, dass unsere Welt sich komplett ändern wird. Doch stattdessen wurde Julian Assange verfolgt und eingesperrt. Ich verstand die Welt nicht mehr und ich verstand vor allem nicht, dass ich mich mit niemandem richtig darüber unterhalten konnte. Warum hat nicht jeder darüber gesprochen?
Im Gegenteil, meine Freunde haben teilweise sogar gesagt, es ist richtig, dass er gesucht und verhaftet wird,

---

[2] Übersetzung: Zeichen und Symbole bestimmen die Welt, nicht Worte und Gesetze

173

denn es ist gefährlich, dass er diese Informationen aufdeckt.

2014 dann das verschwundene Flugzeug *Malaysian Airlines MH-370* von dem sich durch Zufall gleich 20 Mitarbeiter von *Freescale Semiconductor* (einer Firma welche Halbleiter herstellt) an Bord befanden.
Gerüchte besagten damals, dass es um ein sehr wertvolles Patent ging, welches durch das Verschwinden der weiteren Patentinhaber im Flugzeug komplett in die Hände von Blackstone und Rothschild ging. Außerdem gab es einen Mitreisenden, Philip Wood, welcher sein Handy während der Entführung versteckte. Er schrieb folgende Nachricht: „Ich wurde von unbekanntem Militärpersonal als Geisel gehalten, nachdem mein Flug entführt wurde (mit verbundenen Augen). Ich arbeite für IBM und habe es geschafft, mein Handy während der Entführung in meinem Hintern zu verstecken. Ich wurde vom Rest der Passagiere getrennt und befinde mich in einer Zelle. Mein Name ist Philip Wood. Ich glaube, ich wurde auch unter Drogen gesetzt und kann nicht klar denken."
Dann machte er ein Foto und veröffentlichte es im Internet, auf 4chan. Das Foto ist völlig dunkel, aber die Exif-Daten des Fotos zeigen, dass es am 18. März in der Gegend von Diego Garcia aufgenommen wurde.

Also recherchierte ich zu Diego Garcia (das ist ein Militärstützpunkt mitten im Indischen Ozean Nähe der Malediven). Fischer berichteten damals, das Flugzeug sehr tief über den Malediven gesichtet zu haben. Einige Tage später wollte niemand mehr etwas gesehen haben. Das war alles sehr merkwürdig und im Zuge der Recherchen stolperte ich über die *Deagel Liste* und die *Georgia Guidestones* und erkannte, dass es da draußen anscheinend sehr merkwürdige Gestalten gibt.

In den weiteren Jahren beschäftigte ich mich mit Meditation und fing an, fast täglich zu schwimmen.

Als 2020 Corona in Deutschland angekommen ist, habe ich die Verbindung noch nicht sofort ziehen können. Im Lockdown habe ich angefangen zu puzzeln und fand es verrückt, dass mir verboten wurde, schwimmen zu gehen, obwohl das gut für die Gesundheit ist. Weiterhin habe ich alle Menschen, die wollten, umarmt und fand es schrecklich, dass alte Menschen alleine sterben müssen und ein großer Teil der Gesellschaft das auch noch gutheißt. Total krank.

Für mich war klar, dass ich mich nicht impfen lasse, falls eine Impfung kommt. Ein neu zugelassener Impfstoff soll das Problem richten. Ja, haben die Leute nichts dazugelernt nach dem Contergan Skandal in Deutschland? Als Angela Merkel dann im TV gesagt hat, wenn den Kindern in der Schule kalt ist, weil die Fenster die ganze Zeit geöffnet sein müssen im Winter, dann müssen sie „Kniebeugen machen und in die Hände klatschen", da wachte ich komplett auf und dachte, die wollen uns doch hier verarschen – niemals geht es hier um Gesundheit.
Bei uns zu Hause gibt es keinen Fernseher und ich habe mich auch nie sonderlich für Politik interessiert, doch nun hing ich jeden Abend auf „Welt Online" und suchte nach Kommentaren von Lesern, die genauso denken wie ich.

Über Weihnachten und Neujahr 2020/2021 sagte mein Meditationslehrer, dass wir zur „Fleur de Lis" meditieren sollen. Das erweckte mein Interesse an diesem Symbol und ich suchte nach Informationen zu diesem doch sehr populären Symbol, das überall, vor allem auf hochpreisigen Artikeln, zu finden ist.

Im Lexikon habe ich nur das übliche Blabla dazu gefunden – jedoch, Monate später bin ich auf eine Internetseite gestoßen, welche die „Fleur de Lis" wie folgt beschrieben hat: *The Fleur-de-lis is the Babylonian Trinity: Nimrod, Semiramis, and Tammuz.*

Das Interessante daran war, ich habe nie die Bibel komplett gelesen, aber ich wusste sofort, worum es geht. Praktisch intuitiv war mir bewusst, wonach ich suchen muss. Meine Familie und mein Umfeld dachten, ich hätte meinen Verstand verloren.

Dann hatte ich unmittelbar danach auch den Weg zu Telegram gefunden und mein Herz ging auf, weil es viele andere Menschen gibt, die genauso denken wie ich.

Als ich mir die ganzen Berichte über die satanistischen Praktiken durchgelesen hatte und verstanden habe, dass das wirklich passiert, habe ich drei Tage nur geweint. Danach habe ich mir gedacht; „Moment – wenn es wirklich eine so teuflische Kraft gibt, welche das Ganze lenkt, dann gibt es auch eine beschützende göttliche Kraft." Das war der Moment, indem ich Q gefunden habe und sofort wusste - das stimmt alles.

Mein Freundeskreis hat sich in dieser Zeit stark verkleinert. So wurde ich nicht zum Geburtstag einer meiner engsten Freunde eingeladen, weil ich ungeimpft bin. Eine andere Freundin war der Ansicht, alle müssen Zwangsgeimpft werden usw., usw.... Ich habe sie alle aus meinem Leben verabschiedet.

In der ganzen Zeit habe ich gelernt auf mich selber zu vertrauen, meine Stärke anzunehmen, meine Familie zu beschützen, wie eine Löwin, und, dass die Bibel ein wahres Buch ist.

Ich habe wundervolle Menschen auf Telegram lesen dürfen – danke, liebe Kate, und viele andere mit echtem Charakter und wahrer Stärke – warmherzige, optimistische Kämpfer mit der Liebe zu anderen. Ich hoffe sehr, dass ich einen Großteil auch im echten Leben kennenlernen darf.

Danke, dass es euch alle gibt – Geschwister des Lichts!

magic happens

Flirten 2021

Ich setzte meine OP-Maske mit dem Slogan „Herzlich willkommen im falschen Film" auf, wenn ich einmal in der Woche einkaufen ging. Ich unterstützte ansonsten keinen Laden mehr, der Maske forderte, aber beim Einkaufen hatte ich keine Lust zu diskutieren. Aber ich zog sie nur über den Mund. Ich habe viele Jahre Asthma gehabt und allergisch bedingt immer eine verstopfte Nase. Das hatte ich geheilt und jetzt sollte ich meine Atemwege verstopfen? No way...

Manchmal sprach man mich drauf an, doch ich ignorierte das einfach und ging weiter. An der Arbeit drohte man mir mit Abmahnung, wenn ich die Maske nicht ordnungsgemäß auf den Fluren trage, aber da mein direkter Vorgesetzter sie manchmal GAR nicht aufzog, konnte er mir mal gar nichts. Aber die verhassten Blicke der Kollegen waren so Repto...

Im Globus Bubenheim schrie eine Verkäuferin hinter der Käsetheke mal gefühlte fünf Minuten hinter mir her: „MASKE AUF! HEH SIE DA MASKE AUF!" – wie so ein hysterisches Monster! Die Leute sind echt nicht ganz dicht! Ich ignorierte das, auch wenn mich zirka dreißig weitere Einkaufende argwöhnisch betrachteten, es war mir egal.

Dann, eines Tages in der Obst- und Gemüseabteilung, sah ich einen großen, gutaussehenden Kerl – leider kann ich einen Mann mit blauer OP-Maske, brav übers ganze Gesicht gezogen, nicht ernst nehmen, flirtete dennoch mit ihm. In der Not frisst der... achneh, lassen wir das... Ständig blickte der Typ mich über die Gemüseauslage von der anderen Seite her an und ich lächelte... was er ja aufgrund des Lappens im Gesicht nicht sah, hätte ich mir also sparen können.

Dann kam er um die Gemüseauslage herum und ich dachte: „Oh, wird das ein Flirtangriff?"

Er trat ganz dicht an mich heran und sagte in einem schroffen Ton: „Ihnen ist die Maske von der Nase gerutscht!" – mir fror mein Flirtlächeln im Gesicht fest.

„Bitte was?"

„Die Maske! Sie müssen die Maske über die Nase ziehen, die ist ihnen runter gerutscht!"

Nach kurzer Irritierung über so viel Blödheit konterte ich: „Neneh, das ist schon richtig so, die ist nicht runtergerutscht, ich hab sie mit Absicht so drapiert. Und wenn du nicht gleich die erforderlichen zwei Meter Abstand einhältst, schrei ich alles zusammen! ALSO BITTE HALTEN SIE DEN ERFORDERLICHEN MINDEST ABSTAND EIN!", sagte ich die letzten Worte laut und deutlich, drehte mich rum und ließ ihn stehen. Nun kuckten die Menschen alle vorwurfsvoll auf ihn und nicht auf mich.

Flirten kann ich.

Kate Bono

Versteck
spiel

Ich wohne mit meinen drei kleinen Kindern und meinem Mann in einem kleinen Dorf. Die fast letzten drei Jahre waren für mich sehr herausfordernd, wie wahrscheinlich für jeden. Es gibt sehr viele schöne Momente, die wir erleben durften. Zum Beispiel haben wir uns im ersten Lockdown mit der ganzen Familie (Eltern, Geschwister und Neffen) heimlich im Wald getroffen, um Moos für Ostern zu sammeln. Das ist bei uns Tradition, dass wir jeden Karfreitag mit der ganzen Familie in den Wald gehen, picknicken und Moos sammeln. Wir mussten uns teilweise kringeln vor Lachen, dass wir uns heimlich ganz tief im Wald getroffen haben, um eine schöne Familienzeit zu haben.

Ostern haben wir auch bei meinen Eltern gefeiert und gehofft uns verpetzt keiner. Mit Freunden haben wir uns heimlich an der Ems getroffen.

Man kann sich heute gar nicht mehr vorstellen, dass man sich nicht treffen durfte und man das mit sich machen lassen hat.

Aber ich bin unendlich dankbar, diese Familie und diese Freunde zu haben. Leider musste auch ich mir viel anhören von langjährigen Freundschaften, so dass ich mich von denen distanzierte. Manchmal tut es so unendlich doll weh und manchmal bin ich dankbar dafür, dass ich so viel über mich selbst lernen durfte und noch weiter lernen darf. Wahrscheinlich hat es einen Grund, anders zu sein und wahrscheinlich hat es einen Grund, warum man sich immer anders gefühlt hat.

Als Kind dachte ich schon immer, wir können mehr, viel mehr. Das Thema *Heilen* hat mich auch immer fasziniert, also nicht die Medizin, sondern das tatsächliche Heilen. Später durfte ich erfahren, dass mein Urgroßvater ein Heiler war und sich meine Oma und mein Opa so kennengelernt haben. Ich hatte mich noch nie "dazugehörig" gefühlt und war immer anders. Auch bei meiner langjährigen Clique habe ich immer „ihr" gesagt anstatt „wir". Oft wurde ich verbessert und sie sagten, es heißt WIR. Auch bei meiner Familie war ich immer die "gefühlt Andere".

Und jetzt, nach über vierzig Jahren, fühle ich mich ein bisschen mehr bei meiner Familie angekommen. Die haben mich in dieser schweren Zeit nie ausgeschlossen, beschimpft oder beleidigt. Sie haben sich heimlich mit uns getroffen, wenn man es nicht durfte, sind damals auf den zweijährigen Geburtstag von meiner Tochter mit dem Fahrrad gekommen, weil man die ja verstecken konnte.

Manchmal frage ich mich - War das damals wirklich so? Aber ja, es war so!

Es ist echt verrückt. Mit dem heutigen Wissen hätte ich wahrscheinlich nicht mehr dieses Versteckspiel gespielt. Meine Kinder hatten im ersten Lockdown eine wunderbare Zeit. Es war schönes Wetter, wir waren jeden Tag im Wald, meine Schwester war jeden Tag hier, weil sie ihr Pferd, welches bei uns steht und zur Hälfte mir gehört, versorgen musste.

Meine Kinder waren jeden Tag im Matsch, auf Wiesen und Feldern und hatten keinen, der sagte "es ist gleich

Bettzeit", weil, es war ja egal. Wir haben Stockbrot über Feuer gemacht und die Zeit einfach genossen. Diese Zeit möchte ich um nichts in der Welt missen...

Leider habe ich mich so oft so alleine gefühlt, fühle ich auch heute noch, ich konnte mit meinem Wissen mit wirklich niemandem reden. Das kann ich leider immer noch nicht. Mein Mann sagt zwar öfter, wenn ich ein Thema anschneide: "Ach meine kleine Verschwörungstheoretikerin", aber möchte davon leider nichts wissen. Doch immerhin ist er nicht geimpft und froh darüber, es nicht gemacht zu haben.

Und ich bin stolz und unendlich glücklich darüber, diese Familie zu haben und ich bin auch froh, ganz bestimmte Freunde zu haben.

Meine damals fünfjährige Tochter hat es geschafft, dass sie die Frühförderung ohne Maske besuchen durfte. Mit dem Wissen von heute hätte meine Tochter keine Frühförderung mehr bekommen. Ich bin dankbar, soweit wachsen zu dürfen und ich bin unendlich dankbar diese Familie zu haben.

Sabrina

Spielen verboten!

Sommer 2020. Das Ordnungsamt kommt mit zwei Fahrzeugen und vier Mann, mit Schusswesten (zumindest tragen sie eine Montur die danach aussieht) und Masken. Ich beobachte von der Terrasse aus, wie sie am Haus vorbei nach hinten rennen, durch die enge Gasse. Ich frage mich, was für ein Verbrechen passiert sein muss, dass vier schwere Männer hier antanzen. Wäre jemand gestorben oder verletzt, würde ja der Krankenwagen kommen.

Auf dem Rückweg fragt meine Nachbarin, was denn passiert sei. Die Antwort: „Es wurden spielende Kinder auf dem Spielplatz gemeldet. Die mussten wir entfernen."

Ich habe einen Schnaps getrunken, um das zu verarbeiten, habe aber beschlossen, das nicht jedes Mal zu tun, weil sonst wäre ich heute Alkoholikerin.

Ich hoffe alle Denunzianten und die, die das unterstützt haben, müssen sich vor Gott verantworten oder das Karma schlägt hart zurück.

Kate Bono

Anders als erwartet

Meine heiß ersehnte Auszeit begann kurz vor der Pandemie und verlängerte sich entgegen meinen Wünschen. Das verschaffte mir mehr Ruhe als ursprünglich geplant. Endlich konnte ich mich den Dingen widmen, die ich schon so lange zurückgestellt hatte. Auf der anderen Seite blieb ich beruflich außen vor. Und genau das ging mir nach einigen Wochen auf die Nerven. Ich beschloss, für Abhilfe zu sorgen, und gab wieder Nachhilfe.

Nach und nach bekam ich Schüler, so dass mein Tag wieder mit Terminen voll war - nur diesmal nachmittags. Die leuchtenden Augen, wenn die Proben ein oder zwei Noten besser ausgefallen waren, waren eine immense Belohnung. Aber manchmal gelang es auch nicht. Wie bei Dennis, der natürlich anders heißt.

Dennis brauchte meine Hilfe in Latein. Zum Glück war es das letzte Lernjahr mit Grammatik und gefühlt ellenlangen Vokabellisten. War die Probe auch leider nur eine Note besser, so freute ich mich, dass er zumindest nicht durchfiel.

Konnte er auch nicht, weil er lernte. Denn die Vokabeln saßen. Immer. Das bewiesen auch zwei gute Noten in den Vokabeltests.

Dann fragte er mich, ob ich ihm im Fach Deutsch helfen könnte. Ich konnte. Aufsatz, zwei handschriftliche Seiten für eine Probe, Thema Erörterung anhand eines vorgegebenen Textes.

Mit der Theorie - *Wie schreibe ich das logisch, verständlich und gewandt* - gingen wir zu den Übungen über. Leider ergab die erste Kurzprobe ein „Mangelhaft". Wir beiden waren erschüttert: so viel geübt und dann diese Katastrophe! Ich war kurz vorm Heulen, als ob es meine Arbeit gewesen wäre. Aber Dennis nahm die Note als Herausforderung an. Für die große Probe musste und wollte er so viel tun, dass eine Drei fallen sollte. Also sprachen wir die Themen des ersten Übungsblattes durch, so dass er darauf seine Argumente nehmen konnte.

Ehrlich gesagt war das Thema langweilig und staubtrocken. Doch Dennis biss sich durch und lieferte mir einen Aufsatz, den ich verbessern und mit ihm besprechen konnte. Es war viel zu tun: Rechtschreibung war stellenweise abenteuerlich, die Satzzeichen fanden sich *irgendwo* und von seinen Bandwurmsätzen, über mehrere Zeilen ohne Kommata, sollte er sich verabschieden. Denn die mag kaum jemand lesen.

Der nächste Übungsaufsatz war um einiges besser, der dritte auch und beim vierten sah ich, dass Dennis tatsächlich einiges zu seinem Vorteil verändert hatte. Die Chancen auf die Drei standen gut. Dennis schrieb die Probe und war guter Dinge, weil er das Thema gut erfasst und passende Argumente gefunden hatte.

Zwei Wochen später trudelte ich wieder für die letzten Stunden Latein ein. Dennis saß mit einem unergründlichen Ausdruck an seinem Tisch und erklärte mir, dass er die Deutschprobe benotet erhalten habe: „Sie ist anders als erwartet ausgefallen."

In diesem Moment rutschte mir das Herz in die Hose, mir wurde heiß und ich dachte mir: „Scheiße, wieder eine Fünf. Und er hat so viel dafür getan."

Ganz langsam zog er seine Arbeit unter dem Deutschheft hervor, das auf dem Tisch lag. Ich traute meine Augen kaum: Eine dicke, fette, rote Eins prangte auf der Probe. Mir schossen die Tränen in die Augen und ich stand kurz vorm Heulen.

Ja, anders als erwartet! Er hatte es geschafft, die beste Arbeit der ganzen Klasse zu verfassen.

Christine Oberbauer

Loslassen 2.0

Wer einmal sich selbst gefunden hat, der kann nichts
auf dieser Welt mehr verlieren.
Stefan Zweig

Ich weiß nicht, wieso mir sofort klar war, dass dieses
C-Ding eine „eigenartige Geschichte" ist. Ich weiß aber,
dass ich Gott jeden Tag für dieses Aufwachen danke
und den vielen Menschen, die mir die wichtigen
Hinweise gaben. Zwar war ich schon seit einigen Jahren
beruflich auf der Reise mit Bewusstsein und Energie und
Gott sei Dank gut vernetzt mit Menschen, die über den
Tellerrand schauen. Trotzdem war ich komplett
ahnungslos. Meine Kinder und ich waren geimpft,
Naturheilkunde war lediglich eine Ergänzung zur
Schulmedizin und Vater Staat sorgte in meinen Augen
natürlich dafür, dass wir ein sicheres Leben hatten.
Gut, ich zahlte irgendwie immer zu viel Steuern. Aber
das war ja normal, betraf jeden, also hab ich es knurrend
hingenommen. Für Politik konnte ich mich nie
erwärmen, weil ich dachte, egal welche Regierung, es
ist immer Not gegen Elend. Zu Geschichte und
Erdkunde hatte ich null Bezug. Mein Unterbewusstsein
war der Meinung, das ist alles Nonsens.

Und dann kam alles ganz unerwartet und schockte
mich zutiefst.

Ich äußerte einem lieben Kollegen gegenüber, was ich über C denke, woraus er wohl schloss, dass ich ALLES wusste. Und dann ergoss sich ein eiskalter Informationsschwall über mich, auf den ich nicht vorbereitet war.

Fall der Kabale erklärt in zehn Minuten. Sprachlosigkeit auf meiner Seite. Schockstarre. Blanke Panik.

Er meinte es nicht böse, er wusste nicht, was er tat. Völlig aufgelöst rief ich eine Freundin an und wir transformierten die unsagbare Angst, die bei mir hochkam. Im Anschluss fragte ich sie: „Stimmt das denn alles?"

„Ja", sagte sie. „Ich schick dir mal *Fall der Kabale*."

Ich konnte es nicht fassen. Ich sprach mit vielen Menschen. Fragte immer wieder nach. Stimmt das alles? Ja! Also habe ich es mir angeschaut. Ich war im Kaninchenbau. Und so schmerzvoll es war, so heilsam war es gleichzeitig. Vorher war da dieses diffuse Gefühl, dass da was faul ist. Die Klarheit darüber brachte mir erst Albträume und dann Sicherheit.

Im ersten Lockdown und den ganzen Sommer 2020 saß ich mit meiner Freundin an den Wochenenden manchmal bis zum Sonnenaufgang auf dem Balkon. Wir tranken Gin Tonic und Bier und erfanden unser Weltbild neu. Wir waren Verbündete und gingen gemeinsam durch die vielen Höhen und Tiefen, die uns so ereilten. Es wurde immer leichter und wir schauten immer mehr in eine goldene Zukunft.

Über die Impfungen lachten wir anfangs: „Wer haut sich denn freiwillig einen nicht erprobten Impfstoff rein? Das macht doch kein Mensch. Damit fährt die Regierung voll gegen die Wand. Vielleicht machen das ein paar Verrückte, aber sie sehen ja dann, was es mit ihnen macht."

Oder eben auch nicht. Auf einmal wurde es ernst.

Meine Eltern waren total in der Angst und konnten es Anfang 2021 nicht erwarten, sich impfen zu lassen. Ich habe geredet und geredet.

„Wartet ab. Ihr müsst doch nicht die ersten sein." Ich habe auf Zeit gespielt und sie haben mir anfangs auch zugehört. Sie waren bis dato für meine naturheilkundlichen Ansätze durchaus offen. Und dann kam meine Schwester und besorgte meinem Vater als Krankenschwester mit *Vitamin B* einen der allerersten Impftermine. Mein Bruder fand es auch prima. Meine Mutter „durfte" noch nicht, weil noch zu jung. Ich rief meine Schwester an und sagte ihr, dass ich mir große Sorgen wegen der Impfung mache.

Ich werde dieses Gespräch nie vergessen. Ich habe geweint und sie hat mich einfach ausgelacht.

Nach dem Gespräch hat sie mir verboten mit ihr über dieses Thema zu sprechen. Das tun wir seitdem aber auch gar nicht mehr. Im Herbst schrieb sie mir eine WhatsApp. Es wäre noch nicht zu spät, meine Entscheidung zu überdenken ohne dabei das Gesicht zu verlieren. Und vor allem soll ich verantwortungsvoll sein und meine Jungs (12 und 15) impfen lassen. Selbst meinem Mann als 100% Tagesschau-Gläubigem ging das zu weit.

Meine Mutter warf mir vor, dass ich mir gar keine Gedanken darüber machte, wie es *ihr* mit unserer Entscheidung psychisch ginge und Weihnachten fand natürlich auch ohne uns statt.

Aber zurück zum Sommer 2021. *Endlich* durften sich auch die jungen Menschen impfen lassen. Und sie taten es einfach. Einer nach dem anderen. Sie rissen sich darum. Und meine Freundinnen und Freunde auch. Selbst diejenigen, die Zweifel hatten und mit denen ich darüber sprach. Sie hörten und verstanden meine

Argumente und sie machten es trotzdem. Und mir zerriss es jedes Mal das Herz. Und dann wurden ihre Kinder geimpft. Was vorher auf gar keinen Fall geplant war.

Die Erkenntnis war bitter, aber eigentlich nur das, was wir in der Theorie uns immer gegenseitig so schön sagen unter uns „Aufgewachten":

Du musst es loslassen. Du kannst niemanden retten. Jede Seele hat ihren eigenen Plan.

Sag ich auch immer, aber wenn es so nah dran ist und so real, dann fühlt sich das ganz anders an, vor allem wenn zum Beispiel jetzt der eigene Bruder mit Herzproblemen zu tun hat.

Ich flog aus unserem sogenannten „Freundeskreis", dem Stammtisch und diversen Gruppen. Ich hab´ seitdem Freundschaft für mich ganz neu definiert. Auch das hat geschmerzt und es war erkenntnisreich. Manche Menschen grüßen mich nicht mehr. Dafür kenne ich jetzt alle hier im Ort, die anders ticken.

Noch vor ein paar Monaten hätte ich jetzt von *Gleichgesinnten* geschrieben. Nur gibt es im Verlauf der Zeit für mich nur noch *„Ähnlichgesinnte"*.

Denn aufgewacht heißt nicht aufgewacht.

Ich bin mir darüber bewusst, dass ich auch längst nicht alles weiß und integriert habe. Ich sehe aber, dass viele bisher nur an der Oberfläche gekratzt haben und im Grunde gar nichts wissen. Jeder hat sein Tempo und auch das darf ich akzeptieren.

Und nachdem sich also bereits viele, viele Menschen aus meinem Leben verabschiedet haben, gibt es in den letzten Monaten wieder Bereinigungen bei neuen

„Freunden". Es zeigt sich so viel und ich spüre, dass es darum geht, sich auch hier nicht einfach anzupassen und sich nicht ablenken zu lassen.

Vor ein paar Wochen hatte ich tatsächlich Streit mit meiner „Balkon-Freundin" und es passierte etwas, was ich in unserer Freundschaft nie für möglich gehalten hätte. Statt täglicher Telefonate jetzt Funkstille.

Mich macht das sehr betroffen und ich wünsche mir, dass es sich wieder ändert. Und gleichzeitig stelle ich wieder fest, dass ich seitdem viel mehr bei mir selbst angekommen bin.

Ich verstehe alle Erlebnisse und Erkenntnisse in den vergangenen Monaten als Botschaft des Universums für mich so: **Lass los und geh deinen eigenen Weg!**

Tausch dich mit Menschen aus! Inspiriert euch gegenseitig! Begegnet euch liebevoll und lasst euch weiter eurer Wege gehen, denn es gibt keinen gemeinsamen!

Fühl dich umarmt, Silvia

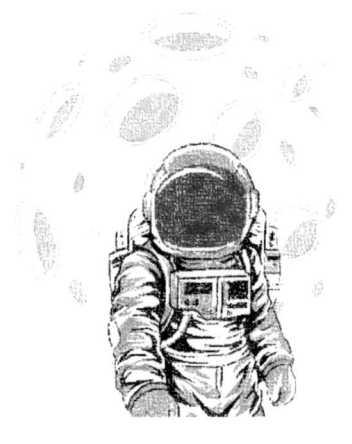

Ich frag´
für einen
Freund

Es könnte...

Es könnte alles so schön sein, aber irgendwie ist alles nur noch traurig. Angst, ich habe nur noch Angst.

Kein Tag vergeht, an dem ich nicht darüber nachdenke. Seit dem Frühjahr, den ganzen Sommer schon. Verbringe meine Zeit fast nur noch liegend auf dem Bett. Das ist der Ort, an dem ich mich einigermaßen sicher fühle. Die Panikattacken haben mich fest im Griff. Zuerst noch mehrmals am Tag, jetzt nur noch einmal oder, wenn es gut läuft alle paar Tage.
Meine persönlichen Highlights sind die Tage, an denen ich mich bis in den Garten traue. Yeah!!!
Jetzt liege ich wieder, halb sitzend auf dem Bett und schreibe diese Geschichte. Und auch jetzt spüre ich die Angst und die Zweifel. Soll ich das wirklich alles aufschreiben? Ist das nicht eher fürs Tagebuch? Wer will das wissen?

Seit ich denken kann, bin ich auf der Suche, nach mir, der Wahrheit, nach dem Sinn im Leben. Noch bevor Corona losging, wurden wir gewarnt. Wir wussten also, dass da etwas auf uns zukommt. Wir? Ich und mein Freund...
Aber schon lange ist nichts mehr, wie es einmal war. Oder besser gesagt, wie es nie gewesen ist? Wann ist das passiert? War ich vorher einfach zu abgelenkt?
Von morgens bis abends saß ich vor dem Rechner und habe Nachrichten gelesen und recherchiert.

Keine Zeit nachzudenken über mich, mein Leben. Bis... ja, bis ich nicht mehr konnte. Es hatte mich umgehauen. Plötzlich war alles ganz anders, denn ich hatte Zeit, sehr viel Zeit, nachzudenken, mir der Dinge bewusst zu werden. War ich eigentlich noch glücklich? Wie sollte es weitergehen?

Das machte mir Angst, große Angst sogar.

Die Tatsache, dass ich mich die letzten Jahre komplett zurückgezogen hatte und praktisch kaum jemanden kannte, den ich als guten Freund bezeichnen konnte, waren keine beruhigenden Aussichten. Nicht mal schnell anrufen können, reden oder auch Unterschlupf bekommen. So wichtig, wie ich finde. Ich spüre nicht nur die Trennung im Außen, sondern auch im persönlichen Bereich, sprich hier, genau hier in diesem Raum.
Ich weiß nicht mehr zu wem und wo ich hingehöre. Wie ein Wanderer, der nie lange an einem Ort bleibt. Ich weine jeden Tag und das seit Monaten. Ist das normal?

Früher war das anders. Nach jedem Heulanfall folgte irgendwann die große Erleichterung. Aber jetzt funktioniert das nicht mehr. Nein, es geht einfach nicht weg und es ist einfach nur noch traurig. Was, wenn das alles hier in die Brüche geht? Wo soll ich hin, so ganz allein? Ich habe noch nicht einmal mehr ein Auto, wohlgemerkt. Wie oft habe ich gebetet, die letzten Monate, aber Gott hat mir nicht geantwortet. Wer hasst mich so? Oder hab ich's einfach nicht gerafft?
Es fühlt sich an, als wäre ich wie in einer Blase, in meiner eigenen kleinen Welt, unsichtbar, komplett getrennt von allen anderen. So richtig *lost*.

Sicher bin ich nicht die Einzige und ich weiß, dass es Menschen gibt, denen es sicher noch sehr viel schlechter geht, aber das hilft mir gerade nicht. Ich hatte kürzlich gelesen, dass, wenn die Angst anklopft, es nur ein Zeichen der Seele ist, die sich durch den Körper ausdrücken will. Ihre Botschaft lautet: „Stopp, hör sofort auf damit, was auch immer du gerade tust! Das ist nicht dein Weg!" Super und jetzt?

Die letzten Jahre hatte ich mich völlig abhängig gemacht. Ich bin körperlich nicht bei hundert Prozent, wie soll ich das schaffen? Denkt jetzt bitte nicht an Familie. Wieder ins Haus der Eltern zurück war schon immer schwer, weil ich auch schon immer anders war. *Was stimmt mit dir nicht?* Steht auf meiner Stirn. Wahrscheinlich seit meiner Geburt. Außerdem sind die alle gespritzt. Der Gedanke daran, dass sie irgendwann... Dann habe ich niemanden mehr, den ich um Hilfe bitten kann.

Was ich jetzt brauche? Jemanden, der mich auf den Schoß nimmt und mir sagt, dass alles gut wird. So wie früher, als ich ein Kind war. Und ein Wunder, lieber Gott, wenn du das hier mitliest. Ich wünsche mir mein ganz persönliches Wunder und den Mut und das Vertrauen, daran zu glauben. Danke, danke, danke!!!

Anonym (Spongebob)

Ich sehe Dich!
Kate Bono

Alles im Wandel

13. März 2020
Hallo Mama, wollte dir Bescheid sagen,
bin Corona positiv, hatte den Patienten
aber erst am Sonntag, du musst dir also
keine Sorgen machen. Lg

Okay, meine Tochter hat eine Grippe. Deswegen muss ich mir nun wirklich keine Sorgen machen. Oder? Zumal mit nur geringen Symptomen.

Das sah sie aber ganz anders. Denn ich bekam genau dafür Vorwürfe, dass ich mich nicht um sie und ihre Kinder gesorgt habe. Eine Woche zuvor hatte ich sie besucht. Mein Enkel, ihr Ältester, feierte seinen 6. Geburtstag. Die kleinere Schwester war zu diesem Zeitpunkt zweieinhalb Jahre alt. Die Lage war, wie schon die letzten dreizehn Jahre, sehr angespannt.

Dreizehn Jahre zuvor war etwas geschehen, das unser Leben als Familie in Schockstarre versetzt hatte, was jedoch in mir einen Entwicklungsprozess auslöste, der mich dazu gebracht hat, die Welt nicht mehr so hinzunehmen, wie wir sie kannten. Völlig unerwartet und für uns alle kaum begreiflich nahm sich der Papa meiner drei Kinder, mein Ehemann, nach mehr als dreißig gemeinsamen Jahren das Leben!

An diesem Tag begann für mich eine Zeit des extremen Leides und des Schmerzes. Ich suchte Hilfe im Innen sowie im Außen. Ich hatte sehr oft keine Kraft und auch keine Lust mehr, zu leben. Allein die Liebe zu meiner jüngsten Tochter, die damals neun war, gab mir Ansporn, weiter zu machen und mir Hilfe zu suchen. Die „Großen" mit Mitte 20 brauchten mich ja schon lange nicht mehr. Im Gegenteil, wir hatten alle große Probleme mit der Situation klarzukommen, und anstatt näher aneinander zu rücken, entfernten wir uns immer mehr voneinander.

Beides ist wohl „normal" in solch einem Ausnahmezustand, nach solch einem Trauma. Ich wünschte nur, es hätte endlich mal ein Ende und wir würden uns für den ersten Weg entscheiden. Alle gemeinsam, in Liebe und Achtung.

Nun, das Leben hat mich viel gelehrt, aber ganz besonders in diesen letzten fünfzehn Jahren. Ich war schon immer eine Kämpferin, aufgeben war für mich nie eine Option. Dabei bin ich viele Wege, und ja, auch Umwege gegangen, habe viele „Fehler" gemacht. Aber was sind Umwege? Was sind Fehler?

Umwege gehen bedeutet, eine bessere Ortskenntnis zu bekommen, die „falschen" Wege nicht noch einmal oder mit einer anderen Ausrüstung, mit einem neuen Bewusstsein zu gehen. Fehler machen bedeutet, Fehlendes zu erleben, zu erfahren, und um daraus zu lernen, diese „Fehler" nicht noch einmal zu wiederholen.

Ich hatte es zugelassen, dass ich in meiner Ehe, in verschiedensten „Freundschaften" und schlussendlich in der sogenannten Freikirche meines eigenen Willens, ja sogar meines Denkens und somit eines Teils meiner Freiheit beraubt wurde. Ich hatte aufgehört, zu denken, zu zweifeln, zu hinterfragen und stattdessen nur noch geglaubt, was mir erzählt, was mir gepredigt worden ist und was ich gelesen habe (natürlich nur noch christliche Literatur). Ich hatte mein gesamtes vorheriges Leben, Wissen, Ansichten, ja sogar Bücher, CDs, DVDs über Bord geworfen (war ja so vieles satanisch, okkult, nicht christlich). Und das hatte mich unfrei gemacht, seelisch und somit auch körperlich krank, und ich war kurz davor, daran zu zerbrechen, ja, zu sterben.

Gott sei Dank konnte ich dieser Hölle mit professioneller Hilfe entfliehen und mein Leben wieder neu ordnen, wenn auch das komplette Loslösen noch einiger Umwege bedarf.

Dank dieser Erfahrungen lernte ich nun, nichts mehr zu glauben, was uns da draußen erzählt wird! Es lehrte mich, alles zu hinterfragen und zu prüfen. Allerdings haben sich nun plötzlich viele von mir abgewandt, sogar die, die mir am Nächsten stehen.

Ich war lange allein, aber doch nicht mehr einsam. Ich bin von keiner Organisation oder Gemeinschaft mehr abhängig, kein Partner oder Freund/Freundin hat die Macht, mich in meinem Denken und Fühlen zu beeinflussen. Und so kann ich heute sagen, ich denke selber, ich denke geistreich.

Der entscheidende Einstieg in meinen Bewusstseinswandel hat mit Donald J. Trump zu tun. Auch ich war damals mehr oder weniger entsetzt, als „dieser Mensch" zur Wahl stand, doch ahnte ich schon damals, dass er gegenüber H. Clinton das „kleinere Übel" sein würde. Für mich, die sich nie für Politik interessiert hatte, waren das intuitiv doch schon immer unglaubwürdige Schauspieler. Nachdem Trump jedoch ausnahmslos im Mainstream durch den Kakao gezogen wurde und immer noch wird, aufs Übelste, spürte ich in meinem Herzen, dass das nicht richtig ist. Vor allem auch nachdem vor ca. vier Jahren mein Künstlerfreund Robert

in seinem Atelier bei einer weltweiten Aktion mitmachte
- *Wer stellt D. Trump künstlerisch am besten als Witzfigur dar?*

Als Robert sich darüber wunderte, dass die amerikanischen Touristen, mit denen er ins Gespräch kam, ihren Präsidenten lieben, entschied ich: ich will den Menschen und Präsidenten Donald J. Trump kennenlernen.

Also habe ich mich auf die Suche gemacht und recherchiert - Videos, Live-Pressekonferenzen, seine Wahl-Rallyes mit 100.000en von begeisterten Menschen und vieles, vieles mehr angesehen. Ich habe Fakten darüber gesammelt, was er dem amerikanischen Volk versprochen und was er davon bisher umgesetzt hat. Nun, die Liste ist lang und erstaunlich. So einen Präsidenten wünschte ich mir für unser Land.

Ich habe auch herausgefunden, dass unter der Herrschaft der vorigen Präsidenten, hauptsächlich Obama, dem „Friedens-Nobel-Preisträger", unendlich viele Kriege weltweit angezettelt worden sind, dagegen unter Trump nicht ein einziger. Im Gegenteil, mittlerweile hat er meines Wissens mehrere Friedensabkommen unterzeichnet. Und sein erklärtes Ziel ist der Weltfrieden.

All meine Recherchen, Fakten und Entwicklungen stellten mein gesamtes Weltbild auf den Kopf. Und da begriff ich, wer den Mainstream-Medien folgt und deren Propaganda glaubt, ist verloren. Doch das Schmerzhafteste daran war, dass keiner mir zuhören wollte. Ich wurde nun für verrückt gehalten. Vor allem von meiner eigenen kompletten Familie.

Meine älteste Tochter bezeichnet mich als einen Verschwörungs-Theoretiker, weil ich die Impf-Pflicht hinterfrage. Nein!!! Ich bin kein Impf-Gegner! Da, wo sie Sinn macht, darf sie sein. Aber wo macht sie Sinn? Darf man das nicht hinterfragen? Und Prüfen?

Wir sprachen über die Flüchtlings-Zuströme und ich äußerte meine Bedenken, sie bezeichnete mich daraufhin als Rassist ... Punkt!

Auf meine Frage zu ihrer Meinung bezüglich des Klima-Wandels brach sie fast panisch in Tränen aus, weil ich nur angedeutet habe, dass ich auch da meine Bedenken habe. Ich habe niemals den Klima-Wandel an sich geleugnet, den gibt es seit Jahr-Millionen. Kalt- und Warmzeiten haben sich schon immer abgelöst, ansonsten wäre gar kein Leben möglich.

Und nun nahm ich auch noch Corona nicht ernst?! Mit so einer Mutter will sie nichts mehr zu tun haben und nahm mir damit auch meine Enkel - und ihnen die Oma.

Irgendwann im Sommer 2020:

> Mama, ich möchte deine Liebe nicht
> mehr.

Diese WhatsApp bekam ich von meinem Sohn, nachdem er mich einige Wochen zuvor mit seiner Partnerin besucht hatte. Nur diesen einen Satz.

Ich zeigte ihm schon Jahre zuvor die weißen Streifen am Himmel und versuchte, ihm den Unterschied zwischen Kondensstreifen und Geo-Engineering zu erklären! Aber nein – Chemtrails sind eine Verschwörungs-Theorie.

Er wollte mehr über Adrenochrom und das Verschwinden der vielen Kinder wissen, ich empfahl ihm, selbst zu recherchieren, da das Thema zu groß ist. In seinen Augen auch das wieder nur eine Verschwörungs-Theorie und Hirngespinste von mir. Er hatte nichts dagegen, dass ich ihm Informationen sende, ich hatte ihn extra gefragt, letztendlich hat er mich dafür verurteilt. Hat er sich deswegen dazu entschieden, meine Liebe nicht mehr haben zu wollen? Und somit seinen drei Kindern auch die Oma nahm? Ich weiß es bis heute nicht.

Und nun Corona. Von Anfang an spürte ich, dass da etwas faul ist. Also habe ich angefangen, zu hinterfragen, zu recherchieren, zu suchen und zu finden. Erst dabei ist mir immer bewusster geworden, wie tief der Sumpf ist, was hier läuft, was mit dem *Great Reset* geplant ist, welches Ziel Bill Gates und die Elite verfolgt.

Warum sagt man uns nicht:

Stärkt euer Immunsystem! Ernährt euch gesund! Treibt Sport! Geht viel an die frische Luft! Achtet auf Vitamine! Lacht und lebt!

Statt uns genau das krankmachende Gegenteil aufzuzwingen? Warum verordnet man uns „Social Distancing"? Wieso nicht „Physical Distancing"?

Unsere Nahrung und Kosmetik wird immer mehr vergiftet, unsere Kleidung mit krankmachenden Chemikalien behandelt. Wo sind die ganzen Kranken, die Leichen? Wieso sind so viele Krankenhäuser leer und das Personal in Kurzarbeit? Wo ist die Übersterblichkeit? Wo sind plötzlich die ganzen Grippe-Kranken und Grippe-Toten im Verhältnis zu den Vorjahren? Heute nennt man diese die Corona-Kranken und Corona-Toten. Aber wer ist tatsächlich an und nicht mit (und sei es infolge eines Unfalles) Corona verstorben? Warum zahlt man den Ärzten viel Geld, damit sie Corona als Todes-Ursache auf den Totenschein schreiben? Wie ist das Durchschnitts-Alter der Corona-Toten? Was sagt der PCR-Test aus?

Der Bankkaufmann und Pharma-Lobbyist Spahn, der Tierarzt Wieler und Drosten, der nachgewiesenermaßen gar kein Doktor ist, ziehen ja selbst immer wieder alles in Zweifel. Sie verstricken sich in Widersprüche, sie lügen uns ins Gesicht, sie verhöhnen uns. Tag für Tag!

Wie sinnvoll ist das Tragen der Maske? Auf jeder Packung steht geschrieben, dass sie keinen Schutz bietet. Wo ist hier die DIN, die Norm? Sogar der Krümmungsgrad grüner Gurken wurde gesetzlich verankert, aber was sich die Menschen hier vor Mund und Nase hängen, wird nicht geprüft! Es wurden Masken selbst genäht, aus Stoffen, die möglicherweise mit Pestiziden belastet sind. Wenn man einmal recherchiert, weiß man, dass das Größenverhältnis des sogenannten Virus zur Maske so ist wie eine Mücke zu einem Maschendrahtzaun.

Wo sind die Entsorgungs-Systeme für die „kontaminierten" Masken? Überall liegen sie herum, auf den Wegen, den Wiesen, in den Städten; wo ist da die angebliche Ansteckungs-Gefahr?

Fragen über Fragen – und ich hätte noch so viele mehr!

Und über all das, oder wenigstens ansatzweise, hätte ich so gern mit meinen Kindern, aber wenigstens mit meiner jüngsten, nun schon erwachsenen Tochter, gesprochen. Mit ihr, weil ich dachte, wenigstens uns verbindet noch die Liebe, wenigstens sie hat ein offenes Ohr für mich, ist an meinem Leben interessiert. Doch auch sie wollte nichts davon hören, sehen, wissen, gab mir mehr und mehr zu verstehen, dass ich auch in ihren Augen eine Verschwörungs-Theoretikerin, eine Spinnerin und nicht ernst zu nehmen bin. Ich weiß nicht mehr, wie oft ich ihr in Demut und Liebe geschrieben, mich für meine an ihr gemachten Fehler entschuldigt habe, ohne je eine Antwort erhalten zu haben.

In dieser Zeit habe ich auch versucht, dem Rest der Familie, meiner Mutter und ansatzweise meinen

Schwestern, diese Dinge näher zu bringen und zu erklären! Aber es wollte keiner wissen! Die Antwort war meist: „Hauptsache, wir bleiben gesund."

Ja, ich habe richtig böse Angriffe gegen mich innerhalb der Familie erleben müssen, und das alles, weil ich sie schützen wollte, schützen vor dieser Spritze, schützen vor den Masken, schützen vor den Tests und schützen vor dem Schmerz der sich immer mehr offenbarenden Wahrheit.

Ich wünschte, sie würden, wie ich, nach und nach die schreckliche Wahrheit erfahren und damit wachsen können und nicht von 0 auf 100 damit konfrontiert werden müssen. Denn dieser Schmerz wird unerträglich werden. Es ging mir nie um mich, es ging immer nur um sie.

Doch ist mir nun bewusst, dass auch sie ihre Wege, auch Umwege, gehen, dass auch sie ihre „Fehler" machen müssen, um daraus zu lernen. Dazu sind wir hier auf dieser Welt. Ich kann und darf sie davor nicht bewahren, ich kann nur Angebote machen, die Entscheidung liegt bei jedem Einzelnen selbst. Jede Seele hat ihren Plan, und wir alle haben unsere Seelen-Verabredungen, um von- und miteinander zu lernen. Ich habe gelernt, loszulassen. Was ich nicht ändern kann, muss ich akzeptieren, aber ich kann das Beste daraus machen. Und da ich das, infolge all der schmerzhaften Erfahrungen, zu meinem Lebensmotto gemacht habe, geht es mir heute besser denn je. Ich habe früher oft gesagt, ich bin durch so viele Höllen gegangen, doch da war ich Opfer. Heute sage ich, ich habe so viele Prüfungen bestehen dürfen, und bin damit Sieger.

Und das Allerschönste an dem ganzen Prozess ist, dass ich nicht einen meiner Familie für ihr Verhalten verurteile. Ich bin mit jedem Einzelnen in tiefem Frieden und in der Liebe.

Ich weiß, wir sind alle auf dem Weg, der Eine ist in der KiTa, der Andere in der Grundschule oder steht kurz vor dem Abitur. Jede Seele folgt ihrem Seelenplan, und wir sind hier, um Erfahrungen zu sammeln, Prüfungen zu bestehen, ja, auch Umwege zu gehen, daran zu wachsen und unser Selbst zu finden. Am Ende ist immer das Licht, und da will jede Seele hin.

Ich habe nur einen Wunsch: mögen auch sie, meine Kinder, meine Mutter sowie meine Schwestern und alle, die mit mir in Unfrieden sind, ihren Frieden mit mir wiederfinden. Ich werde immer für Jeden, der das möchte, in Liebe da sein.

SonnEnScheIN
04.11.2022

In diesen Tagen

Beschenkt und geliebt -
es ist kaum zu fassen,
dass es das gibt.
Wer kann da noch hassen?

Wie Seelen sich finden
und einander vertrauen,
das fühlt sich so echt an,
darauf kann man bauen.

Bewusstes Erleben
der jetzigen Zeit,
bin unendlich dankbar,
hab's niemals bereut.

Wir treten gemeinsam,
geliebt, Hand in Hand,
voll dankbarer Freude
in das neue Land.

Ein Land voller Frieden,
von Liebe erhellt,
und es weitet sich aus
über die ganze Welt.

Geliebt und beschenkt,
beschützt und getragen,
das sind wir fürwahr
in diesen Tagen.

Ines S. - 30.06.2021

Und plötzlich stand die Welt Kopf

...oder wie ich auf der Suche nach dem Glück über die Realität stolperte und mir den Kopf an der Wahrheit anschlug.

Schon Anfang 2020 hatte ich das Gefühl: "Irgendwas wird komisch in diesem Jahr." Konnte aber nicht erfassen, was es sein würde - rückwirkend gesehen, bin ich froh darüber, denn hätte ich schon vorher geahnt was auf uns zukommt, wäre ich wohl durchgedreht.

Herzlich Willkommen im Bootcamp Erde, Season 20, Episode 3 - "Der Gefängnisplanet"

Ich erinnere mich noch gut an den Tag als die Politiker der Weltbühne plötzlich unisono verkündeten: "Sperrt euch zu Hause ein, haltet Abstand zu Anderen, tragt *schützende Masken* oder *Ihr werdet alle sterbeeeennn*!". Sofort schrillten meine innerlichen Alarmglocken.
"Was für ein Bullshit! Da steckt etwas anderes dahinter" - war mein erster Gedanke. Sofort musste ich meinen Gedanken auf Fratzebook freien Lauf lassen, doch mein Vergleich mit einer geschichtsträchtigen, dunklen Epoche in den 1930er/40er Jahren, kam gar nicht gut an bei den Leuten. Ich wurde förmlich an den Pranger

gestellt und sie haben mich zerrissen, als wäre ich Staatsfeind Nr. 1.

Die Angriffe aus den eigenen Reihen, also von "Familien"-Mitgliedern, waren am wüstesten und so stand ich bald ziemlich allein auf weiter Flur: Schwager, Schwägerin, Schwiegereltern, Tante, Onkel, Cousins, viele aus dem Freundes- und Bekanntenkreis - sie alle waren dem C-Wahnsinn verfallen. Die neue Sekte der Zeugen Cs (im Folgenden ZCs genannt) ward geboren und die komatöse Masse bemerkte nicht, dass die postapokalyptische Sciencefiction Literatur nun zum aktuellen Zeitgeschehen wurde.

Zum Glück gab es auch ein paar Lichtblicke in meinem Leben (nebst meinen Kindern und unserem schwanzwedelnden Vierbeiner natürlich), wie meinem Papa und meiner 90-jährigen Oma, die den ganzen Schmarrn mit: "Jo, wissen denn die Leit nit, dass mir olle amol gehn miassen!" im typisch kärntnerischen Dialekt kommentierte.

"Na, Oma - wenn sie's wüssten, hätt' ma des Problem nit!"

Die Angst- und Panikmache der Politik und der von ihnen gesponserten Propaganda-Medien war sehr effektiv. Die kollektive Massenpsychose war voll im Laufen. Am Schlimmsten war, dass es auf dem Rücken der Kinder ausgetragen wurde: mein Sohn, musste seinen 10. Geburtstag, der genau in den ersten Lockdown fiel, ohne Freunde und ohne seinen Nonno und seiner Nonna feiern. Zwei Jahre später beharrt sie darauf, nie Angst gehabt zu haben - mindestens 3-mal *getauft*, wohlgemerkt: "Halloooo - du wolltest 2020, dass deine Enkel Abstand halten und in deiner Nähe einen Gehorsamsfetzen tragen!!!"

Als die Kinder endlich wieder zurück zur Schule gehen konnten, war ich entsetzt, welcher Angst- und Panikstimmung sie dort ausgeliefert waren.

Hände mit chemischen Mitteln desinfizieren, Abstand halten, Maske tragen (nur beim Rein- und Rausgehen aus dem Schulgebäude wohlgemerkt, weil im Sitzen ist der "Virus" scheinbar nicht gefährlich) – das alles sollte von nun an den Alltag meiner Kinder bestimmen.

"Aber sicher nicht!" Die Löwenmama in mir erwachte und ich holte meine zwei Schätze da raus.

Eine Odyssee an Ereignissen begann und hält bis heute (Ende 2022) an: Unzählige von mir verfasste Briefe gingen an Politiker, Bildungsdirektion, Ministerien, Zeitungsredaktionen, Schuldirektoren. Unzählige Diskussionen in den Supermärkten, weil ich mich aus gutem Grund weigerte, die vermeintlich schützende Gesichtswindel zu tragen. Ein Supermarktleiter hat mich sogar des Ladens verwiesen - zu einer Zeit als es noch nicht einmal eine Rechtsgrundlage für diese Verordnung gab. Die Lerngruppe, an der meine Kinder eine Zeit lang teilnahmen, wurde mehrmals von der Polizei gesprengt, weil gemeinsames Lernen "illegal" sei.

Die Krönung, also der ultimative "C –Showdown", fand dann im Krankenhaus statt, als meiner 8-jährigen Tochter die Behandlung verweigert wurde, weil ich an einem Sonntag keinen evidenzlosen PCR-Test vorweisen konnte. Damit war klar - die Menschlichkeit auf diesem Planeten ist vom Aussterben bedroht und es gibt weltweit keine Organisation, die das aufhalten könnte.

Die ganze Welt ist verrückt geworden, könnte man meinen - dass dies aber von jeher so war, offenbarte sich in dieser Zeit dank Klimalüge, politisch inszenierter Energiekrise und offensichtlicher Indoktrination der

Kinder und Jugendlichen in Richtung "Geschlechts-umwandlung" sehr rasch. Das sei die neue Normalität!

Fragen über Fragen poppten auf, wie... Ich bin keine Person, sondern fühle mich als Kirschtomate - muss ich trotzdem Steuern bezahlen?

Tampon-Automaten auf der Herrentoilette, der Genderwahn und nicht zu vergessen, die täglichen Unkenrufe "Der Russe ist an allem Schuld! - die uns bekannte "Normalität" entpuppt sich als ein Werk des Teufels.

Hie und da tauchten dann in den alternativen Medien hochgejubelte Exorzisten (ohne Namen nennen zu wollen) auf und wir wurden aufgefordert uns zurückzulehnen, Popcorn zu futtern und die Show zu genießen, die dem kollektiven Aufwachprozess dienen soll. Nicht besonders hilfreich oder angebracht, wenn man mit seinem Kind, das Verbrühungen 2. Grades erlitten hat, vom Krankenhaus abgewiesen wird.

Welche wegweisende Botschaft sollte uns damit wohl vermittelt werden? Vielleicht: "Juhu, ihr habt die goldene Arschkarte gezogen!?"

Mittlerweile, ein Muster an Zurückhaltung, weil Bekehrung der ZCs eh nix bringt, lasse ich mich trotz allem nicht unterkriegen - ich gehe meinen Weg für meine Kinder unbeirrt weiter. Ich ziehe jeden Tag mit meiner energetischen Rüstung erneut in diesen spirituellen Krieg. Ich weiß nicht, wie schlimm es noch wird und wie lange es noch dauert, bis es besser werden darf, aber eines weiß ich bestimmt: wie auch immer der Plan aussehen mag - **Gott gewinnt!!!**

Von Sandra,
aus dem Hause Pirker 2

C-Lüge

Zu Beginn dieser Lüge befand ich mich für zwölf Wochen in Großwallstadt in Nordwest Bayern, bei einem Kunden unserer Firma, zur Fehlerbehebung an von uns verkauften Sondermaschinen.

Die ersten Informationen aus dem Mainstream kamen mir schon sehr seltsam vor. Zu dieser Zeit konsumierte ich noch alle News aus dem Mainstream, obwohl ich mich seit 2013 für zumindest zum Teil als aufgewacht betrachtete. Morgens im Hotel lief der Fernseher mit den Lügenmedien, heute kann ich nicht glauben, dass ich das war.

Ab Tag Drei glaubte ich dem Pack kein Wort mehr. Ich habe schon immer viel gelesen, zu dem Zeitpunkt das Buch von Jan van Helsing: „Wir töten die halbe Menschheit".

Ich wurde süchtig nach Information und abonnierte den Newsletter von van Helsing. Dort immer wieder Links zu Telegram Kanälen. Nach ca. einer Woche Corona Lüge kam der Cut zu den MSM. Ab da blieb der Fernseher aus – auch zu Hause. Radio verachte ich schon seit den 80er Jahren; insbesondere Werbung in jeglicher Form, wurde konsequent schon immer abgeschaltet, wenn ich die Möglichkeit hatte, im Auto z.B. wenn mehrere Personen anwesend waren. Auch damals schon wurden Fernsehsender mit Werbung gemieden.

Jetzt wurde ein Tablet angeschafft und Telegram installiert. Unzählige Kanäle bis heute kennengelernt – nur wenige, seriöse, hab ich noch.

Die tägliche Zeit, welche bisher mit Fernsehen verschwendet wurde, verwendete ich dann für stundenlange Spaziergänge mit Frau und Hund im Schwarzwald (dort bin ich zu Hause), was meiner Seele sehr gut tat. Daran hat sich bis heute nichts geändert.

In meiner Umgebung, privat/Arbeit bin ich zu etwa 95% umzingelt von Impflingen und Schottis. In der Firma sind in meiner Abteilung von 56 Leuten, gerade mal vier ungeimpft! Nur zwei Schottis konnte ich bekehren, einen leider erst nach dem Stich.

Hab's aufgegeben vollkommen Unwissende zu informieren. Selbst Bruder und meine Frau sind von MK Ultra so indoktriniert, dass es zwecklos ist – beide geimpft natürlich.

Ende 2021, als in der Firma die Testpflicht für Ungeimpfte kam, hatte ich von heute auf morgen Burnout und war den Rest des Jahres krankgeschrieben. Leider war ich der Einzige, der sich auf diese Art dem Schwachsinn entzog.

Sommer 2021 bei der Arbeit - einer von uns Ungeimpften hat sich die Seuche eingefangen. Kein Geschmack mehr und starke Grippesymptome. Ich erzählte ihm von MMS und Chlordioxid und brachte mein Set am nächsten Tag mit zur Arbeit. Der Junge war erst kurz in der Firma und wollte nicht krank sein. Ich versprach ihm, wenn er mit seinen Gedanken die Heilung unterstützt, ist die Sache nach drei bis vier Tagen erledigt. Er machte mit und es geschah wie ich ihm versprochen habe. Seitdem hat er stets ein Set MMS zu Hause greifbar. Nach fast drei Jahren des Krieges – Regierungen gegen die Menschheit - kann ich sagen, dass ich relativ ungeschoren davongekommen bin. Verantwortlich dafür ist mein unerschütterlicher Glaube an Gott und an das Gute. Ich bin Eins mit dem Universum und stehe unter dem Schutz des Höchsten. Psalm 91 täglich.

Ich bin dankbar dafür, in dieser Zeit zu leben, so viel lernen zu dürfen und bin immer und immer wieder dankbar, selbst für Kleinigkeiten, die für andere nicht der Rede wert sind.

Dankbarkeit ist der Schlüssel zum Glück, zu Gesundheit, Erfolg und zu einem erfüllten Leben.

Hätte die Corona Lüge nicht stattgefunden, würde ich höchstwahrscheinlich noch immer halbaufgewacht jeden Abend vor der Glotze sitzen.

Sollte ich mich jetzt etwa bei den Verbrechern bedanken?

Wolfgang Hinz

Symbole werden ihr Untergang sein

Unerwünscht

Ich beginne mal mit dem für mich schlimmsten Verlust in dieser wahnsinnigen Plandemie:

Ich war 7 Jahre von Herzen für ein Kinderhospiz tätig. Habe im Büro geholfen, ging zu Veranstaltungen, um Spenden zu generieren, Auskünfte zu erteilen, mit Menschen über die Hospizarbeit zu sprechen. Ich hatte keinen direkten Kontakt zu den Kindern, sondern war nur in der Verwaltung tätig. Im Februar dieses Jahres wurde mir aufgrund der einrichtungsbezogenen Impfpflicht schweren Herzens mitgeteilt, dass ich nicht mehr ehrenamtlich tätig sein kann.

Ich hatte aus vollem Herzen mich dieser Aufgabe verschrieben, war immer unendlich glücklich, wenn ich das Haus betreten hatte und die liebevolle Energie dieser Menschen spüren durfte. Ich fühlte mich so wohl und geborgen in diesem Haus. Das tut mir am meisten weh. Ich bin ja nicht mehr jung und hatte mir meine letzten Jahre nicht so vorgestellt, dass ich eine so sehr geliebte ehrenamtliche Tätigkeit nicht mehr ausüben darf und Kontakte mit lieben Menschen, die ehrenamtlich und hauptamtlich tätig sind, für mich einfach verloren gegangen sind.

Ich habe im familiären Kreis erfahren, dass ich aufgrund meiner Nichtimpfung zu Geburtstagen unerwünscht bin, weil ich ja ansteckend sein könnte.

Inzwischen hatten alle diese geimpften Familienmitglieder eine Corona-Erkrankung, ich zum Glück nicht.

Meinen Sport, Boule, im Freien, konnte ich auch zeitweise nicht mehr ausüben, da verboten. Essen gehen – nicht für mich, hatte ja keine komische App, um mich einzuloggen… Friseurbesuche waren zeitweise auch nicht mehr möglich, meine Haare wuchsen und ich habe Geld gespart.

Ich bin verwitwet und war sehr viel alleine. Ich erinnere mich noch, an Ostern 2020, als Familien- zusammenkünfte untersagt waren. Mein Sohn, der 400 km von mir entfernt lebt, kam mit seiner Lebensgefährtin zu mir. Sie standen zwei Meter entfernt, hatten mir einen Ostergruß vor die Tür gestellt.
Es hat mir fast das Herz gebrochen, die beiden nicht umarmen zu dürfen. Das war so unmenschlich, aber damals haben wir noch in der Angst gelebt und ich hätte mich nicht über diese Vorgaben hinweg setzen können.

Heute würde mir das nicht mehr passieren!

Birgit Dreher

Mein persönlicher Albtraum

Kennedy Flugzeugabsturz, Tod Lady Diana, Prince, Michael Jackson, Dutroux, NSU, Mandela Effekt, New York & Pentagon, Flüchtlingskrise, Weihnachtsmarkt Berlin, Charly Hebbdo, Paris, Libyen, Jugoslawien, Afghanistan, Jemen, Syrien, Afrika, Aids, Impfung Masern, Bill Gates, Tetanus, Afrika,...Prophezeiung der Celestine, 1984, Fukushima, Tsunami...Vaxxed...& so viel mehr noch...

Meine Anstellung in der Apotheke habe ich nach der Geburt meiner ersten Tochter 2001 und auch nach meiner zweiten Tochter 2004 nicht wieder aufgenommen und bedauere es bis heute nicht...

Mein System ließ mich innerlich zusammenklappen als ich narzisstische Freundschaften abtrennte und meine erste Tochter im Wald mit Pferd verunglückte. Mein persönlicher Albtraum war wahr geworden.
Meine Tochter lag irgendwo im Wald und ich konnte nicht sagen, wo sie sich befand, der Augenblick, wo das Telefon klingelte und ich meine vollkommen aufgelöste Kleine hörte und sie panisch meinen Namen rief... Ich werde es nie vergessen.

Ein Radfahrer fand sie und machte eine Ortsangabe. Somit konnte ich der Rettung endlich Bescheid geben. Sie stand am Abhang als wir mit den Sanitätern eintrafen. Sie hatte der Stute den Sattel abgenommen, um es ihr zu erleichtern, aber ihr war nicht mehr zu helfen… Das Gesicht meiner Tochter war kreidebleich und blutverschmiert.

Bis heute weiß sie nicht was passiert war. Man legte sie auf die Trage, nahm ihr den völlig ramponierten Helm ab und schnitt ihre Reithose auf.

„Der Helikopter blieb am Boden", ist alles woran ich mich als Aussage der Retter erinnere. Mein Gefühl sagte es mir sofort, aber die eindeutige Diagnose erhielten wir erst am nächsten Morgen, nach einer Nacht für sie mit schlimmen Schmerzen. Niemand hat sie wahrgenommen. Sie durfte kein Kopfkissen mehr haben und sollte sich nicht bewegen.

Die Ärztin in der Notaufnahme der Kinderklinik hatte alles als lapidar abgeschrieben, mein Kind hatte noch immer den Waldboden am ganzen Körper, drei kleine Zecken am Rücken. Ich fragte die Schwester nach einer Zeckenzange oder Pinzette. Sie antwortete, dass diese Zecken ja wohl das kleinere Problem wären.

Wir bekamen keinerlei Information der Ärzteschaft, meiner Tochter mussten wir außerdem beibringen, dass die Stute erlöst werden musste. Sie war zu dem Zeitpunkt sechzehn Jahre und mit langjähriger Erfahrung im Busch unterwegs.

Irgendwann kam jemand und sprach mit uns über die Ergebnisse. Fünfter Brustwirbel stabil gebrochen. Eine Woche lang durfte sie sich nicht bewegen. Danach Start der Physiotherapie. Ihr Bein hatte eine riesige Wunde über das ganze Schienbein und war auf das Dreifache angeschwollen.

Dass etwas gebrochen war und von nun an alles anders werden würde, wusste ich ab dem Augenblick, als ich im Rettungswagen saß und wir darauf warteten, eine Klinik zugewiesen zu bekommen, um losfahren zu können.

Die Wochen im Krankenhaus verbrachte ich am Bett meiner Tochter. Sie wurde medikamentös ruhigstellt und ich verbrachte diese Zeit mit Ablenkung und Recherche, und bin dabei auf Veikkos Live Videos, damals noch auf Facebook, gestoßen.

Zu diesem Zeitpunkt, 2017, waren mein Mann und ich schon einige Jahre lang weit voneinander abgetrennt.
In 2006 wurde ich fehlbehandelt und wäre fast an einer Sepsis gestorben aufgrund eines geplatzten Blinddarms. Daraus resultierte tagelanges Koma mit Nahtoderfahrung. Dies hatten wir irgendwie nie aufarbeiten können.
Ich versuchte ihn mehrere Jahre für diverse Themen zu sensibilisieren, aber die Namen von Daniele Ganser und Oliver Janich bereiteten ihm Bauchschmerzen und seine Frau war in seinen Augen quasi durchgedreht.
Nach meiner Entlassung verbrachten wir den Sommer in Florida und als ich dort in den Himmel schaute, hatte ich weitere Fragen, bezüglich Geoengineering und Haarp. Aber auch hier stieß ich auf taube Ohren.
Meine Mutter leugnete immer ihre Alkoholkrankheit und wurde im Spätsommer, ebenfalls 2017, in eine geschlossene *Verwahrung* eingewiesen. Mein herrschsüchtiger Vater tröstete sich relativ schnell und heute meide ich jeglichen Kontakt, es tut mir nicht gut.

Ende 2018 meldete ich mich bei Bahar zu *Heartwall* an, es folgte *Unkarma* und im Anschluss *Elevation*. In den vernetzten Gruppen las ich gern die Postings von Dir, liebe Kate.
2019 Freundschaftsanfragen... wir waren in derselben WhatsApp Gruppe für den Herbst in Ingolstadt zu *Empower yourself*...leider fehlte mir der Mut an diesem

Tag, mich eurem Grüppchen in Real anzuschließen, aber wir waren alle da. Und dann musste die Halle evakuiert werden weil Scheinwerfer überhitzten…

U N V E R M E I D B A R

Danke, Danke, Danke!

2020 - verblieb ich in Zuversicht & ließ mich nicht beirren… Vertraue dem Plan!

2021 - Nun ist mein Liebster mit diesem *Virus Gedöns* erweckt, jetzt recherchiert auch er und weiß nun:

Wer seine Augen nicht zum Sehen verwendet, wird weinen….

Danke, Danke, Danke!

Ivonne

Die Beerdigung von Onkel Schorch

Die Beerdigung von Onkel Schorch und der Abschied von der gesamten Familie.

Mein Papa Otto (damals 96 Jahre) ist der Älteste von fünf Kindern. Seine älteste Schwester starb bereits in Ostpreußen. Als Heimatvertriebene hat die Familie immer zusammengehalten. Mein Papa war sieben Jahre in Gefangenschaft in Russland und im Jahr 1954 hat sich die Familie in Erkelenz zusammengeführt. Tante Gretel, die älteste Schwester, hat die Flucht mit drei kleinen Kindern geschafft, Tante Friedel heiratete Onkel Josef, der bereits drei Kinder aus erster Ehe hatte. Beide Schwestern starben später an Demenz.

Onkel Schorch heiratete Tante Hilde, die Manfred in die Ehe einbrachte und wohnte in Xanten. Die Familie war groß, doch man sah sich irgendwann nur noch auf Beerdigungen.

Onkel Schorch (92 Jahre, dreifach geimpft) besuchte seinen Bruder Otto einmal im Monat. Dafür fuhr er mit seinem Auto von Xanten nach Dormagen. Er blieb dann über Nacht und es war ein Highlight für meine Eltern.

Kurz nach Weihnachten 2021 erfuhren wir von Manfred, dass Onkel Schorch die Kellertreppe runtergefallen war und verstarb. Er selbst war zu der Zeit im Urlaub.

Es war für uns ein Schock: Onkel Schorch, ein ehemaliger Polizist, war geistig und auch körperlich sehr fit. Die Obduktion fand heraus, dass sämtliche Adern geschlossen waren, sodass er nicht hat leiden müssen. Er hatte einen Herzinfarkt *und* Schlaganfall als er die Treppe in den Keller nahm.

Als Ungeimpfte mussten sich meine Eltern und auch ich (als Fahrerin) testen lassen, um bei der Beerdigung Zutritt zur Trauerhalle zu bekommen. Den Schock unseres Lebens haben wir bekommen, als die Kinder (vier mit Anhang) von der Schwester meines Papas in der Ferne der Trauerhalle das Weite suchten, weil sie wussten, dass wir nicht geimpft sind.

Ich schob meine Mutter über den Kiesweg und achtete darauf, dass mein dementer Papa mit Rollator bei uns blieb. Keiner der Verwandten kondolierte meinem Papa, wir wurden behandelt wie Aussätzige. Alle Kinder der Schwester meines Vaters (>60Jahre) samt Anhang suchten das Weite. Keiner kam auf uns zu.

Für meine Eltern und mich ein Schock.

Als der Trauerzug sich Richtung Beisetzung zum Grab bewegte, mühte ich mich mit Vater im Rollstuhl und Mutter am Rollator auf dem Kiesweg ab. Der Trauerzug war bereits am Grab, während wir noch unterwegs waren. Dem Pastor hatten wir es zu verdanken, dass er innehielt und uns nach vorne holte, direkt zum Grab, so bekamen wir die Möglichkeit, heimatliche ostpreußische Erde ins Grab zu werfen und dass sich meine Eltern von Onkel Schorch verabschieden konnten. Den Rückzug zum Parkplatz ermöglichte mir eine helfende Hand in Form des ehemaligen Mieters von Onkel Schorch - er schob den Rollstuhl, nicht einer der Verwandten!

Für uns war es eine furchtbare Erfahrung und die Erkenntnis traf uns hart, dass selbst Oberstudienräte nicht gewillt waren, in Zeiten von Corona die Nähe zur betagten und ungeimpften Familie zu suchen.

Mein Papa ist der Älteste der Familie und wurde völlig ignoriert. Selbst Monate später zum 97sten Geburtstag meines Papas stand sein Patenkind (Oberstudienrat a.D.) nach einer einstündigen Autoanfahrt mit Blumen vor der Haustür und war nicht gewillt ins Haus zu kommen.

Corona hat unsere Familie gespalten.

Eine Nichte hat meine Mama am Telefon angefahren, sie sei verantwortungslos, dass sie sich nicht hat impfen lassen, ein Neffe hat jetzt Krebs. Alle geimpft.

Meine Mama (Contergan-erfahren) hat, als Krankenschwester, gelernt, dass Impfstoffe in der Regel auf Langzeitfolgen geprüft werden und *erst dann* an den Menschen verabreicht werden.

Meine Eltern sind beide nicht geimpft, hatten allerdings im Februar 2022 einen positiven Coronatest. Papa war heiser und hatte zwei Tage Husten und Mama war einen Tag im Bett mit 37,2 Fieber.

Ich hab´ auch einen Tag im Bett mit dem *Trödeltrupp* verbracht.

Familie ist nicht mehr Familie. Eine traurige Erkenntnis.

Moka

Ich glaub´
ich spinne

«Ich glaub ich spinne», dieser Satz geht mir seit
Monaten praktisch täglich durch den Kopf. Würde ich es
nicht selbst erleben, würde ich es nicht glauben.
Szenen, die ich vor wenigen Jahren sogar in einem Film
als zu unrealistisch gehalten hätte, gehören nun plötzlich
zum Alltag.

Gute Freunde, die wegen Meinungsverschiedenheiten
zu Feinden werden. Familienmitglieder, die statt
gemeinsam am Tisch nun einsam in ihren Zimmern
sitzen. Arbeitskollegen, die sich vor kurzem noch gut
verstanden und jetzt nur noch den Kopf schütteln, über
die doch so unsägliche Meinung des anderen.
Unterschiedlicher Impfstatus und gegensätzliche
Ansichten-sei-Dank.

Was früher erwünscht war, ist plötzlich verpönt. Die
eigene Meinung sagen? Kann man machen. Aber nur,
wenn sie der Mehrheitsmeinung entspricht. Tut sie es
nicht, wird besser geschwiegen. Denn wer will schon in
die Schublade der Schwurbler, Verschwörungs-
theoretiker und Nazis gesteckt werden?

Gegen den Strom schwimmen. Das habe ich in den
vergangenen Monaten gelernt. Noch mehr als jemals
zuvor. Und zwar nicht, weil ich prinzipiell gerne «gegen»
etwas bin, sondern weil mein Bauchgefühl seit Monaten

so laut rebelliert hat, dass ich einfach nicht mit dem Strom mitschwimmen konnte.

Meine Intuition hat sich schon im März 2020 gemeldet. Damals, als es losging mit dieser weltweit ausgerufenen Pandemie. Während auf ausnahmslos allen Kanälen der Panikmodus hochgefahren wurde, machte sich in mir Ruhe breit. Während viele in Angststarre verfielen, ging ich spazieren. Stundenlang. Nicht, weil mir egal war, was da gerade passiert, sondern weil ich das Bedürfnis hatte, in der Natur Energie zu tanken.

Ich konnte nicht verstehen, was da abging. Weshalb sich Menschen gegeneinander aufhetzen ließen. Weshalb sich Familien hoffnungslos zerstritten. Weshalb Experten, die nicht die Mehrheitsmeinung vertraten, diffamiert wurden. Weshalb die Medien (fast) keine kritischen Fragen stellten. Weshalb man selbst keine Fragen stellen durfte. Denn schließlich war diese Situation eine, die wir so noch nie hatten.

Niemand konnte wissen, was «richtig» und was «falsch» war. Auch sogenannte Experten nicht. Weil uns schlicht die Erfahrung fehlte. Doch einige spielten sich auf, als wüssten sie haargenau, was es zu tun gilt.

«Wer sich nicht impfen lässt, ist unsolidarisch und sorgt dafür, dass diese Pandemie noch viel länger dauert», schrieben Zeitungen unisono.

Mein Bauchgefühl schrie auf. Ich kann da nicht mitmachen. Ich KANN nicht. Selbst wenn mir jemand zehn Millionen Euro dafür geboten hätte, meine Antwort wäre immer dieselbe gewesen: N-E-I-N. Komme was wolle. Und das kam dann auch. Und wie!

Bald war klar: Wer nicht mitmacht, wird ausgeschlossen. Aus dem Kino. Aus dem Restaurant. Aus der Disco. Aus jeglichen öffentlichen Veranstaltungen.

Ich nahm es in Kauf. «Pay now or pay later», heißt es so schön: Zahle den Preis jetzt oder später.

Auf alles zu verzichten war für mich kein hoher Preis. Die möglichen gesundheitlichen Folgen, die beim Mitschwimmen mit dem Strom drohten, hingegen schon. Diesen Preis war ich nicht bereit zu bezahlen. Also übte ich mich in Selbstisolation. Mein Motto hieß ab sofort: Zuhause ist es sowieso am schönsten. So hatte ich also von jetzt auf sofort in meinen eigenen vier Wänden einen «all-in-one-Vergnügungspark».

Mein Wohnzimmer wurde zum Dancefloor, mein Esstisch zum Gourmet-Restaurant, das Badezimmer wurde zum Wellnesstempel und das Schlafzimmer zum Kinosaal. Fand ich es schlimm? Nein. Nicht eine Minute.

Mir wurde schnell klar: Alleinsein hat nichts mit Einsamkeit zu tun. Obwohl ich mich nun mehrheitlich innerhalb eines kleinen Radius bewegte und praktisch nonstop mutterseelenallein in meinen vier Wänden verbrachte, fühlte ich mich nicht einsam. Mit jedem Tag wuchs meine innere Stärke. Ich spürte, wie ich in mir ruhte, wie ich stärker und stärker wurde. Eine Stärke, die ich so vorher nicht gekannt hatte. Ich überlegte mir nicht mehr, was wohl andere jetzt von mir denken. Ich hatte nicht das Bedürfnis mich «testen» zu lassen, um doch noch etwas «Freiheit» zu genießen. Ich fühlte mich ja bereits frei – obwohl ich faktisch ausgeschlossen und damit eingeschlossen wurde.

Doch für mich zählte nur die Freiheit, meine eigenen Entscheidungen treffen zu können. Auch wenn dies bedeutete, zur Außenseiterin zu werden. Ich war bereit, diesen Preis zu bezahlen.

Belächelt werden? War mir egal. Als Spinnerin angeschaut zu werden? Mach, wenn du willst. In die Esoteriker-Schwurbler-Schublade gesteckt zu werden?

Go for it. Ich stehe für meine Werte und Einstellungen: Authentizität, Gerechtigkeit, Ehrlichkeit und Respekt.

Schlussendlich sind wir alle ein Teil des Ganzen. Auch wenn diese Situation noch nicht vorbei ist und es wohl nochmal richtig heftig knallen wird, wünsche ich mir jetzt schon, dass wir aus dieser Zeit lernen. Viel lernen. Und dass wir statt gegeneinander wieder mehr miteinander handeln.

Klar ist, diese ganzen Ereignisse werden in die Geschichtsbücher eingehen. Und ich vermute, es wird anders sein, als viele von uns zurzeit denken. Das letzte Kapitel ist noch nicht geschrieben. Es braucht noch etwas Zeit, um zu verstehen, was hier ganz genau abgeht. Doch ich bin mir sicher, die Wahrheit wird ans Licht kommen. Früher oder später.
Denn, wie heißt es so schön: Das Leben wird vorwärts gelebt und rückwärts verstanden. Das gilt ganz besonders auch, in besonders anspruchsvollen Zeiten wie diesen.

Bea

Universelle
Zeichen

Den Himmel beobachte ich dieses Jahr besonders intensiv, ob nachts oder tagsüber, und mir fällt immer mehr auf, ob ein Z am Himmel erscheint oder ein Q oder irgendwelche undefinierbaren Flugobjekte, die in eine Wolke fliegen und nicht mehr zum Vorschein kommen.

Im März 2022 bin ich zu der Kinderärztin gegangen, um eine Überweisung abzuholen. In der Zeit, wo ich draußen am Fenster stand, und auf den Überweisungsschein gewartet habe, habe ich eine Veränderung der Wolken wahrgenommen. Es war an diesem Tag sonnig und bewölkt, ich beobachtete die großen, länglichen, ausdrucksstarken Wolken, ich dachte mir und fühlte, dass irgendetwas anders ist.
Am späteren Nachmittag ging ich in den Park spazieren, und nahm meine Umgebung, die Bäume, die Tiergeräusche ganz anders wahr (ich weiß nicht, wie ich es beschreiben soll), wie in einer anderen Dimension, nur, dass alles gleich aussieht, aber kraftvoller, also die Natur.

Als ich im Sommer - ich glaube, im Juli - gegen Mittag mit meinem jüngsten Sohn spazieren ging, sah ich am Himmel ein P und aus dem P wurde dann ein f, in dem Moment schoss mir der Gedanke in meinen Kopf: Potus fertig (Präsident of the United States).

Eines Morgens schaute ich aus dem Stubenfenster und beobachtete die graue Wolkendecke, die die Sonne bedeckte. Was wollte sie wieder vor uns verschleiern!?

Kurze Zeit später hatte ich meine Antwort, zwischen dieser Wolkendecke und der Sonne sah ich lila Lichteffekte, und bevor sich langsam die graue Wolkendecke davorschob, habe ich in dem lila Licht den Schatten eines unbekannten Flugobjekts beobachtet, von der Form etwa wie ein Dreieck, aber nicht so kantig und die eine Seite etwas eingewölbt. Ich habe es per Video aufgenommen, aber dieses Flugobjekt ist leider nicht drauf zu sehen.

Q- Drop 4730 Tick Tack

Als ich vor einigen Wochen von dem Q- Drop mit der Mickey-Maus-Uhr gelesen habe und die Uhrzeit 13:50 Uhr, dachte ich mir, das kann doch nicht wahr sein, da vor kurzem unsere Digitale Küchenuhr auch um diese gleiche Zeit stehen geblieben ist. Und als ich im letzten Jahr 2021 schwanger war, und meine Zeit mit einem 1000 Teile Puzzle verbracht habe, ist mir diese Uhrzeit (13:50 Uhr) auf dem Puzzle auch im Gedächtnis geblieben. Was hat es mit dieser Uhrzeit auf sich?

Zahl 17

Als ich 2021 mit meiner kleinen Familie umgezogen bin, von einer kleineren in einer größeren Wohnung, verfolgt mich die Zahl 17, im Positiven.

Mir ist erst nach einer ganzen Weile aufgefallen, dass unsere Eingangstür ein Türschloss und den dazugehörigen Schlüssel mit einen Q (im Alphabet die 17) integriert ist.

Eines Tages war meine Mom bei uns zu Besuch, sie hat mir einen 25 € Gutschein von einem Klamottenladen mitgebracht, den meine Mom selber geschenkt bekommen hatte, sie konnte damit aber nichts anfangen und schenkte ihn mir, damit ich den für meine zwei Kinder (17 und 1 Jahr alt) nutzen kann.

Eines Tages haben wir diesen Gutschein mit der Kartennummer 717 eingelöst, die Kassiererin meinte: „Ich verrechne Ihnen 17,40€."

Der Gutschein wurde anscheinend doch schon benutzt!

Mein kleiner Sohn ist im Jahr 2021 an einem 17ten geboren. Mein Ältester ist dieses Jahr, 2022, 17 Jahre alt geworden, zu seiner Geburtstagsparty sind 17 Gäste gekommen, 10 waren erlaubt, aber wenn der eine noch einen anderen mitbringt... *zwinker*.

Wenn ich auf die Uhrzeit schaue, steht fast immer mindestens 17 da (vielleicht ist das meine innere Uhr). Ich kann gar nicht zählen wie oft ich eine Sprachnachricht erhalte, die 17 Sekunden dauert, wie gerade eben. Ich bin gespannt, wie oft die 17 in meinem weiteren Werdegang vorkommt!

Ostern 2022

* Es gibt hier nichts zu sehen *

Mein Partner, meine zwei Söhne und ich waren über das Oster-Wochenende bei den Eltern meines Partners zu Besuch, in der Nähe gibt es die Bundeswehr. Den Samstagmorgen ging ich mit meinem kleinen Sohn raus auf die Terrasse, es war sonnig und keine einzige Wolke, und Fluggeräusche ohne Ende, aber kein Flugobjekt weit und breit zu sehen. Die Mom meines Partners meinte, dass sie sich auch schon oft gewundert hat, dass es keine sichtbare Flugbewegung aber sehr laute Fluggeräusche gibt.

Ostersonntag ging es wieder nach Hause, ich war die erste, die morgens wach geworden ist und ging ins Bad, um zu duschen. Während ich mich angezogen habe, hörte ich ein Flüstern hinter mir, „Es geht bald los!". Ich antwortete: „Ich bin gleich fertig!"
Ich dachte mein Partner sei ins Bad gekommen. Bis mir in diesem Moment einfiel, dass es doch abgeschlossen ist, ins Bad kann ja keiner reinkommen (*Gänsehaut*).

Auf dem Nachhauseweg beobachtete ich wieder die Wolken, mein Partner ist gefahren. Ein Fallschirmspringer ohne ein Flugobjekt in der Nähe und nur eine Wolke über ihm. So war der Fallschirmspringer oder auch Fallschirm-Akrobat vielleicht dreißig Sekunden zu sehen, bis er wieder in der Wolke verschwunden ist. *Bluebeam* kam mir in den Sinn. Aber warum? Muss man nicht verstehen!
Ach ja, kurze Zeit später haben wir, also mein Partner, mein ältester Sohn und ich ein Flugzeug in eine Wolke fliegen sehen, das in dieser Wolke verschollen ist, kam dann nicht mehr zum Vorschein. Endlich war ich nicht die Einzige, der dieses Phänomen oder was-weiß-ich-denn-schon aufgefallen war!

Im April oder Mai, in diesem Zeitraum war der Cousin meines ältesten Sohnes bei uns zu Besuch, waren die beiden abends mit Freunden unterwegs, gegen 21:00 Uhr habe ich mit meinem Partner die beiden gehört, wie sie gelacht und sich unterhalten haben. Ich habe unsere Wohnung abgesucht, weil ich meinen Sohn was fragen wollte, habe aber keinen angetroffen. Etwa eine Stunde später kamen die beiden zur Wohnung rein, ich fragte, wo sie in der kurzen Zeit waren, dass ich vorhin was fragen wollte, wo ich dachte, dass die beiden kurz zuhause waren. Daraufhin meinten die zwei, dass sie zwischendurch noch gar nicht zuhause gewesen sind. Mein Partner und ich waren uns ziemlich sicher, dass wir die beiden zuvor in unserer Wohnung gehört haben. *Mysteriös.*

Erinnerung

Eines muss ich hier noch verewigen, weil ich durch einige Leute von Telegram weiß, dass dies mehrere auch gehört und wahrgenommen haben.

Ich würde meinen, es war Anfang 2020, es war mitten in der Woche, weil wir beizeiten zu Bett gegangen sind und früh zur Arbeit mussten. Jedenfalls hörten wir mitten in der Nacht etwas sehr Lautes, wie auf einer Baustelle, metallisch oder als wenn jemand eine alte metallische Tür öffnet, so geknarrt und geschallt hat es. Ich kann mich noch erinnern, wie ich meinte, wir haben doch gar keine Baustelle in der Nähe, vor allem würde keiner nachts arbeiten. Wie ich zufällig vor ca. einem Jahr auf Telegram gelesen habe, haben dieses seltsame metallische Geräusch auch andere Menschen gehört, sehr interessant! Was das nun genau war, ist genauso unerklärlich.

Heute ist der 3.11.2022, wir leben in einer verrückten, aber auch spannenden Zeit und ich bin dankbar im Jetzt und Hier mit dabei zu sein.

Wir gehen in die Geschichte ein!

Liebevolle Grüße

Conny

Told you so

Das reicht eigentlich, um einen Großteil meiner Meinung auszudrücken und zusammen zu fassen!

Kate Bono

Plandemie Lyric

Mai 2021

Es ist alles so offensichtlich. Doch so viele Menschen nehmen alles still und klaglos hin. Nichts hilft, sie zu wecken. Ich möchte ausrasten, wenn ich all die "braven" Maskenträger im Rewe oder in der Bahn sehe. Ob da ein überspitzter Vergleich, eine Parodie, hilft???

In einem Land in unserer Zeit

In einem Land in unserer Zeit,
Wird sehr viel gelesen, weit und breit.
Ob im Sitzen, Stehen, Liegen,
Jeder darf hier das Lesen lieben.
Zum guten Ton stets ein Buch gehört,
Sogar die Kinder vom Lesen betört.

Eines Tages der "Gelehrte" kam,
Hörte sich wie ein Professor an.
Passt mal auf ihr dümmlichen Leute,
Das Lesen ist tabu ab heute!
Eure Augen nehmen schwer Schaden,
Ihr müsst jetzt eine Brille tragen.

Und damit der Schutz auch wirklich taugt,
Wird mit blauer Farb' die Sicht verbaut.

Dem darf sich keiner widersetzen,
So steht' s in den neuen Gesetzen.
Ein Buchhändler fragt da mutig an,
Mit Blau man doch gar nichts sehen kann?

Das ist ja der Grund für die Brille,
Es geht nicht nach des Volkes Wille.
Aber, wenn die Augen sind gesund,
Gibt' s für die Brille doch keinen Grund!
Der Professor wurde ungehalten,
Wir müssen die Massen umgestalten.

Bücherfreund wird zum Bücherfeind,
Der Protest nun das Volk entzweit.
Die Wissenschaft hat just bewiesen,
Blaue Blindheit wird angepriesen.
Bücher werden sofort verboten,
Das treibt hoch die Radio Quoten.

Und die teure Blau- Brillen- Masche,
Spült massig Geld in Professors Tasche!
"Bücherfreunde" mit blauen Brillen?
"Augenfeinde" mit eig' nem Willen?
Statt Lesen, interessiert und froh,
Sitzt man zu Haus vor' m Radio.

Ein Volk beschwatzt mit sinnfreien Brillen,
Ward blind nach des Professors Willen.
Einige wussten, es war Lug und Trug,
Sie kämpften sehr hart und endlich schlug
Das Licht der Freiheit in die Gassen,
Viele durften die Wahrheit erfassen.

Versuchen die Brille wegzuschmeißen,
Mögen sich nun Licht und Lesen leisten.
Die Welle der Freiheit bringt zurück,
Das Buch in des Volkes Hand voll Glück.

Friedlich, wie es klugen Menschen eigen,
Können Sie dem Professor zeigen,

Wer das wahrhaftig lichte Wissen besitzt,
Wie des Volkes Wille Volkes Wille nützt.
Doch vergiss niemals: Denk dran, denk nach!
Es sind deine Augen, mach sie auf, du Schaf!
Denn darfst du nicht nach deinem Willen lesen,
Bist du nie ein freier Mensch gewesen!

LUNA Lhea
4.5.21

Juni 2021

Ganz, ganz schlimm! Wenn sogar langjährige Freunde, mit denen du schon Silberhochzeit feiern könntest, dir plötzlich vorwerfen, du seiest auf "Nazi Abwegen", nur weil du dem ZDF nicht folgst und dich nicht schlumpfen ließest... Das tat weh! Ein Disput uferte aus. Entsetzen im ganzen Freundeskreis.

Bin seit dem die einzig Durchgeknallte. Ich durfte schmerzvoll erfahren, wie festgefahren durch die tägliche Meinungsmache die Menschen, auch liebe Freunde, sind. Diese Themen werden bewusst ausgespart, die Mauer bleibt. Meine Enttäuschung ließ dieses Gedicht entstehen.

NaziWege?

Nein, ich bin nicht aggressiv,
Und ich klag dich auch nicht an,
Nein, ich spiele nicht passiv,
Nun ist meine Meinung dran.

Warum bin ich für dich ein Nazi?

Was soll diese Beleidigung?
Nur weil ich mit "Querdenkern" zieh,
Gehorche ich nicht deiner Ordnung.

Du folgst deiner, gehst deinen Weg.
Glaubst fest, es sei der rechte,
Doch gibt es dafür den Beleg?
Nur du allein erkennst das Echte?

Wer ist für dich ein Nazi?
Deine Meinung steht schnell
Wer dies Wort in mein Herz schrie,
Ist für mich ein töricht' Gesell.

Wir wandeln in derselben Herde,
Toleranz sei unser täglich Futter,
Dass freies Denken in uns werde
Für alle Seelen auf Erden Mutter.

LUNA Lhea
3.6.21

Segensspruch für das Buch
Möge euer unstillbarer Enthusiasmus nie versiegen.
Möge eure positive Energie euch kraftvoll vorantreiben.
Mögen eure hehren Ziele lichtvoll in Erfüllung gehen.
So sei es.

In Dankbarkeit für eure Arbeit.
Eure LUNA Lhea

Die Rüstung
Gottes

Ich war und bin kein kirchlicher Mensch, auch wenn ich katholisch aufgewachsen bin, so bin ich schon mit vierzehn ausgetreten. Nach vielen Jahren der Suche fand ich Gott oder vielleicht fand er auch mich, und ich zitierte plötzlich Bibeltexte, obwohl ich diese nie so intensiv gelesen hatte. Das wusste ich auch nur, weil es mir andere sagten, die sich mit der Bibel auskannten. Mir selbst wäre das ja gar nicht aufgefallen.

Im Zuge der letzten Jahre wurde meine Verbindung zu Gott und einigen Psalmen unglaublich stark. Ich bin nach wie vor skeptisch der Bibel gegenüber – oder sagen wir dem Inhalt gegenüber, was uns dort präsentiert wird, da ich nicht ausschließe, dass sie umgeschrieben und verfälscht wurde. Ich möchte das hier erwähnen, weil manche mit Bibeltexten nichts anfangen können, doch es gab gerade in den letzten drei Jahren kaum jemanden, der nicht mit Gott, einigen Psalmen und dem Satz „Tragt die Rüstung Gottes" bei seinen Recherchen konfrontiert wurde.

Man wird beim Lesen mancher Texte in diesem Buch feststellen, dass die Autoren und Autorinnen diese Zeit überstanden haben, gerade *weil* sie die Rüstung Gottes tragen oder zumindest Teile davon.

Da manche nicht verstehen, was das überhaupt bedeutet, habe ich dieses Kapitel eingefügt.

Wir wurden so sehr entfernt von dem was wir Gott nennen, zu dem Thema habe ich in *Spirituelle Vollmeise* viel gesagt. In manchen Filmen werden Gott-gläubige oftmals als Fanatiker dargestellt, so dass bei gewissen Texten die Menschen sofort innerlich auf Abstand gehen. Doch für mich haben diese Worte mittlerweile eine große Bedeutung. Und alles in meinem Leben – auch meine Yogaausbildung in Kundalini Yoga – führte mich zu einem Ziel: DIE WAHRHEIT LEBEN – wir sagen im Kundalini Yoga *Sat Nam – Wahrheit ist mein Name.*

Kate Bono

THIS BATTLE IS REAL
from Dark to Light

„Zieht die Rüstung Gottes an, damit ihr den listigen Anschlägen des Teufels widerstehen könnt. Denn wir haben nicht gegen Menschen aus Fleisch und Blut zu kämpfen, sondern gegen die Fürsten und Gewalten, gegen die Beherrscher dieser finsteren Welt, gegen die bösen Geister des himmlischen Bereichs. Darum legt die Rüstung Gottes an, damit ihr am Tag des Unheils standhalten, alles vollbringen und den Kampf bestehen könnt."

Epheser 6:11-13

Der Gürtel der Wahrheit

Das Erkennen der wahren Zusammenhänge. Ein Leben in Wahrheit. Die Wahrheit zu sprechen. Der Gürtel der Wahrheit beschützt uns vor Lügen und Täuschung.

Der Panzer der Gerechtigkeit

Wir haben die Freiheit in Gnade zu leben und müssen keine Werke tun um vor Gott gerecht dazustehen. Der Panzer der Gerechtigkeit bewahrt unser Herz vor den Versuchungen gegen die wir kämpfen.

Die Schuhe der Bereitschaft und Hingabe

Die Bereitschaft zur Verkündigung der frohen Botschaft und des Friedens – sozusagen Gottes Wort nach außen zu tragen. Wir sind bereit unser Licht überall hinzutragen, wo uns Gott hinsendet.

Das Schild des Glaubens und Vertrauens

Wenn wir Gott vertrauen, schützt uns das vor den Angriffen des Bösen. Wir entscheiden uns dafür nicht von Angst und ängstlichen Gedanken überwältigt zu werden. Das Schild der Zuversicht wird all die Pfeile und Angriffe abwehren, die von unseren Feinden auf uns abgefeuert werden. Wir glauben an die Kraft beschützt zu sein.

Der Helm des Heils und der Gewissheit

Das ist ein Bild für die Gewissheit unserer Rettung. Dass wir geheilt sind und werden. Für mich auch der Anschluss ans „kosmische Internet" – Intuitives Wissen. Der Helm der Rettung, der unsere Gedanken und den Verstand abschirmt, uns daran erinnert, dass wir Kinder des Tages sind, unschuldig, frei und beschützt.

Das Schwert des Geistes (Spirit)

Das ist das Wort Gottes (Bibel). Mit dem Wort Gottes kann das Böse bekämpft werden. Die heiligen Worte wurden uns für diesen Kampf gegeben. Das Schwert des Geistes hat die Macht Hindernisse zu zerstören, es ist lebendig und schärfer als jedes zweischneidige Schwert.

Wissen

ist eine

Holschuld

Wie sich meine Sicht auf die Welt veränderte

Es begann für uns tatsächlich im März 2020. Ein Virus-Ausbruch in Wuhan in China, viele Opfer, aber bis dahin hieß es noch: Keine unmittelbare Gefahr.

Dann kam es ja zu diesem Ereignis in Ischgl. Wir waren gerade in Tschechien, eine kleine Auszeit im Riesengebirge. Am Tag unserer Heimreise wurden morgens plötzlich sämtliche Gäste beim Frühstück durch den Chef des Hotels persönlich informiert, dass ab Mitternacht die Grenzen geschlossen würden und alle abreisen müssten. Wir sind auf der Heimfahrt auf der A4 in Richtung Dresden gefahren, der Stau in der Gegenrichtung (Polen, Tschechien) war bereits am Mittag gigantisch, reichte am Abend bis Dresden.

Dann begann wieder unser Alltag und damit der C-Wahnsinn. Die meisten Menschen hatten einfach nur Angst, die Medien leisteten die vom DS (DeepState) gewünschte Arbeit. Bald ging es um die "erste Runde Impfen".

Um es etwas abzukürzen: Anfangs sollten sich ja Menschen mit neurologischen Erkrankungen nicht impfen lassen. Mein Sohn Michael und ich waren damit erstmal raus! Frank, mein Mann (jetzt Rentner) arbeitete damals in der Haustechnik eines sehr großen Pflegeheimes. 400 Bewohner, über 250 Mitarbeiter. Natürlich ging es dort sofort richtig zur Sache, sogar mit Unterstützung der Bundeswehr. Aber noch freiwillig.

Nur sind wir Sachsen "helle" und die Menschen, sogar besonders die sehr alten unter den Bewohnern, waren skeptisch. Nur wenige ließen sich impfen und dabei blieb es, auch nach Verkündung der *Einrichtungsbezogenen Impfpflicht.*

In der Folgezeit gab es dann aber sogar in dem Heim nur wenige positiv Getestete, und die Sterbefallzahlen blieben konstant, gingen sogar zurück. Und das blieb auch so.

Bei einem befreundeten Ehepaar, Ellen und Harald[3], waren die Erfahrungen total anders. Ich hatte vor meiner Erkrankung viele Jahre in der orientalischen Tanzgruppe von Ellen getanzt, wir waren eng befreundet. Jede Woche Training, Auftritte und auch gemeinsamer Urlaub. Die Männer waren für Technik und Videos zuständig.

Ellens Eltern lebten zu Beginn der "Plandemie" bereits in einem kleinen, privat geführten Pflegeheim, und dort jagte ein Ausbruch den nächsten! Isolation, strenge Vorschriften. Das ganze Programm. Die beiden ließen sich zweimal impfen, und letztes Jahr im Dezember auch boostern. Uns dagegen kam das alles mehr und mehr komisch vor.

Unsere Hausärztin infizierte sich nach jedem Pieks, einmal sogar sehr schwer. Die Zahnärztin ebenso. Die

---

[3] Namen geändert zum Schutz der Betroffenen

drei Schwestern von dem Pflegedienst, der mich betreut, die sich hatten impfen lassen, wurden schwer krank. Eine erlitt einen allergischen Schock, die anderen beiden erkrankten an Covid, die ältere an *Long Covid*. Alle drei bis heute arbeitsunfähig. Von den ambulanten Patienten starben mehrere, nicht AN aber MIT Corona. Das bekam ich alles voll mit.

Ich habe mich dann mit den Impfstoffen beschäftigt, weil bezüglich der Symptome, eine deutliche Übereinstimmung von *Long Covid* und meiner Erkrankung - "Me/CFS; Chronic Fatigue Syndrom" - festgestellt wurde.
Wir begannen zu recherchieren, lasen Berichte, Statistiken... und wussten am Ende: Hier geschieht Ungeheuerliches! Dabei stieß ich unter anderem auf die "*Georgia Guide Stones*", auf den *Plan der Kabale* u.v.m. - über Satanismus wusste ich bereits einiges. Es fügte sich irgendwie alles logisch zusammen. Mein Sohn und ich gehörten plötzlich zu den "gefährdeten Gruppen". Was für ein Zufall!

Wir haben dann wenigstens versucht die Familie zu schützen, sie zu warnen. Ohne Erfolg. Die Meinung der Ärztin unter den Verwandten zählte natürlich. Alle sind dann in der Folgezeit, teils heftig, erkrankt. Aber das war für sie kein Grund, vielleicht mal nachzudenken.
Auch unsere Freunde versuchten wir zu warnen. Keine Chance. Besonders Harald glaubte erst an den Schutz, später an den milden Verlauf. Er hat das auf FB auch vehement verteidigt und kommentiert. Ellen hatte einfach nur Angst; die hochbetagten Eltern, ihre fünf Enkel... Für sie waren wir Verschwörer und *Gefährder* - sie hingegen die Vernünftigen, die sich an die Regeln hielten. Um der Freundschaft willen mieden wir dann das Thema.

Im Januar wurde Harald krank, Darmentzündung hieß es. Erst musste er ewig auf einen MRT-Termin warten, dann kam keine Auswertung. Nach einem kurzen Pfingsturlaub brachte ihn seine Frau in die Notaufnahme, die Schmerzen waren unerträglich. Die Hausärztin zuckte nur die Schultern.

Die nächsten Wochen gingen wie in einem Nebel an uns vorbei! Not-OP wegen Darmverschluss, der als Krebs im Endstadium (Erinnerung an den Dezember...) diagnostiziert wurde. Nächste OP: Darmverlegung nach außen. Dann die Verordnung einer ambulanten Chemo, immer drei Tage die Woche, für ein halbes Jahr. Zwischendurch durfte er nach Hause, aber er musste jedes Mal, wegen akuter Kreislaufschwäche und Atemnot, mit dem Rettungsdienst zurück ins Krankenhaus. Es folgten Lungenembolie, Thrombosen in beiden Beinen, Herzschwäche, Wasser in der Lunge und im Bauchraum, Metastasen in der Leber! Die Chemo wurde abgesetzt.

Am 30.10. in den Nachmittagsstunden ist Harald nun für immer gegangen. Wahrscheinlich aufgrund einer "experimentellen Gentherapie", einem Verbrechen gegen die Menschlichkeit.

Und was mich wütend macht und nun meine Welt durcheinanderwirbelt: Dass es Menschen gibt, die sagen "Jeder hatte die Wahl, jetzt müssen sie die Konsequenzen tragen"! Ist das menschlich?

Und dass es weiter geht! Die vierte Impfung, die fünfte vielleicht; obwohl doch angeblich alles ein „Film" ist und die Menschen es "sehen müssen."

Vier, noch junge Menschen (um die 50) sind allein in dem kleinen Umkreis meines Heimatortes im letzten halben Jahr an dieser Art Darmkrebs verstorben, drei ringen mit dem Tod. Sie werden von meinem Pflegedienst betreut, daher weiß ich es.

WIR sind und bleiben ungeimpft. Ja, ich bin aufgewacht, obwohl ich nur einen Bruchteil von allem verstehe und (da bin ich ehrlich) mit einigen Dingen nichts anfangen kann: Die geistige Welt, ein Aufstieg, Gottes Plan, Zeitlinien... Das alles war nicht meins. Vielleicht, weil ich ursprünglich aus der Bestatter Branche kam und viel erlebt habe.

Maximal glaube ich an das Thema "Seelenplan und Aufgabe", für die man hier ist. Es ist nicht einfach, in meinem autistischen Sohn und meiner Pflegebedürftigkeit einen Sinn zu sehen!

Dass sich die Politik global ändern muss, ist mir schon lange klar. Ich bin Jahrgang 58 und ein DDR-KIND. Ob es den Plan, dem wir vertrauen sollen, tatsächlich gibt, werden wir jetzt vielleicht bald wissen. Hoffentlich. Das Leid trifft die Falschen.

Ich hätte auch über viele andere Dinge schreiben können; vielleicht gehe ich ja auch am Thema vorbei. Aber ich konnte mir zumindest den Schock der letzten Monate, die Trauer um unseren Freund und Wegbegleiter - und auch die Wut von der Seele schreiben.

Ich frage mich, wie ich Ellen gegenübertreten soll. Ich bin auch ausgebildete Trauerbegleiterin und versuche vom Krankenzimmer aus zu helfen, wenn mich jemand anspricht. Sie wird Hilfe brauchen, vor allem, wenn der Alltag sie wieder einholt und so ganz anders als bisher bewältigt werden muss. Und sie wird vielleicht nun doch Fragen stellen, denn sie wusste, wie wir denken!

Möge dieses alles bald ein Ende haben!

Mögen sich die Dinge zum Guten wenden; für uns alle! Das Böse darf nicht länger die Erde beherrschen!

Die Menschheit geht sonst unter, durch die Schuld von Wahnsinnigen, die nach der Weltherrschaft streben und Menschen als Nutzvieh, als Sklaven ansehen!

 Gott schütze uns und diejenigen die für uns kämpfen - diesen einen letzten Kampf!

Ines Metasch
im November 2022

Q Awakening

Im März 202Q hat der liebe Gott und sein Q-Plan mich wachgeküsst zum Endkampf *The Storm* – mich abgeholt und auf alles Mögliche vorbereitet.

Meine Mutter-Instinkte haben verrückt gespielt. Ich bin eine 40jährige Frau - Q *Anon Digital Soldier Patriot*.

2017 war mein absolutes Q-Jahr – meine Tochter wurde im April 17 Jahre alt, meine Sista hat am 17. April Geburtstag, meine Nichte wurde im August auch 17 – *wie viele Zufälle muss es geben, dass es mathematisch unmöglich ist*, dachte ich mir.
Ich habe die XXL-Rote Pille dann geschluckt und bin ab in den sehr tiefen, dunklen, ekligen Kaninchenbau - *Follow The White Rabbit*. Meine Augen haben so unglaublich schlimme Dinge gesehen, was Kindersexhandel, Menschenhandel, Adrenochrom, Organhandel usw. angeht. Anfangs habe ich Ozeane vollgeheult, Magenkrämpfe, Wut...!
Dann wurde ich immer stärker und stärker, entschlossener, dass wir alle das jetzt gemeinsam beenden müssen!!!

Ich habe mich von einigen „Freunden" trennen müssen, die ich jahrelang kannte, da ich nicht ernst genommen, sondern als Bekloppte usw. abgestempelt wurde. Ich war in meinem Leben noch nie so isoliert wie die letzten ca. drei Jahre.

Familie usw., sie lieben mich wie ich sie, doch spüre ich diese Blicke, Gedanken, wenn es um diese Themen geht.

Ich war noch nie in meinem Leben so tief mit Gott verbunden wie seit der Covid-19-Lüge. Habe unter Depris gelitten, PTBS (Posttraumatischem Belastungssyndrom)! Jeder, der nicht an Gott und den Teufel glaubt, wird an Tag Null gläubig werden und beten.

Wenn mich jemand fragt, was mir die Q-Revolution und mein Lieblingspräsident Trump = Q+ gegeben haben, kann ich euch nur sagen: Ich habe dank ihm und allen Patrioten dieser Welt wieder gelernt, selbstständig zu denken und alles zu hinterfragen!

Ich bin voller Liebe, Licht und Hoffnung und kann wieder richtig lachen. *Dark to light.* Ich konnte meine Tochter und ein paar Familienmitglieder als auch ein paar Bekannte wachrütteln und von der mRNA-Giftspritze beschützend abhalten. Dafür und für alles in meinem Leben danke ich dir, lieber Gott, jeden Tag.

Die letzte Schlacht auf Erden mit euch allen hat mich unglaublich trainiert, geduldig zu sein und wie Wasser zu fließen. Wenn ich zurückblicke, weiß ich nicht, wie diese fast drei Jahre rumgegangen sind. Mein Zeitgefühl hat sich total geändert, wie ich selbst auch. Ich fühle mich wie ein Superhirn mittlerweile – hihihi.

Dank Q und Q+ bin ich immer 17 Schritte voraus. Es liegt noch Einiges vor uns und es wird noch wilder, irrer, verrückter alles werden, bevor es dann schön gut wird. Meine lieben Lichtgeschwister, Anons, Digitale Soldaten, bleibt weiter im Vertrauen, betet, so oft ihr könnt. „*The Best is yet to come!*" Wir sind so oder so alle miteinander verbunden.

Ich habe mich zwar isoliert und arbeite im Schatten für Gott und *The Great Awakening*, doch fühle ich mich kein bisschen allein. Gott ist Liebe. Gott ist überall. Ich fühle ihn in der Luft, im Wasser, mein Herzschlag, mein Atem. Gott ist überall.

Möge der liebe Gott uns alle beschützen, besonders alle Kinder, Älteren und Schwächeren unter uns. Lieber Gott, bitte beschütze all unsere wahren Helden an der vordersten Front, unser Militär, unsere Soldaten, die in den Tunneln etc. so schlimme Dinge erleben müssen. Bitte, lieber Gott, heile all ihre Seelenwunden. Amen!

Das Militär ist der einzige Weg.

Oben ist wie unten, rechts ist wie links. Nichts ist, wie es scheint. Nothing can stop what is coming. Nothing! If you know you know! WWG1WGA! Worldwide!

Jeden Tag stehe ich auf und bin eine Schülerin und lerne Neues. Mit euch allen zusammen.

I LOVE YOU ALL!

Eure SQ (Semi)

Danke SonEnSchein für die Umwandlung
von den Fotos in Text <3

Ich soll 2.500 Euro Strafe zahlen, weil ich meiner ungeimpften Freundin Elke die Haare gefärbt habe, obwohl 2G vorgeschrieben war. Ich schließe niemanden aus.

Elke soll 500 Euro Strafe zahlen.

Ela, Friseurmeisterin

Lost Girl

Das Leben ist hart,
wenn du nicht weißt, *wer* du bist.
Aber scheint noch härter,
wenn du erkennst, *was* du bist.
Lost Girl

Ich war verloren in einer Welt voller Erwartungen und Widersprüche, voller Leid und Enttäuschung, Schmerz und Verachtung. Als eine Abscheulichkeit des Lebens sich den Himmel zu verdienen ist hart.

Ich war erst elf Jahre alt, als ich meine erste Existenzkrise hatte, denn ich verliebte mich in meine Klassenkameradin und meine Welt brach zusammen. Ich glaubte, mein kleines Herz in der Brust würde in Millionen Teile zerbrechen. Ich würde es nie wieder zusammenbringen. Ich weinte und flehte den Gott an, von dem ich glaubte, er würde mich in die Hölle verbannen. Ich war noch so klein und etwas anderes als den katholischen Glauben kannte ich nicht. Ich wurde so streng katholisch erzogen, dass ich mehr Angst vor der Hölle als Freude am Himmel hatte. Wenn ich auch immer glaubte, nicht gut genug zu sein, hatte ich es jetzt amtlich: Ich komme in die Hölle für DAS, WAS ICH BIN.

Dieses Gefühl wollte ich nie wieder fühlen. Sich sein ganzes Leben lang so sehr anzustrengen, um ein guter (um nicht zu sagen *perfekter*) Mensch zu werden, um wenigstens grad noch so ins Fegefeuer zu rutschen,

251

Hauptsache, nicht in die ewige Verdammnis, ist unfassbar ermüdend.

Mein ganzes Leben war ein einziger Kampf. Das war meine Art zu überleben. *Kämpfen.* Mit unglaublicher Wut. Ich hatte das Gefühl, ich müsse mich immer rechtfertigen, sogar für das Recht, zu *sein.*
Nach einem ausgewachsenen Burnout, der mich kampfunfähig gemacht und außer Gefecht gesetzt hatte, fand ich mich im Januar 2020 in einer Reha wieder. Als ich nach acht Wochen entlassen wurde, war ich fest entschlossen, mein Leben von Grund auf zu ändern.
Alles würde besser werden, wenn ich erst einmal... und vor allem, mich nie wie rechtfertigen für...

Zack... Lockdown!... Was?... Euer Ernst? Verwirrung... Stolpern... Krönchen geraderücken...

Zwanzig Jahre lang habe ich keinen Geburtstag gefeiert... Ich hatte nie das Bedürfnis mein Leben zu feiern... Jetzt, in diesem Jahr, in dem ich meinen 40. tatsächlich mal feiern wollte, sitze ich ohne Klopapier und ohne Freunde mutterseelenallein in meiner Wohnung. Happy Birthday to me!!
Ich tat mir wirklich leid. Gut, ich bekam tatsächlich Klopapier zum Geburtstag geschenkt. Ich würde ja lachen... also, ich habe gelacht, obwohl es zum Heulen war. Es war nicht zum Heulen, dass man in Deutschland monatelang kein Klopapier kaufen konnte, DAS war zum Schämen. Zum Heulen war, dass alle Menschen in meinem Leben von Jetzt auf Gleich auf Abstand gingen. Abgesehen von meinem Vater, seiner Frau und meinem Bruder; die wohnten ja eh schon seit Jahrzehnten weit weg.
Ich war allein und verstand die Welt nicht mehr. Irgendwas in mir sagte mir, dass das nicht nach ein paar Wochen ausgestanden war. Dass es *so* lange dauerte,

sagte mir dieses etwas in mir aber nicht. War vielleicht auch besser so.

Ich machte das Beste draus. Ich wurde Langzeit krankgeschrieben und nutze die Zeit um alles, was ich in der Reha gelernt hatte, umzusetzen. Ich las in der Zeit so viel wie mein ganzes Leben vorher nicht. Ich ging im Wand spazieren und begann sogar zu meditieren. Ich lernte mich kennen, wie niemals zuvor. Also, ich lernte mich ja erst kennen. Ich entdeckte, wer ich wirklich war.

Wenn man mich heute fragt, wie die Jahre des „Corona" für mich waren, kann ich mit Bestimmtheit sagen: Es war das Beste, was mir passiert ist. Das Beste, wegen dem Guten? Nein! Das Beste wegen der abgrundtiefen Wahrheit, die sich offenbart hat.

Diese Zeit hat den Menschen die Maske vom Gesicht gezogen. Niemand konnte sich mehr hinter dem Schein verstecken. Viel Hässlichkeit wurde offenbar. Tat es weh? Oh ja. Es fühlte sich zeitweise so an, als würden alte Wunden aufgerissen und ausgebrannt.

Wo ich mich anfangs vehement gegen gewehrt hatte, lernte ich nun zu akzeptieren. *Es ist, wie es ist, aber es wird, was wir daraus machen,* war die Devise.

Mit meinen Kämpfen und Niederlagen in dieser Zeit könnte ich ein ganzes Buch füllen. Aber ich stand immer wieder auf. Aufgeben war keine Option.

Doch sollte Leben mehr sein, als nur zu überleben. So schmerzhaft es auch war, miterleben zu müssen, wie sich fast alle Freunde nach und nach entfernten; wirklich schlimm war, wieder das zu fühlen, was ich mit zarten elf Jahren fühlen musste. Ich wurde zu etwas gemacht, dass damals den Himmel und heute das Leben nicht verdiente.

Ich fand mich in einer Zeit wieder, in der selbst die Politiker ausriefen, ich solle VERRECKEN. Ich wurde ausgestoßen und verachtet nur, weil ich *ich* war.

Von Jetzt auf Gleich war ich ein Mörder, ein Arschloch, unsolidarisch und verantwortungslos. Ein Monster und ein Nazi. Ich wurde verfolgt, bedroht und angegriffen. Ich wurde gedemütigt, indem man mich aus einer Gaststätte geworfen hat und alle andern sitzen geblieben sind.

Sie haben mich alleine gehen lassen, mit der Ausrede: Es war ja *meine* Entscheidung, mein selbst ausgesuchtes Schicksal. Ich fühlte mich in meinem ganzen Leben meiner Oma nicht so nahe wie hier. Ich erinnerte mich mit Tränen in den Augen an die Geschichten, die sie immer wieder erzählte, wie sie versucht hat auf das Unrecht, das 1939 begangen wurde, aufmerksam zu machen und wie sie um ein Haar von der Gestapo abgeholt wurde, wäre sie nicht rechtzeitig gewarnt worden.

Zu weit hergeholt? Leider nein!

Ich bin froh, dass all diese Menschen nicht mehr Teil meines Lebens sind. Sie haben ihr wahres Gesicht gezeigt. All diese Menschen, die gegangen sind, haben Platz gemacht für die, die ich kennenlernen durfte. So unfassbar tolle Menschen, echte Menschen, wahre Menschen. Menschen, die mir näher sind, als die vermeintlichen Freunde es jemals hätten sein können.

Und ich bin froh, denn es gibt sie auch noch, die Menschen, die mich um meinetwillen lieben.

Es ist noch nicht lange her, dass ich meine Freundin in Brasilien gefragt habe, ob es dort auch so verrückt zugeht. Sie war fassungslos, dass Menschen, die einfach nur für sich entschieden haben, aus welchem Grund auch immer (es muss ja nicht immer der Aluhut sein!), sich nicht impfen zu lassen, so furchtbar behandelt werden.

Das heißt dann wohl: Nein!

Was wirklich verrückt ist... es hat sich eine „Wahrheits-Phobie" entwickelt.

Es ist mittlerweile egal, was du sagst; ist es nicht die Meinung, die gehört werden will, bist du ein Nazi.

Sind denn jetzt alle verrückt geworden?

Nein! Zum Glück nicht alle! Das Leben ist hart, wenn du nicht weißt, wer du bist.

Aber du bist FREI, wenn du erkennst, wie groß du bist. Am Ende steht Liebe und Freiheit.

Fühlt euch gedrückt ihr lieben Seelen da draußen.
Ihr seid nicht allein.

Eure ÄM

Der Weg der Wahrheit

CORONA-Der Weg der Wahrheit.
Der Weg zu mir selbst.

Es ist März 2020, mein Freund und ich, wir freuten uns riesig auf unseren Winterurlaub, da wir in einer Fernbeziehung lebten und uns dadurch nur alle 2-3 Wochen sehen konnten. Wir hörten von einem Virus in China und dachten: „Das ist ja weit weg von uns".
Plötzlich kam eine Nachricht von unserem Hotel, dass sie unsere Übernachtungen stornieren aufgrund eines CORONA-Virus, welcher jetzt schon bis Österreich vorgedrungen war. Bis dahin war ich unaufgewacht, ich war einfach nur froh, meinen Alltag irgendwie zu schaffen, da ich seit drei Jahren an Erschöpfung und Körperschmerzen litt.

Plötzlich ging es los: „Wascht euch die Hände, desinfiziert eure Hände, nehmt Abstand....." Mich überkam die Angst, was ist nur los?
Nach ca. zwei Wochen kam ein Gefühl in mir hoch, welches mir sagte, *da stimmt doch was nicht*. Ich sah Nachrichten und fühlte, hier wird nicht die Wahrheit gesprochen. Ich versuchte alternative Nachrichten zu bekommen, schaute auf Facebook, da ich ja dort in verschiedenen Gesundheitsgruppen war und bekam Nachrichten, die einiges auf den Kopf stellten.

Wenn ich für mich interessante Blickpunkte teilte, wurden sie gelöscht, ich verstand langsam die Zensur. Nach einiger Zeit erfuhr ich dann von Telegram.

Wunderbar, hier gab es viele Infos, die mich weiter brachten, ich war oft süchtig danach, ich suchte einfach die Wahrheit. Ich konnte dabei aufgrund meiner Erschöpfung immer nur dosiert vorgehen, aber, *egal*, dachte ich mir, viele kleine Schritte ergeben irgendwann auch einen großen Schritt.

Mein Freund kam durch die ganzen Maßnahmen nun noch weniger nach Hause. Es wurde in mir die Frage immer lauter: Möchte ich die Fernbeziehung wirklich weiterleben? Bin ich glücklich damit? Sie arbeitete immer weiter in mir und ich verlor immer mehr an Kraft. Kurz vor unserem zweiwöchigen Sommerurlaub, baute sich ein großer Druck in mir auf, ich konnte nicht zwei wunderschöne Wochen verbringen, um dann wieder Wochen davon zu zehren.

Schweren Herzens, aber ich spürte, dass ich zu mir stehen musste, beendete ich die Beziehung.

Ich spürte nach dem Vollzug der Entscheidung einen mächtigen Energieschub, ich kam wieder mehr in meine Kraft. Ich schaute nun weiter nach vorne und verbrachte viel Zeit mit meiner Familie, mit meinen Eltern, meiner Tochter und ihrem Mann und meiner Schwester mit Familie.

Der Corona-Gedanke bestimmte unser Leben, irgendwie kam mir das Gefühl hoch, dass das was viel Größeres ist. So kam Weihnachten 2020 und wir verbrachten es gemütlich in der Familie mit lecker Essen und Spieleabenden. Einfach ablenken von dem Stress im Außen.

Weihnachten war vorbei, Silvester stand vor der Tür und wir hatten komplett alle Corona.

Es war für uns alle nicht schön, egal ob jung oder älter, aber im Frühjahr 2021 waren wir dann alle wieder fit. Ich merkte, es hatte sich auf meine Schwachstellen gelegt, ich entgiftete am laufenden Band.

In meiner Familie war ich anfangs die Einzige, die langsam aufwachte, die anderen hörten mir zwar zu, konnten es aber noch nicht richtig greifen. Ich hörte aber nicht auf, immer mal etwas zu erzählen. Bezüglich der ganzen Medikamentenexperimentgeschichte hatte ich so eine Angst, dass sich meine Tochter, als Lehrerin, impfen lässt, aber sie hielt dem Druck stand und letztendlich war es so, dass sich außer meinen Eltern niemand aus meiner Familie an diesem Experiment beteiligte. Meine Eltern waren der Angst verfallen, wieder an Corona zu erkranken.

Als meine Mutter sich die zweite Spritze geben lassen wollte, habe ich die ganze Nacht davor nicht geschlafen, denn sie hatte schon eine Vorerkrankung.

Und so nahm alles seinen Lauf. Ich hatte durch die ganzen Maßnahmen jetzt viel Zeit für mich, konnte meinen bereits begonnen Heilungsweg weiter gehen und begab mich in tiefste Abgründe. Ich lernte allein zu sein, auch wenn es anfangs höllisch wehtat.

Meine Tochter wurde dann im Herbst 2021 schwanger. War ich froh, sie war nun im wahrsten Sinne des Wortes erst einmal *aus der Schusslinie*. Sie musste von einem auf den anderen Tag zu Hause bleiben, wodurch ich wieder aufatmen konnte.

Im Juli 2022 ist mein Enkel geboren und zwei Wochen später meine Mama an *Turbokrebs* gestorben.

Das ging so schnell, dass mir bewusst wurde, auch hier gab es einen höheren Grund: Dass, was mein Enkel in höheren Dimensionen vorbereitet hatte, konnte meine Mama nun fortsetzten.

Das tat alles sehr weh und es kommt auch oft noch hoch, aber nach dieser Erkenntnis konnte ich immer mehr in den Frieden kommen. Ich begriff, dass wirklich alles geführt ist.

Vielen Dank liebe Kate für deinen wundervollen Kanal, ich lerne dort sehr viel und finde mich in deinen Ausführungen immer wieder. Ich bin dir auch dankbar, dass du mir die Möglichkeit gegeben hast, diese Zeilen niederzuschreiben, auch wenn sie nicht ins Buch kommen sollten, habe ich dadurch ein großes Stück meiner Vergangenheit weiter verarbeiten können und bin mir dadurch auch wieder ein Stück näher gekommen.

Herzlichst

Claudia B.

Anmerkung

Diese letzten Worte sind welche von Vielen, die mir schrieben, dass sie dankbar und froh sind, einmal ihre Erlebnisse nieder schreiben zu können, weil ich das Projekt startete. Manche hatten gar nicht vor, die Geschichte abzuschicken, manche schickten sie dann trotzdem, doch selbst wenn nicht – erhielt ich eine kurze Mail, wie gut das getan hatte.

Das füge ich aus dem Grund an, weil ich es für wichtig empfinde, Dinge beim Namen zu nennen und aufzuschreiben – Tagebuch zu führen. Ich arbeite viele Dinge auf, in dem ich sie aufschreibe – manche Erfahrungen teile ich mit Euch im Kanal, andere landen in meinen Buchprojekten, wieder andere einfach nur in meinem Tagebuch. Es hilft einfach alles zu verarbeiten.

Denn sind wir mal ehrlich: Wir alle befinden uns in einem Trauma – das wir noch lange nicht bearbeitet haben, da wir noch immer drin stecken und nicht wissen, was noch kommen mag. Dabei geht es nicht um Angst oder negatives oder positives Denken, sondern um Traumaverarbeitung.

Unser Körper und unser ganzes System, das ganze Kollektiv mit dem wir verbunden sind, stehen unter Schock. Das allein zu realisieren ist wichtig.

Aufschreiben ist ein erster Weg, die Verarbeitung von all dem Erlebten zu starten und sich dessen bewusst zu werden, was wir alles hinter uns haben, was wir erlebt haben, was wir durchgemacht haben und wie stark wir geworden sind.

Ich möchte das Buch aber nicht mit Lobeshymnen an mich vollstopfen, ich war bei jeder E-Mail sehr bewegt und dankbar. Hier geht es um EUCH, um alle die mit uns gemeinsam in der Apokalypse stecken.

Die geistige Welt wusste schon, warum sie dieses Projekt ins Leben rief und ich bin dankbar, als „Werkzeug" zu dienen. Und es ist mir eine Freude, wenn ich die Menschen durch den *Wechsel der Zeitalter* begleiten und Mut machen darf. Ich verstehe einmal mehr, warum wir Kundalini-Yoga-Lehrer auch die Bezeichnung *Aquarian Teacher* tragen. Lehrer des Wassermannzeitalters.

Love, Kate Bono

Time in school

I only have one memory of 2020, the time we went to school again. Our class got split up into two "groups", each group had its own class room. The purpose was to prevent infection with Covid. It was the best time in school, honestly. I hate being with many people and having to speak in front of them is even worse. But we were only about ten people since our class was already pretty small to begin with. The rest of 2020 is either many 15 second TikToks or forgotten. 2021 is a different story. I can definitely remember more. For example, in February I made two online friends. We were really good friends, we texted every day, FaceTimed almost every day and played games together. It was fun up until September or October I believe. I ended the friendship with one of them since she became really toxic. I stayed friends with the other one though. We still sometimes text, but we pretty much lost touch. I also did not go to school for many weeks beginning of 2021 because we had to test ourselves in school. But I did go eventually. I kind of liked the time and even though the masks were and still are kinda annoying, I do like them in some ways, because they help to hide my face.

Anonymous, 14 years old

Die vorangegangene Geschichte ist von einem jungen Mädchen. Da es für sie wichtig war in Englisch zu schreiben, habe ich es genau so eingefügt. Für alle Nicht-englisch-sprechenden habe ich die Übersetzung angefügt.

Übersetzung „Die Zeit in der Schule"

Ich habe nur eine Erinnerung an 2020, die Zeit, als wir wieder zur Schule gingen. Unsere Klasse wurde in zwei "Gruppen" aufgeteilt, jede Gruppe hatte ihren eigenen Klassenraum. Ziel war es, eine Infektion mit Covid zu verhindern. Es war die beste Zeit in der Schule, ehrlich.
Ich hasse es, mit vielen Menschen zusammen zu sein und vor ihnen sprechen zu müssen, ist noch schlimmer. Aber wir waren nur etwa zehn Leute, da unsere Klasse anfangs schon ziemlich klein war. Der Rest des Jahres 2020 war voller 15 Sekunden TikToks oder ist vergessen.

2021 ist eine andere Geschichte. Ich kann mich definitiv an mehr erinnern. Zum Beispiel fand ich im Februar zwei Online-Freunde. Wir waren wirklich gute Freunde, wir haben jeden Tag SMS geschrieben, FaceTimeten fast jeden Tag und spielten Spiele zusammen. Es hat bis September oder Oktober Spaß gemacht, glaube ich. Ich beendete die Freundschaft mit einer von ihnen, da sie wirklich giftig wurde. Ich blieb jedoch mit der anderen befreundet.
Wir texten manchmal noch, aber wir haben ziemlich den Kontakt verloren. Ich bin Anfang 2021 auch viele Wochen nicht zur Schule gegangen, weil wir uns in der Schule testen mussten. Aber ich bin schließlich gegangen.
Ich mochte die Zeit irgendwie und obwohl die Masken irgendwie nervig waren und sind, mag ich sie in gewisser Weise, weil sie helfen, mein Gesicht zu verbergen.

Let this all
sink in

Herzlich willkommen im falschen Film

Anfang 2020. Ich wollte meinen Job wechseln, der alte war so voller Negativität und so voller Stress, dass es mir an die Substanz ging.

Ich hatte Vorstellungsgespräche, Träume von Selbstständigkeit, einen Urlaub geplant in dem ich die nächsten Schritte festlegen wollte... und dann kam der Moment an dem ich realisierte: *Scheisse, meine Verschwörungstheorien werden wahr.*

Als eine Kollegin mir an meinem Geburtstag im April 2020 eine selbstgenähte Blümchenmaske schenkte, war ich stinksauer – das triggerte mich. Den Scheiss mach ich nicht mit – die Leute müssen das doch sehen, die müssen aufwachen! Das kann doch nicht deren Ernst sein, sich diese Scheisse auch noch mit Blümchenmuster SCHÖN zu nähen? Und sich fröhlich Maulkörbe auf ihre Gesichter zu heften?

Doch es wurde ernst. Ich hatte Angst. Ich habe Kinder zu ernähren, auch wenn sie schon größer sind, so wollte ich sie beschützen, ihnen diese Scheisse abnehmen. Wenn hier jemand arbeitslos wird oder von der Schule fliegt, weil er sich nicht an die Maßnahmen hält, dann sind das meine Kinder – ich werde versuchen, mich da durchzumogeln, wo es geht. Hauptsache meinen Kindern geht es gut.

„Ich lass mich im Notfall sogar impfen, damit ich euch versorgen kann" – Man muss sich mal überlegen, dass diese Worte ein Mensch im Jahr 2020 überhaupt sagen und denken muss. Das ist wie in Kriegszeiten und man hat Angst, dass die Soldaten vorbei kommen und einen einsacken. Ich will doch nur meine Kinder beschützen....

Doch erstens sind meine Kinder ausgerastet, als ich gesagt habe ich opfere mich und zweitens würden sie das nie zulassen und drittens: ist es einfach auch gar nicht meine Natur, mich dem System zu ergeben.

Klar, ich habe Kompromisse gemacht. Ich habe die Maske im Flur des Unternehmens und beim Einkaufen getragen, aber ich habe mich in der diskriminierenden Außenwelt nur da hinbegeben, wo es nötig war. Kein Frisör? Okay, dann lass ich die Matte wachsen. Kein Restaurant? Okay, dann widme ich mich wieder mehr dem Kochen. Kein Solarium? Scheisse... okay, dann werde ich halt käseweiß. Das erste Mal seit ich achtzehn bin. Luxus ist für mich kein Grund mich erniedrigen zu lassen. Niemals werde ich meine Adresse irgendwo hinterlassen. In welcher Welt lebe ich denn? Hätte ich das gewollt wäre ich nach China gezogen!

Doch die ganzen Leute scheint das nicht zu stören, ja sie finden es sogar witzig.

„Nein! Ist ein ganzer Satz", wurde mein Leitspruch und ich wusste, mit Gottes Hilfe komme ich da durch. Basta!

Ruckzuck hatte ich klar gemacht, dass die Maske mein einziger Kompromiss war. Ich hatte natürlich nicht den Job gewechselt, man brauchte mich und zahlte gut, also blieb ich. Wir wurden in getrennte Büros gesetzt, jeder, der konnte, wurde nach Hause ins Homeoffice geschickt, alles wurde im Schnellverfahren so gut wie möglich digitalisiert. Man sah die Menschen nur noch per Bildschirm. Ich hatte nie einen Lockdown, denn da in unserer Firma die Digitalisierung hinkte, brauchte man mich vor Ort. Somit duldeten sie meine Weigerung der Tests und sonstigen Themen, denn ich hielt damit nicht hinterm Berg. Es war allerdings sinnlos überhaupt etwas zu sagen, die Leute schliefen so tief. Anfangs wollte ich noch aufklären, redete mir Fusseln an den Mund, doch nach einer Weile merkte ich, dass alle wie betäubt und programmiert in ihrer kognitiven Dissonanz verharrten.

Das einzig Positive am Lockdown war das morgendliche Fahren an die Arbeit oder danach nach Hause. Es gab sozusagen keinen Berufsverkehr mehr. Das war sehr entspannend.

Aber es wurde einsam. Ich hatte durch meine „Verschwörungstheorien" alle meine Freunde verloren, auch in der Firma mied man mich von allen Seiten, man grenzte mich aus, man hatte regelrecht Angst vor mir (oder davor, dass ich Recht hatte?). Weil sie alle wussten, was ich dachte und weil ich ja ein „Coronaleugner/Aluhutträger" wäre.

Als es am Ende von 2021 das erste „Präsenz-Arbeitsessen" der Abteilung gab, wurden wir darüber informiert, dass 3 G gelten würde. Ich lachte, als man mich fragte, warum ich nicht mitkäme:

„Leute, ernsthaft. Ihr spielt hier seit 1,5 Jahren tödliche Pandemie, haltet Abstand, gebt Euch Ellenbogen statt Handschlag, tragt Maske wie die Bekloppten, jagt Euch Gifte per Impfung in den Körper über die ihr euch überhaupt nicht informiert habt, weil der Virus ja so tödlich und ansteckend ist und dann geht ihr mit zwanzig Leuten ESSEN?"

Das sagte ich natürlich nicht. Zumindest nicht in der Langform. Ich sagte: „Entschuldigung? Wir haben eine tödliche Pandemie? Ich treffe mich nicht mit großen

Menschengruppen!" – Die Blicke waren göttlich, aber sie trafen sich trotzdem und man warf mir vor, *ich* würde mich ausgrenzen.

Dann kam die Weihnachtsfeier mit 2 G! Und wieder fragte man mich, warum ich mich von der Gästeliste gestrichen habe. Und ich sagte denselben Satz wie beim Arbeitsessen: „Hallo? Haben wir nicht eine tödliche Pandemie?"

Hätte ich gesagt: „Ich bin nicht geimpft und nicht genesen und ich lass mich auch nicht testen", hätten sie einen Grund zu schimpfen gehabt, doch so mussten sie die Klappe halten und konnten schlichtweg einfach nur in ihrer Kognitiven Dissonanzsuppe weiter rumkochen.

Fast 120 Gäste, Maskenpflicht auch im Festsaal, ein Schlauch durch den sie gehen mussten für Tests und Vorlage der Impfpässe. What the fuck – und die hatten auch noch Spaß dabei! Ich kann die nicht mehr ernst nehmen solche Menschen!

Eng wurde es für mich tatsächlich im November 2021, als mal wieder ein neues „Infektionsschutzgesetz" erfunden wurde, dass nun auch noch 3 G am Arbeitsplatz vorschrieb. Mein Vorgesetzter, der nur darauf wartete, mich Ungeimpfte aus dem Unternehmen zu werfen (wir waren nur wenige Ungeimpfte, die bis jetzt auch alle von selbst gegangen sind wegen dem Mobbing), stellte sich wie das größte Arschloch westlich des Mississippi vor mich und verschränkte grinsend seine Arme.

„Na, jetzt haste ein Problem. Ab Montag will ich jeden Tag hier einen offiziellen Test von dir sehen oder du lässt dich impfen. Ansonsten kommst du hier nicht mehr rein!" – mein Herz klopfte. Ich sagte nichts. War auch nicht nötig, er war sich sicher, dass er mich entweder rauswerfen könnte oder ich mich erniedrigen und das Testen zulassen würde.

Es war kurz vor dem Wochenende, als das „Gesetz" rauskam. Ich fuhr heulend nach Hause, weil ich wusste, dass ich jetzt meinen Job verlieren würde. Ich hatte Angst vor meiner eigenen Courage. Ich fühlte mich wie in die Ecke gedrängt, gedemütigt, verraten und wie eine Kriminelle. Ich sah mich schon obdachlos unter einer Brücke schlafen. *Worst Case Szenarien im Kopf ausdenken kann ich.*

Selbstverständlich gab es für mich KEINE andere Option! Ich sagte ja: eine Stoff- oder OP-Maske ist eine Sache, die ich bis zu einem gewissen Grad Demütigung ertrage, alles andere nicht! Auch keine FFP2-Maske.

Und, was soll ich sagen. Ich kam nach Hause und betete. Und Gott gab mir einen Ausweg. Wie immer.

Am Wochenende wurde das Gesetz dahingehend geändert, dass alle Arbeitgeber ihren Mitarbeitern Homeoffice geben *müssen*. Ich ging also montags grinsend ins Büro, um meine Hardware zu holen und das Ekel an Vorgesetzter grummelte, dass ich noch weitere vier Tage ins Büro kommen sollte, auch ohne 3G-Nachweis, weil er mich brauchte. In solchen Momenten war es ihm egal, dass ich nicht 3-G-Konform war... Was ein Witz.

Wie unfassbar kriminell: sie haben in der Firma tatsächlich die ganzen Eingänge gesperrt und man durfte nur noch ins Gebäude mit einem 3-G-Nachweis. Nein, ich arbeitete nicht in einem öffentlichen Gebäude oder Gesundheits- oder Krankenhaus. Sondern in einem IT-Unternehmen!

Ich weiß nicht, wie viele sie wieder weggeschickt und gedroht haben den Tag vom Gehalt abzuziehen. Und ich weiß auch nicht, wie viele sich dem ergeben haben oder es durchzogen. Denn ich war ja dann im Homeoffice.

Okay, den Rest erzähle ich im Schnellgang...

Ich leitete vorher ein kleines Team an, bis auf einen Kollegen waren alle geimpft. Doch auch er verlor sein Rückgrat und ließ sich im Januar 2022 nach 1,5 Jahren Stärke die Genspritze geben, da er keinen Bock hatte sich jeden Tag testen zu lassen. Er hatte mit mir die ganzen Filme wie *Der Fall der Cabale* und *Tataria* in der Mittagspause gekuckt, über die schlimme Wirkung der Impfungen bei seiner Familie geschimpft, die dadurch sehr krank geworden waren und dann stellt er sich nach seiner Impfung vor mich und sagt: „Die Spritze ist gar nicht so schlimm. Siehste, mir geht´s gut!" – eigentlich wollte ich ihm sagen: „Naja, NOCH!" oder „Aber bei dir blinkt jetzt ein Bluetooth-LED an der Stirn!", aber er war so blass und fahl, kein Glanz mehr in den Augen, dass ich auch nicht mehr damit rechnete, dass er noch Spaß versteht.

Durch mein Homeoffice wurde ich systematisch aus dem Team gedrängt und aus meinem Job. Ich wurde nicht mehr in die Online-Teammeetings geladen, ich wurde über viele Arbeitsschritte nicht mehr informiert. Ich merkte, wie man mich nach über vier Jahren enger Zusammenarbeit von meinem Job und Team abschnitt. Das tat weh. Und machte mich wütend.

Doch wen wundert es, dass die aktuelle Zeit noch mehr satanische Aktivitäten zeigt? Mich nicht! Ich bezog es immerhin nicht mehr auf mich, wie früher.

Nicht *ich* bin falsch, die Menschen, die sich so verhalten sind es. Wenn es denn Menschen sind.

Ende März 2022 wurden die 3-G-Regeln aufgehoben und ich musste sofort wieder ins Büro kommen. Mein Büro war plötzlich abgetrennt vom Team, die Zwischentür zugeschlossen, ich konnte das Team sehen, die Zwischentür war aus Glas, doch sie durften nicht mehr groß mit mir kommunizieren.

„Was soll das? Warum ist die Tür abgeschlossen?",
fragte ich den Vorgesetzten.

„So wie ich das sehe, bist du immer noch ungeimpft!",
antwortete er schroff.

„Das darfst du mich weder fragen, noch spielt das eine
Rolle, diese Gesetzeslage ist vorbei!" *Ich* wusste, dass
er das wusste. Er grinste arrogant und ging.
Normalerweise wäre man bei sowas zum Betriebsrat
gegangen, da das offensichtliche Diskriminierung war,
doch alle Mitglieder waren brave Impflinge und einer
davon hatte vor ein paar Wochen zu einem Ungeimpften
Kollegen gesagt: „Sowas wie dich sollte man am
nächsten Baum aufhängen!" – und er kam ungestraft
davon. Also würde mir der Betriebsrat ebenfalls nichts
nutzen. Was sollte ich auch kämpfen?

Ich hatte keine Lust.

Die Abteilung, von der ich eigentlich ein Teil war, hielt
Teammeetings ohne mich – ich saß in meinem Büro,
schaute durch die Glastür zu wie in einem Käfig und
konnte es einfach nicht fassen wie eiskalt die alle waren.
Der Vorgesetzte klärte Dinge mit allen, nur nicht mehr
mit mir. Er hatte mir alle Arbeit weggenommen und gab
mir nur noch Blödelarbeit.

Mir war das egal, denn was kann es noch Schlimmeres
geben als die Apokalypse, den Kaninchenbau, Satan
wütet auf der Erde, Kinder verschwinden und Menschen
sterben. Ich hatte einen Teilzeit-Job, der gut bezahlt
wurde, weil ich bis Corona eine gute Stellung innehatte.
Zumindest bis sie mich als Aluhutträger abstempelten.

Was soll's, dann mach´ ich halt Blödelarbeiten wie
Aktensortieren oder Ordner beschriften. Eine teure
Bürohilfskraft, denn sie durften mein Gehalt ja nicht
reduzieren.

Derart diskriminiert zu werden tut weh. Das hinterlässt
auch bei Hartgesottenen wie mir seine Spuren.

Ich ließ es natürlich nicht einfach so über mich ergehen. Sowas wie mich suchen sie auf dem Arbeitsmarkt wie die Nadel im Heuhaufen, ich brauchte nur mein Xing-Profil auf *verfügbar* stellen und hatte nach Kurzem bereits meinen neuen Job in der Tasche.

Wenn der Vorgesetzte mich fertig machte, lächelte ich und nickte brav. Es war einfach nur amüsant zu sehen, was er sich jeden Tag einfallen ließ, um mich zu demütigen. Also er versuchte es, aber es interessierte mich ja nicht wirklich. Ich zog das Spiel noch bis zum letzten Tag am Ende des Monats durch, den ich kündigen musste, da ich hoffte er würde früher aufgeben und mir einen Aufhebungsvertrag anbieten. Denn die Abfindung hatte ich mir verdient. Er tat mir den Gefallen leider nicht.

Das war auch gut so, denn am Ende war es für mich eine größere Genugtuung meine Kündigung mit einem sieben-seitigen Beschwerde-Schreiben an den Vorstand des Konzerns persönlich zu übergeben und mit hoch erhobenem Haupt und einem Lächeln das sinkende Schiff zu verlassen. Natürlich ohne Maske durchs ganze Gebäude. Eine Abmahnung hätte mich ja jetzt nicht mehr tangiert.

Ich verabschiedete mich maskenlos in sämtlichen Abteilungen mit all den Shottis. Die Verachtung die mir dabei entgegen stieß, war für mich ein Zeichen, dass es *gut* war, dass ich aus diesem Unternehmen endlich weg war. Auch wenn einige wenige Herzensmenschen dabei waren, die ich sehr mochte. Es waren ja nicht alle böse.

„Maskenlos, durch die Gruft" hätte als Song mit der Melodie von *Atemlos* gut gepasst...

Was mit den Menschen, die nicht dem Narrativ folgen, gemacht wird, ist nichts anderes als dasselbe, was in der Historie mit den Minderheiten gemacht wurde – ob die

Indianer, die Aborigines oder der Holocaust. Menschen wurden wegen ihren Überzeugungen getötet und diskriminiert. Sie haben es wieder getan. Doch wenn man das in der Aussenwelt so sagt, wird man fast gelyncht. Es wäre ja total absurd so etwas zu behaupten.

Nur gottlose Menschen verhalten sich anderen Menschen gegenüber so. Wenn es denn Menschen sind.

Ich habe keine Hass- oder Rachegefühle, das gehört nicht zu meiner Natur. Ich weiß nicht, ob es Menschen oder Parasiten sind, aber sie werden sich vor Gott verantworten müssen. Wenn sie auch nur ansatzweise ein Herz und Gewissen haben und die Wahrheit rauskommt, werden sie ein Flashback erleben, der ihnen klar macht, was sie getan haben. Da bin ich mir sicher.
Ich sehe sie wie Babys heulen.

Aber ich habe schon oft erlebt, dass manche Menschen/Wesen kein Gewissen haben. Sie besitzen so etwas einfach nicht. Vielleicht sind es NPCs – *Non Playing Characters* – unwichtige Spielfiguren in einem Game oder Film. Statisten, die nur Randfiguren in unserem Leben spielen, von der Dunkelheit besessen und durchflutet. Oder Hologramme.

Vielleicht kommt ja wirklich der Solarflash, und haut sie alle weg. Who cares.

Niki B.

Der Alptraum einer Mutter

Meine Tochter ist ein Indigo Kind, die weiseste und reinste Seele die ich jemals kennenlernen durfte und mir spirituell Meilen voraus. Schon als Kind hat sie oft Situationen im Voraus gespürt, genauso ist es bei Menschen die ihr noch nie begegnet sind.

Ganz bewusst schreibe ich in der Gegenwart, obwohl meine über alles geliebte Tochter letztes Jahr mit 33 Jahren für immer gegangen ist. Ihre Worte: „Mama ich bin nicht weg, ich bin nur woanders..."

Alles begann Ende November 2019 als ihr ein Arzt auf brachialste Weise die Diagnose Gebärmutterhalskrebs mitgeteilt hat – empathielos, unmenschlich, erbärmlich. In meinen Augen sind sehr viele Ärzte *Pharmalutscher*, die ihren Eid vergessen haben. Wohlgemerkt nicht alle.

Wir sind quer durchs Land gefahren um einen Arzt zu finden der sie operiert ohne Chemo, leider keiner. Stattdessen permanente Angstmacherei sie würde nicht länger als zwei Monate überleben.

Sie ist dann im Februar 2020 in eine Privatklinik gegangen. Als wir sie da besuchten hat es mich fast umgehauen. Die Aura meiner Tochter, ich konnte sie nicht nur intensiv spüren sondern auch sehen, so unglaublich. Sie hat ihren Kampfgeist neu entdeckt, wurde nicht unter Druck gesetzt und konnte wieder zu sich selbst finden.

Ich bewundere meine Tochter und bin unglaublich stolz auf sie, diesem Druck der Ärzte standzuhalten und dabei so stark zu sein.

Obwohl sie Monate später so viel Leid erfahren hat, hat sie den Ärzten immer Paroli geboten und immer gesagt was sie will und was nicht. Meine Tochter kannte die Biologie und wusste das die Medizin auf dem Kopf steht und nicht auf den Füßen, deswegen konnte sie bis zu einem gewissen Punkt mit ihrer Situation so souverän umgehen.

Leider musste sie mehrfach ins Krankenhaus, Gott sei Dank war ich immer bei ihr, was in der C- Zeit nicht einfach war, denn was sich die Ärzte aber erdreisten schlägt dem Fass den Boden aus. Meiner Tochter wurde ein MRT verweigert mit der Aussage: „Wir sind hier nicht bei *wünsch dir was!*", die Bitte um Cannabis gegen ihre Schmerzen war Ressourcenverschwendung, mehrfach wurde ihr knallhart gesagt, dass sie sowieso stirbt und bei einem Hb Wert von 3,0 (normal 14-18) wurden ihr Blutkonserven verweigert mit der Aussage: „Es ist doch ein schöner Tod durch Verbluten..." Ohne Worte…

Das sind keine Menschen!!!!

Meine Tochter hatte es zwischenzeitlich geschafft ihren Tumor bis auf 1 cm zu heilen.

Was aber passiert im Unterbewusstsein, wenn man so behandelt wird? Das bedarf keiner Worte mehr.

Seit dem leitet meine Tochter mich, die Menschen die ich danach kennengelernt habe, zu diesen Menschen hat mich meine Tochter geführt.

Ich bin ihr so unendlich dankbar dafür. *Danke Süße, ich liebe dich so sehr, Danke In Love Mom*

Odett

Transformation
Kraft der
Geburt

März 2020 begann die Krönung von allem, was ich bisher erlebt hatte. Im wahrsten Sinne des Wortes und so ziemlich in allen Bereichen meines Lebens.

Doch zuvor bin ich mit Anlauf in den Kaninchenbau gesprungen, habe mir ALLES angesehen, was es zu sehen gab, mir mein eigenes Bild gemacht (mein Herz hat mich die Wahrheit fühlen lassen) und seitdem geht es steil nach Oben. Wie das?

Lass mich von vorne beginnen...

Ich hatte immer große Probleme mit meinem Frau-sein, hatte heftige Schmerzen jeden Monat am ersten Tag der Tage und habe bei mir mit Hilfe von einer ätherischen Ölmischung (Trauma Life) ein Missbrauchstrauma aufgedeckt. Auch eine gewisse Todessehnsucht war bei mir immer vorhanden.

Nun war es mal wieder soweit, ich habe meine Tage bekommen und hatte auch wieder dolle Schmerzen.

Ich hatte einen Podcast von Bahar Yilmaz gehört, dort ging es um den kollektiven Schmerz der Frauen, habe meiner Mutter davon am Telefon davon berichtet und ihr gesagt, dass ich so dolle traurig bin. Sie meinte: „Da gibt es noch etwas anderes was gerade passiert. Vielleicht spürst du das, da es auch im Kollektiv ist. Es geht um die Kinder...", und dann erzählte sie. Ich konnte es nicht glauben doch meine Mutter hatte auf ihrer Arbeit am Gericht so einige Bilder aus Akten von Kindern gesehen, die man nicht sehen will und die es auch nicht geben sollte auf dieser Welt.

Diese Bilder und das Wissen darüber, hat meine Mutti krank gemacht und mir hat sie damit die Tür zum Kaninchenbau gezeigt... Wir sind zusammen dort hinein gesprungen und hatten so jemandem zum Austauschen und drüber reden. UNFASSBAR!

Die ganzen Puzzleteile aus meinem Leben (wo ich vorher noch nicht mal wusste, dass es welche sind) haben sich nun zu einem Bild zusammengesetzt und es kamen noch so einige Teile dazu.

Ich wohnte zu der Zeit in einem alternativen Wohnprojekt. In meiner WG lebten mit mir fünf Menschen und drei Hunde. Im gesamten Haus ca. 25 Menschen. Wir waren eine Durchgangs-WG.

Kultur, Demokratie und Politik nannte sich der Verein. Ich wollte Natur und in die Selbstversorger Richtung.

Leider wurde die Linke-Politik extrem groß geschrieben, was ich jedoch erst erfuhr, als ich begann, über die Dinge, die ich im Kaninchenbau gesehen hatte, zu reden. Ich glaube, die Menschen fanden bei mir wohl auch, dass ich eine spirituelle Vollmeise hatte. Tatsächlich befasste ich mich gerade mit den Hell-sinnen, las ein Buch über schwarze und weiße Magie, räucherte jeden Tag wie bekloppt weißen Salbei und ölte was das Zeug hielt.

Ich fühlte mich da schon sehr unwohl und es hat einfach nicht mehr gepasst. So viele Themen dort haben mich sehr verwirrt und ich habe mich wieder immer mehr von mir entfernt, dabei war ich doch auf dem Weg *zu* mir und wollte von diesem Weg auch auf gar keinen Fall abkommen. Doch ich konnte noch nicht loslassen.

Ich hatte zu diesem Zeitpunkt an den Wochenenden in einem Berliner Club gearbeitet, der auch einmal im Jahr ein Festival an einem See veranstaltete. Der See war wunderschön und ich musste aus diesem Haus raus da ich mit den acht Stunden Plenums nicht klarkam, wo für mich vollkommen unsinnige und widersprüchliche Regeln besprochen wurden und darüber wie lange Viren auf Oberflächen bleiben und man sich dort noch anstecken kann. AAAAAHHHHHHHH!!!!!
Das alles draußen im Kalten, um nicht krank zu werden. Schon klar! Die spinnen doch alle.

Hab´ meine Chefin angerufen und gesagt, dass ich unbedingt mal raus muss, aber keine Kohle habe. Sie bot mir *Urlaub gegen Hand*[4] an und ich war erst mal raus, von April bis September am See.
Ein schönes Stück Natur und der See war traumhaft, doch ich war irgendwie in einer anderen Welt. Konnte mit keinem über all das, was ich im Kaninchenbau gesehen hatte, sprechen. Es hatte sich so vieles verändert. Ich sah und spürte so viel mehr als sonst. So viele Dinge, die anderen so wichtig waren erschienen mir so unwichtig. Innerlich schrie ich die ganze Zeit alles raus, doch äußerlich war ich still. Komplett. Noch ruhiger als sonst.
Ich hatte Angst. Der Sommer war ein einziger Rausch. Viel Alkohol und Drogen. Die Jahre davor auch schon. Ich flüchtete eigentlich fast nur noch am Wochenende in dunkle Clubs mit lauter Musik, Alkohol und Drogen.
Nicht zu vergessen, dass ich gleichzeitig auf dem Pfad der Heilung war. Das wollte ich ändern, doch in dem Umfeld wo ich lebte und arbeitete war das sehr schwer

---

[4] „Urlaub/Wohnung gegen Hand" - Unter diesem Begriff versteht man z.B., dass man für seine Hilfe einen Schlafplatz und manchmal sogar Verpflegung bekommt. Der Schlafplatz kann zum Beispiel eine Wiese zum Zelten, ein Zimmer, aber auch eine ganze Wohnung oder ein Haus sein.

bis unmöglich für mich. Im Club hatte ich wieder angefangen zu arbeiten, um mir eine spirituelle Therapeutin zu leisten, da ich auf dem Weg den roten Faden verloren hatte und alleine nicht mehr weiterkam. Doch das ist eine andere Geschichte.

Zwischenzeitig war ich mal wieder Zuhause gewesen. Dort war auch komisch. Dort war ich nun eine *Rechtsextreme* wegen der Dinge, die ich erzählt hatte und weil ich beim Kopp Verlag (ein Buch über Darmreinigung) bestellt hatte. Die Kataloge kamen nun im Haus an und ich war Gesprächsthema.
Alles fühlte sich immer ätzender an.

Am See hatte ich eine Sommerliebe. Im September bin ich dann auch mit zu ihr (Ich war in meinem Leben nicht nur mit Männern verbunden. Mit ca. Zwanzig das erste Mal mit einer Frau.), da ich vor meinem „Zuhause" flüchtete. Nun, auch dort nahm es kein gutes Ende, denn es war auch dort weiterhin ein einziger Rausch. Nach der Saison am See ging es mit Open Airs am Club weiter, doch ich wollte nirgends mehr hin, da ich mit dieser Maske überhaupt nicht klar kam.
Merkt denn wirklich keiner was hier los ist? Das ist doch alles Verarsche!
Nein, alle machten mit und ich bekam ein fettes Ekzem am Mund. Mir wurde ein weiteres Stück Freiheit genommen und ich war so sauer und hatte solch eine Abneigung, diese Maske zu tragen, dass ich dieses brennende Ekzem bekam. Es heilte sehr schwer und kam immer wieder. Ich konnte und wollte die Maske nicht tragen. Ich wollte das alles nicht mehr und musste jetzt auch mal nach Hause. Gesagt, getan.

Die Sommerliebe endete sehr verrückt und böse, und ich saß nun wieder in meiner WG. Weihnachten dann bei Mutti. Wir feiern schon lange kein Weihnachten mehr, sondern die Raunächte.

Es war so schön und ich fühlte mich wieder wohl. Mutti sagte dann: „Weißte was, wir holen deine Sachen und dann bist halt erst mal wieder hier!"

Meine Rettung! Wie so oft schon. **An dieser Stelle, die Zeilen müssen sein: DANKE Muddi.**

Nun war ich bei Mutti und musste mich erst mal wieder finden und heilen und von allem loslassen. Ich wollte das alles nicht mehr. Meine „Freunde" nicht, alles wo ich her kam. Jeden Abend sagte ich laut ein paar Zeilen auf zum Loslassen und unterstützte die Sache mit einer ätherischen Ölmischung (Release). Ich weinte viel, hörte Frequenzen, ölte, räucherte... das volle Programm.

Mir wurde vieles bewusst. Ich schrieb noch ein paar Mal ein paar Menschen an, da ich das unbedingt öffentlich machen wollte, Demos organisieren usw. Es kam nie dazu, da ich das nie weiter verfolgt hatte. Ich hatte das Gefühl mich halten alle für verrückt. Es war wahrscheinlich auch so. Ich nahm Abschied von allem und jedem. Außer eine Freundin. Die blieb. Ich hatte schon öfter mal versucht sie loszulassen, doch ich hab das Gefühl, dass es nicht sein soll. Etwas Größeres lässt das nicht zu. Was auch gut so ist. Andere Geschichte.

Was ich auch immer alles so erlebe. Naja, ich kann wenigstens sagen: „Hab ich erlebt, will ich nicht!", und urteile nicht einfach nur.

Ich recherchierte nun fast durchgängig jeden Tag mit meiner Mutti. Wir schauten uns Dokus an, hörten Podcasts, waren in zig Kanälen. Wir zogen uns alles rein und gingen dann auch wieder aus den meisten Kanälen raus. Zu viel Angst- und Panikmache, zu viel Fake.

In Kate ihrem Kanal hab ich mein Zuhause gefunden. Fast zeitgleich starteten wir bei Telegram und ich fühle mich mit den Menschen, die dort sind wohl und mit Kate irgendwie sehr verbunden. Ich fing in meiner Heilungsphase wieder damit an, die Myrrhe zu trinken.

Erst in Wein und dann in warmen Wasser, jeden Abend. Mit der Myrrhe wollte ich die Probleme mit meiner Weiblichkeit heilen. Ich hatte schon öfter damit angefangen, doch Tiefes braucht Zeit und ich hörte, nachdem die 15ml Flasche leer war, immer wieder auf, da die Myrrhe auch nicht gerade günstig ist.

Doch diesmal nicht. Ich las einen Bericht von jemandem, der Myrrhe, Weihrauch und Gold zu sich nahm. Was für eine gute Idee. Das probiere ich auch.

Die Myrrhe hatte mich schon weit gebracht und ich fühlte, dass jetzt genau die richtige Zeit dafür ist.

Kurz vor meinem Geburtstag, am 30.01.2021 hatte ich dann mein erstes Geburtserlebnis. Es war wieder soweit und ich bekam meine Tage. Alles war nicht mehr so schlimm und ich auch nicht so ablehnend, doch diesmal war es anders. Die Schmerzen waren wie Wehen und ich weinte, lief hin und her und fühlte mich wie als wenn ich Wehen hätte. Meine Mutter kam dann auch und half mir da durch indem sie mir Öle reichte und mit mir atmete. Es war, als wenn ich noch einmal geboren worden war. Crazy und schönes Erlebnis.

Dann kam noch einmal eine, wo ich so laut schrie und weinte, dass mich meine Mutter festhalten musste, da mein ganzer Körper sich wehrte. Meine Beine traten aus und ich schlug um mich als ob ich etwas aus mir raus trieb, was mich die ganze Zeit geärgert hatte. Vielleicht war es eine kleine Teufelsaustreibung.

Was für eine Zeit. Im Außen wie im Innen. Ich spürte, dass so vieles passiert. Auch mit mir energetisch. WOW!

Weiter ging es dann mit Weihrauch dazu. Ich begann ein Coaching und räumte mein Leben auf. Doch diesmal war vieles anders. Ich machte alles mit viel mehr Freude und hatte so viel Negatives und auch die Wut abgelegt. Ich überlegte, wie es nun weiter geht und eine Freundin rief mich an und berichtete von einem super Online Studium zum Heilpraktiker. Sie fängt jetzt an und ich solle doch auch mitmachen. Habe hin und her überlegt, da ich so einiges anders sehe im Thema Heilung und mir nicht so sicher war, ob der Heilpraktiker etwas für mich ist. Doch ihr Satz, dass ich nur Angst hätte, hat mich dann dazu gebracht anzufangen.

Bei ihr lernte ich auch einen Mann kennen. Es war ein jahrelanger Freund von ihr. Er hatte einen Kanal bei Telegram und wollte hier in Berlin zu einer Demo. Er ist nicht aus Berlin und er lud mich zu sich zu Besuch ein. Er kommt aus der Heimatstadt meiner Freundin und wir beide fuhren also zu ihm zu Besuch. Wir sind im Bett gelandet. Es hatte sich sehr schön angefühlt.

Zum Jahreswechsel 2021/22 habe ich dann meine Tarot Jahreskarte gelesen. Letztes Jahr war es passender Weise der Eremit und dieses Jahr dann folglich das Rad oder Glück (je nachdem welches Tarot).

Dieses Jahr hatte ich die Raunächte nicht ganz so groß mitgemacht, da ich mir mit allen Festen wegen der ganzen satanischen Kalender, von denen ich gelesen hatte, so unsicher geworden war. Ich wusste nicht mehr ob und was ich feiern kann und will. Also nur die Jahreskarte zum Jahreswechsel.

Die Karte steht für einen radikalen Umschwung. Etwas kommt, womit ich nicht gerechnet habe. *Oh nein, nicht schon wieder,* dachte ich. Mein Leben war doch schon so wild bis jetzt. Doch ich hatte auch schon eine ganz leise Vermutung.

Am 7. Januar wurde die Vermutung größer bzw. meine Brüste. Und meine Tage waren überfällig.

„Ach was, die Myrrhe verändert ja auch gerade viel bei mir. Seit sehr langer Zeit auch das erste Mal wieder was mit einem Mann gehabt..." Irgendwann war ich dann innerlich so aufgewühlt, dass ich mir mit 35 Jahren meinen ersten Schwangerschaftstest holte. So schnell wie dieser Test *schwanger* anzeigte, konnte ich nicht gucken. Halleluja! Ich bin fast vom Klo gefallen. Puh!

Alles klar. Jetzt weiß ich, was das Leben für ein neues Abenteuer für mich hat.

Als Mutti nach Hause kam und ich ihr berichtete, fragte sie mich, ob ich sicher sei, dass ich keinen Corona Schnelltest gekauft habe. HA HA! Mensch Mutter. Sie fragte mich was ich will und ich wusste, dass ich auf jeden Fall nicht abtreiben will. Erst recht nicht mit dem ganzen neuen Wissen.

Also stand die Entscheidung: Ich bekomme ein Baby. Dass ich das mal sage... Ich war vor gar nicht allzu langer Zeit noch so weit davon entfernt. Doch alles fühlte sich so richtig an. Es sollte genau so sein.

Den Vater meines Kindes hatte ich schon etwas vorgewarnt, deshalb traf ihn die Nachricht nicht ganz so kalt. An dem Tag, wo ich den Schwangerschaftstest gemacht hatte, kam auch das monoatomische Gold an. Nun waren meine drei Gaben komplett und ich begann, kurz vor dem Videocall mit dem Vater vom Kind, mit der ersten Einnahme. HUI! Das, was über die Wirkung beschrieben wird, war tatsächlich so. Die erste Einnahme war sehr lichtvoll. Eine Flut! Voller Freude.

Doch ich hatte ja auch gerade erfahren, dass ich schwanger war.

„Mann, Mann, Mann, Jenny! Schon wieder so vieles auf einmal!" Geduld war noch nie meine Stärke. Ich berichtete ihm, dass er Vater wird. Er hat sich gefreut (vielleicht auch etwas mehr, da ich SO VIEL Freude hatte, dass er davon ganz sicher etwas abbekommen hatte). Er fragte mich dann auch direkt, ob wir auch ein Paar sind. Vollkommen unpassender Zeitpunkt. Er hatte mich kalt erwischt und ich sagte in meinem Gefühlsrausch „JA!".

Nun, schwanger und auf einmal einen Freund und in einer Beziehung! Moment das geht alles etwas schnell gerade hier.

Er hatte sich das so vorgestellt, dass ich zu ihm in sein kleines Bungalow-Häuschen ziehe und plante schon den Umbau. Wir waren immer noch in dem VideoCall. Ich musste das erst mal alles verdauen.

Die nächsten Tage und Wochen merkte ich, dass ich das alles so nicht will. Es hatte sich etwas verändert. Ich bin nicht mehr allein! Ich bin so oft schon *Holter-die-Polter* zu Liebschaften gezogen und generell viel umgezogen. Nach Cuxhaven und nach Bochum. Ich war ja eigentlich gerade auch dabei mir wieder eine Base aufzubauen. Wir sollten uns auch erstmal etwas besser kennenlernen.

Ich entschied mich also im sicheren Hafen bei meiner Mutter und Freundin in Berlin zu bleiben und mich um eine Wohnung zu kümmern. Fühlte ich in den anderen Weg, zu ihm zu ziehen rein, dann wurde mein Herz immer enger. Das war nicht gut. Ich wollte doch mehr auf mein Herz hören.

Als ich ihm davon berichtete crashte das voll in seine Vorstellung und er zog sich immer mehr zurück. Bis April brauchte ich Zeit für mich und dann drängelte alles in mir, jetzt mal langsam eine Wohnung zu suchen. Schwieriges Thema bei mir.

Ich bin in Berlin, in einer Privatinsolvenz, beziehe Geld vom Amt und habe nichts an Einrichtung. Doch ich war wohl auf dem richtigen Weg, denn es fügte sich alles. Ich bekam eine Wohnung, die alles hat, was ich mir gewünscht habe. Zum 01.07.2022 unterschrieb ich meinen Mietvertrag.

Ich fand Menschen, die ich teilweise gar nicht kannte, die mich tatkräftig unterstützten. Ich fand so schöne Möbel bei ebay Kleinanzeigen. Auf einmal .ging alles super schnell. Aus dem Kanal von Kate kam Caren und schickte mir Mittel, um meinen Boden zu reinigen und neu zu versiegeln. Die Wohnung wurde mir als nicht renovierungsbedürftig verkauft. War sie jedoch nicht. Der Boden war schlimm und es musste gestrichen werden. Alles klappte und ich war überwältigt von den Menschen die mir halfen. Vom Vater meines Kindes keine Spur. Er schrieb nur mal, als meine Mutti fragte, ob er sich auch an etwas beteiligen möchte, als es um die Einrichtung des Babyzimmers ging, dass es ja klar wäre, dass er nur fürs Geld da ist. Aja, alles klar.

Ätzender Weg, den er da eingeschlagen hat. Da geh ich nicht mit und war raus. Ich achte auf meine gute Energie. Ist voll wichtig jetzt.

Ich wünschte mir eine Hausgeburt und bekam tatsächlich noch kurz vor der Geburt eine wundervolle Hebamme. Wow, wow, wow! Am 14.09. ging es abends um 22 Uhr los und am **15.09.2022 um 06:06 Uhr** brachte ich meine kleine Tochter **Mia**, in ihrem Zimmer, zur Welt. Meine zweite Geburt. Was für ein schönes Erlebnis.

Sie ist mein größter Zauber. Mein Wunder. So unglaublich schön und ich blühe gerade so auf mit ihr. Wir beide zusammen. WAS FÜR EIN RASANTER WANDEL.

Mit der Kraft der Geburt (so steht es auch im Maya Kalender bei meinem Kin) und es geht heiter weiter. Aus Kate ihrem Kanal entstand dann auch noch die *Tatonkels Gruppe* für Mia. So schön! Ich bin so unglaublich dankbar für alles. Von Beginn der *Krönung* bis jetzt, denn es war alles gut so wie es war, auch wenn ich viel geweint habe, diffamiert wurde usw.

Ich weiß wofür alles gut war und das es genauso sein sollte. Ich bin so gespannt was alles noch kommt und schau voller Freude und Vertrauen in die Zukunft, da sich alles so so, so richtig anfühlt.

Danke Kate für deinen Kanal. Danke für Dich. Danke für die Möglichkeit und den Raum, meine Geschichte zu erzählen.

Ach, und die Kernaussage von meiner Tarotkarte *Das Glück* dieses Jahr ist:

Selbst Ereignisse, die du dir kaum vorzustellen wagtest, sind jetzt möglich. Lasse die Vergangenheit endgültig ruhen, und mache dich bereit für einen mutigen, grandiosen Neubeginn. Die Zeichen der Zeit verheißen großes Glück.

Crazy diese Zeilen nun noch einmal zu lesen.

Voll schön!

Jenny

Kurz(e) Geschichten

Aufklärung in Griechenland

Oktober 2020 - Flüge waren unproblematisch nach Griechenland möglich. Wir waren auf Kos und dort in der Altstadt etwas bummeln, wobei wir den lockeren Rahmen genossen haben, im Gegensatz zu den strengeren C-Maßnahmen in Deutschland zu der Zeit.

Meine Frau, mein Sohn und ich saßen in einem Eiscafé und haben bei bestem Sonnenschein ein Eis genossen. Dabei fällt mein Blick auf den Souvenirladen gegenüber. Ich beobachte dort das Treiben und mir fällt schnell der Verkäufer auf, der gut deutsch spricht.

Viele Deutsche sind gerade auf Kos und so unterhält er sich locker mit ihnen. Die Gespräche gehen jedoch nicht über übliche Smalltalk Themen, sondern um Corona.

Was höre ich da aus seinem Mund?

„Die Medien und Politiker belügen uns doch alle. Die sind hoch korrupt. Corona ist ´nen riesen Fake. Glaubt das nicht." ...und einiges mehr. Ich saß dort und dachte mir (als Norddeutscher): „Jetzt musst du ganz nach Griechenland reisen, um hier zu erleben, wie Griechen Deutsche aufklären".

Aufklärung in Sachsen-Anhalt

August 2021 – Zwischenstopp im Bielatal.

Im Gegensatz zu Niedersachsen, gab es in Sachsen-Anhalt zu dem Zeitpunkt keine wesentlichen Corona-Maßnahmen, die im Alltag einschränken. Lediglich Vorgaben für Veranstaltungen etc. So haben wir uns spontan mit unserem Sohn in Sachsen Anhalt für zwei Wochen Unterkünfte gesucht.

Bei unserem Zwischenstopp im Bielatal kam ich mit dem Inhaber der Pension ins Gespräch. Es war sehr angenehm zu spüren, wie frei und offen viele in dem Bundesland waren und sprachen - kein Blatt vor den Mund nehmend.

„Was die mit der Wende damals nicht kaputt gemacht haben, machen sie jetzt mit den Corona Maßnahmen kaputt." und „Es gibt noch keinen Friedensvertrag und der Russe hat über gewisse Gebiete weiterhin die Kontrolle.", waren nur zwei seiner Aussagen.

Ach wie war das schön, endlich mal nicht der „Aufklärer" zu sein, sondern sogar noch was zu lernen.

Ich mache mir die Welt, wie sie mir gefällt

Ende 2020/Anfang 2021 – Hygienekonzept in der Kita.

Immer wieder merke ich, dass ich einer der wenigen bin, die sich Dinge auch wirklich durchlesen, wie die Coronaverordnungen, RKI Wochenberichte etc. und aus diesem Wissen heraus dann auch fundiert argumentieren können.

Zufällig haben wir von unserem Sohn erfahren, dass in der Kita nicht mehr gesungen werden darf. Woher? Weil er sagte, ihm wurde sein Geburtstagslied *gesummt.*[5]

„Wie absurd und Kindeswohlfern", dachte ich. Auf Rückfrage wurde ich verwiesen auf das Hygienekonzept der Kita bzw. die Vorgaben vom Land Niedersachsen.

Die jeweiligen Dokumente wurden mir sogar zur Verfügung gestellt und die betreffenden Stellen dazu markiert. Es stand dort jedoch lediglich, dass Singen vermieden werden SOLLTE und nicht, dass es verboten ist, wie mir gesagt wurde. Es war somit eine Verschärfung, die laut meinem Empfinden dem Kindeswohl entgegenstand. Ich wies darauf hin, und habe erst mal verschiedene Ausflüchte und andere Auslegungen dieser Wortwahl zu hören bekommen. Es sollte aber nochmal besprochen werden.

Fazit: Kurze Zeit später kam eine neue Fassung des Hygienekonzeptes raus, in dem diese Passage umformuliert war in „Es darf nicht gesungen werden!". Was soll man dazu sagen??? Frei nach Pipi Langstrumpf „Ich mache mir die Welt, wie sie mir gefällt".

Und schon war die Regelung nicht mehr von Eltern, die so unverschämt waren sich die „Pamphlete" durchzulesen, angreifbar.

---

[5] Anmerkung von Kate Bono: WTF manchmal fasse ich es einfach noch immer nicht, was sie den Kindern angetan haben...

Die Polizei – dein Freund und Sensibilisierungshelfer

Sommer 2021
Spielplatz in Hannover bei bestem Wetter.

Die Spielplätze waren seit längerer Zeit wieder geöffnet. Unser 7-jähriger Sohn ist zu einem in der Nähe immer wieder gerne gegangen und hat dort auch einige seine Freunde regelmäßig getroffen.

Eine Zeit lang kam jeden Tag mindestens einmal ein Mannschaftswagen, hat Durchsagen gemacht, dass Abstände einzuhalten sind und sind oft auch ausgestiegen, um „Sensibilisierungsgespräche" zu führen. So auch an diesem Tag. Ich war dort, mein Sohn hat gespielt und ich habe die Szene beobachtet.

Vier Polizisten, im Übrigen waren diese nie über dreißig, die das machten, die Älteren hatten da wohl keine Lust drauf, sind ausgestiegen und haben Gespräche geführt. Um mich haben sich neben meinem Sohn auch noch mehrere andere Kinder geschart, die ich teilweise nicht kannte.

Zwei weibliche Polizisten kamen zu mir und fragten, ob ich zu den Kindern gehöre. Ich habe gefragt: „Was wäre, wenn?" So kamen wir ins Gespräch. Mir wurde erklärt, dass es doch wichtig ist, die Kinder zu sensibilisieren, dass sie Abstand halten sollen, da ja Corona so gefährlich ist und, und, und...

Sie waren offensichtlich etwas irritiert, dass ich nicht alles als ganz wichtig bestätigt und abgenickt habe, was sie sagten. Ganz im Gegenteil.

Aus meinem Mund kamen Sätze, wie „Die Kinder wurden seit einem Jahr durchsensibilisiert. Denke, das reicht." und „Die Kinder und deren Eltern können für sich die Gefahr wohl ganz gut selbst einschätzen, dafür braucht es Sie nicht. Wenn Sie Gesprächsbedarf haben, reden Sie hier mit den Erwachsenen auf Augenhöhe und lassen Sie die Kinder bitte in Frieden, bei der wenigen schönen Zeit gerade, die ihnen ja auch in der Schule und Kindergarten nicht gegönnt wird."

Nach ein wenig hin und her sagte dann die Kollegin, die sich bisher zurückgehalten hatte, „Komm, lass uns gehen, das bringt hier nichts." Sie waren es wohl nicht gewohnt, Widerworte zu hören.

Björn

Ich würde es wieder tun

Es ist schon spät und ich weiß eigentlich gar nicht, warum ich mich jetzt doch noch an den Computer setze. Irgendwie ist das ein inneres Bedürfnis.

Morgen fliegt mein Mann in die USA. Ganz aktuell und direkt zu den dortigen Midterm-Wahlen. Was soll ich dazu sagen? Eigentlich nur so viel. Ich mache mir Sorgen. Das, obwohl er mich ohnehin schon in die Schublade „Verrückt" gesteckt hat.

Meine eigene Coronageschichte hat viele Facetten und mehrere Herausforderungen. Hier möchte ich nur von einer davon erzählen. Meiner größten Aufgabe, der ich gegenüber stehe.

Ich bin eine Mutter von vier Kindern. Diese sind nicht mehr ganz klein, was die Situation in Sachen Entscheidungen hinsichtlich der Befolgung staatlich vorgegebener Maßnahmen nicht gerade erleichtert hat. Aber ich konnte mich erfolgreich gegen medizinische Eingriffe durchsetzen. Alleine das hat mich schon sehr viel Kraft gekostet. Nur das Wissen um meine Einstellung hat auch meinen Mann dazu bewegt, erstmal nichts zu unternehmen. Für unsere Nachbarn und unseren Bekanntenkreis waren wir das „Gallische Dorf" in unserem Ort und was soll ich sagen? Ich war stolz auf dieses Prädikat. Das sollte leider nicht so bleiben.

Keinesfalls möchte ich rumjammern oder klagen. Aber ich kann keinem meine Verzweiflung beschreiben, als mein Mann sich hat impfen lassen. Dabei hatte ich mir fest vorgenommen und ihm das auch gesagt. „Wenn du dich impfen lässt, dann gehe ich!!!". Unsere Lage hat sich immer weiter zugespitzt, denn in seiner Firma, eine Pharmafirma, waren alle geimpft. Nur er nicht, weil ich eben dagegen war.

Wir hatten unzählige Auseinandersetzungen und das, obwohl wir uns im Grunde genommen sehr gut verstehen. Aber Corona hat es geschafft, dass wir kurz vor einer Trennung standen.

Eine Szene werde ich nie wieder in meinem Leben vergessen. Er hatte die erste Impfung hinter sich und ich konnte damit überhaupt nicht umgehen. Panik überfiel mich und ich rechnete stets damit, dass er gleich, *plötzlich und unerwartet*, umfällt. Was mache ich dann? Aber nicht nur ich war verzweifelt. Mein Mann war es genauso. Nur eben aus anderen Gründen und so kam es, dass er förmlich ausrastete.

Wir sind jetzt über zwanzig Jahre verheiratet und ich hatte ihn noch nie zuvor derart erlebt.

„Du machst alles kaputt!".

Mit diesen Worten bäumte er sich vor mir auf. Hatte sein wütendes Gesicht direkt vor meinem platziert und ich dachte, jetzt knallt er mir eine. Ich, als dumme, kleine Verschwörungstheoretikerin habe ihn dazu gebracht, derart auszurasten. Noch nie in unserer gesamten, gemeinsamen Zeit hatte ich auf ihn Druck ausgeübt. Das war das erste und einzige Mal. Er fühlt und fühlte sich aber erpresst und das nimmt er mir sehr übel, denn ich habe durch meine Angst um ihn gegen unsere Grundwerte verstoßen.

Würde ich es wieder tun? Ja! Denn es war einen Versuch wert. Allerdings bewege ich mich damit auf einem schmalen Grat. Er arbeitet ja dafür, unsere Familie zu versorgen. Dafür muss er immer wieder ins Ausland fliegen und würden die Fluggesellschaften nicht derart auf diesen Nachweis bestehen, wäre weiterhin alles in Ordnung bei uns.

In diesen Coronajahren habe ich so viel lernen dürfen. Vor allem aber eines. Man kann niemanden von irgendetwas überzeugen. Denn dazu braucht es das nötige Bewusstsein. Aber in der Branche, in der mein Mann tätig ist, gibt es dieses Bewusstsein nicht. Denn sonst könnten diese Menschen gar nicht so arbeiten, wie sie es tun.
Mein Mann ist mein größter Lehrmeister, mein Spiegel und meine größte Herausforderung. Ich lerne an ihm Toleranz, Akzeptanz, Annehmen und Loslassen. Das ist sowas von schwer. Ich kann es gar nicht beschreiben.
Morgen fliegt er wieder und ich hasse diesen Job dafür. Aber ich kann es nicht ändern, denn er hat sich dafür entschieden. Jeden anderen Weg wäre ich mit ihm gegangen. Jeden!!! Jetzt stehe ich da, übe mich in Sachen Vertrauen und versuche für mich das Beste zu manifestieren, was ich mir in meiner Situation vorstellen kann. Unsere Kinder haben schon genug unter der Situation gelitten und ich habe jetzt beschlossen: Wir machen das Beste draus. Es wird weitergehen. Auf jeden Fall.

In dem Fall hat die Geschichte einfach noch kein Happy End. Sie hat gar kein End...

Eure Mibeday

Es passiert
ja nichts...

Immer wieder kommen Menschen ins Zweifeln, verlieren die Hoffnung und seit Beginn des Slogans „Vertraue dem Plan", hören wir den Satz: „Es passiert ja nichts..." – doch **Wissen ist eine Holschuld** – es passiert nämlich jeden Tag eine ganze Menge. Und zwar so viel, dass selbst manchen immer fleißig recherchierenden, die News beobachtenden Wahrheitssuchern die Informationen too much sind, um sie überhaupt alle verarbeiten und teilen zu können.

Ich habe so oft gehört: „Boah, du postest so viel, das ist mir zu viel... ich komm da nicht mit..." – und doch ist es nur ein Bruchteil von dem, was ich seit fast drei Jahren – aber auch früher schon – selbst den ganzen Tag lese. Naja, außer ich schlafe oder arbeite.

Viele von uns sind müde von diesem ewigen „Es passiert ja nichts...", so dass wir nur noch schroff und knapp antworten. Das stößt natürlich auf Frust, doch es ist und bleibt die eigene Verantwortung zu recherchieren und sich die Wahrheit zu suchen, die eben leider nicht auf Bäumen wächst, sondern die man in der aktuellen Zeit oftmals zu verstecken versucht.

Wenn ich jetzt alles aufzähle, was passiert ist, füllt das ein eigenes Buch mit 500 Seiten. Als ich den Usern diese Fragen stellte, posteten sie allein in wenigen Stunden 180 Antworten, die wiederum mehrere Punkte enthielten. Die meisten davon aber „Anon-Zeugs", also

Dinge, die man weiß und mit denen man eigentlich nur was anfangen kann, wenn man schon viel recherchiert hat. Doch hier lesen vielleicht Zweifler mit, nicht so informierte Leser, die sehen diese für uns klaren Dinge nicht als Beweise.

Deshalb hier nur prägnante Happenings, die passiert sind und die für uns durchaus Bedeutungen haben:

- Die Georgia Guidestones sind „plötzlich und unerwartet" zerstört worden

- Die riesigen Köpfe der Osterinseln sind angeblich durch ein Feuer derart zerstört, dass sie nun kaputt sind. Plötzlich und unerwartet.

- Die Queen ist offiziell tot. Für uns nicht plötzlich und vor allem nicht unerwartet.

- Gebt mal in die Suchmaschine ein: „Plötzlich und unerwartet" und ihr werdet überrascht sein, was alles passierte

Wer die offiziellen Mainstream-Medien WIRKLICH verfolgt, dem wird aufgefallen sein, wie viele Drogenringe, Menschenhändler, Pädophilenringe, Mafiabosse und Kartelle in den letzten Jahren aufgeflogen und zerstört wurden.

Wer sucht der findet.

Interessanter ist jedoch viel mehr die Aussage:

Es passiert ja wirklich nichts...

...denn

- Wir leben alle noch
- Es kam keine Impfpflicht für alle
- Die Einrichtungsbezogene Impfpflicht endet mit dem 31.12.2022
- Niemand kam an deine Tür und hat dich zwangsgeimpft
- Wir sind nicht in den Knast gekommen und auch nicht in (Konzentrations)Camps gelandet
- Die Supermärkte hatten immer genug zu essen (auch Klopapier, nur eben nicht das billige), sie hatten niemals 2-3 Wochen geschlossen, wie manche Kanäle behaupteten
- Es gab immer genug Sprit, zumindest war es nur lokal kurzzeitig knapp, aber aus anderen Gründen als man uns nannte
- Laut Beschluss des Bundesrats vom 07.10.2022 wird COVID-19 als *besonders ansteckende Krankheit* aus dem Infektionsschutzgesetz gestrichen
- In RLP werden die Impfzentren geschlossen und in den ersten öffentlichen Verkehrsmitteln fällt die Maskenpflicht (November 2022)

Und noch eine Frage beschäftigte uns:

Warum hast Du dich impfen lassen?

Eigentlich hatten wir immer nur diese Antworten erwartet:

- Aus gesundheitlichen Gründen
- Aus Angst vor dem Virus

Die tatsächlichen und überwiegenden Antworten waren allerdings bezeichnend:

- Ich will wieder reisen, in den Urlaub fliegen.
- Ich lasse mich nicht einsperren.
- Keinen Bock, mich jeden Tag testen zu lassen.
- Ich will Essen gehen können.
- Ich will so weiter machen, wie bisher.
- Ich lasse mir doch nicht vorschreiben, was ich machen darf und was nicht.
- Musste ich ja, wegen meinem Job.
- Ich wollte meine Ruhe haben.
- Ich wollte meine Großeltern schützen.
- Ich musste, weil ich einen Angehörigen im Pflegeheim besuchen wollte.
- Meine Familie hat mich dazu gedrängt.
- Je schneller alle geimpft sind, desto eher kehrt die Normalität ein.
- Irgendwann kommt es eh für jeden.
- Aus Solidarität.
- Ja, was sollte ich denn machen?!
- „Als sich meine Tochter hat impfen lassen und der Rest der Familie dann auch, hab ich es auch getan. Wenn die alle sterben, will ich doch nicht alleine zurück bleiben."
- Ich will mein altes Leben zurück.
- Es ist doch nur ein Pieks!

Meine Mama im Pflegeheim: „Ich habe mich nun doch impfen lassen. Ich konnte nicht mehr, sie behandeln mich wie eine Verbrecherin im Knast, sie lassen mich hier in meinem Zimmer verrecken und ich darf nicht raus. Ich kann das nicht mehr. Aber weißt du, es ist mir egal. Mir geht´s gut. All denen, die mir das antun und die sich haben impfen lassen, nicht. Das geschieht ihnen recht. Und wenn der liebe Gott will, dass ich sterbe, dann ist das so.“

Und ich hoffe, dass die Menschen, die das taten, sich spätestens vor Gott verantworten müssen. Wenn wir Glück haben vor Gericht. Und doch macht das den Schaden nicht mehr gut, den sie all den Menschen – den Alten und den Kindern – angetan haben. Doch ich bin kein Richter und überlasse das alles in Gottes Händen.

Niki B.

The Storm is upon us

Danke an alle

Autoren

Monika Cyrol | Alisa Myanom | Nele Maja
Marion Elend | Nam Ranjoti | Gabriele Valerius-Szőke
Colette | Angela Isabell | Stefan R (Hans Phoenix)
Eli fein | Gaby Tscherne | Barbara | Petra Mangold
Christiane Stille | Padma | Martina | Saskia Brandt
Manuel Enders | Nina | Maria Matrixoff | Daniela M.
Mario Bräuer | Andrea Kühr | Jennifer Enders | Ela
Bibi aka Pia Tanner | Jutta | Birgit Figer | Iria | Björn
Sabine | magic happens | Sabrina | ÄM | Odett
Christine Oberbauer | Silvia | SonnEnScheIN | Sandra
Ines S. | Mibeday | Wolfgang Hinz | Birgit Dreher
Ivonne | Moka | Bea | Conny | LUNA Lhea
Ines Metasch | SQ (Semi) | Claudia B. | Niki B. | Jenny

und all die **Anonymen** Autoren

Danke, dass ihr dieses **Buch** mit Euren **Geschichten erfüllt** habt.

301

Nie

vergessen

Kann man vergessen, dass andere Menschen einen im Stich gelassen haben? Einem die Freundschaft gekündigt haben? Man uns aus den Läden geworfen, aus Partys, aus Familienfeiern ausgeschlossen haben? Kann man vergessen, dass wir geächtet und beschimpft wurden? Nein, vergessen nicht. Aber Hass/Wut/Zorn ist wie Gift, das man selbst trinkt und erwartet, dass der andere daran stirbt.

Es ist ein Trauma, auch wenn viele von uns stark daraus hervor gekommen sind, viele sind auf der Strecke geblieben, insbesondere die Kinder. Wir alle befinden uns in einem Schockzustand, der seine Ausmaße noch gar nicht gezeigt hat. Und wir wissen alle noch nicht, wie lange dieser „Transformationsprozess" noch dauern wird.

Ich sorge immer dafür, dass meine Frequenz hoch schwingt, so gut es geht. Ich folge meiner Intuition und der geistigen Welt und meinem Herzen. Ich beobachte alles, doch lass mich möglichst von nichts aufsaugen oder aussaugen.

Alles ist gut und ich glaube fest daran, dass wir das Ende lieben werden!

Ich freue mich auf den Moment, wenn alle Masken fallen – und damit meine ich nicht nur die Scheiss FFP9dreiviertel.

Beim Lesen vieler Geschichten saß ich staunend da und nickte. Ich wusste, von was die Autorin/der Autor erzählte, denn es war mir oftmals genauso gegangen. Vieles erinnert mich an mein Buch *Spirituelle Vollmeise* und ich verstand noch einmal mehr, dass einige sagten: „Wenn ich dein Buch lese, ist es, als würdest du von mir erzählen!" und immer wieder atme ich erleichtert auf.

ICH WAR NIEMALS ALLEINE!!!
Es gibt noch mehr wie mich!

Denn man hat uns glauben lassen, dass wir Einzelstücke sind, dass wir „nicht ganz dicht" sind, dass wir „unnormal" sind und, dass wir einfach nur Wahrnehmungsstörungen haben.

Man hat uns Sternensaaten inmitten von Familien und in eine Welt gesteckt, die unser Licht dimmen. Doch Licht kann man nicht löschen. Dimmen vielleicht, aber wie wir spüren, strahlen wir heller denn je.

Love is all you need

Thank you

Danke für all die lieben **Grüße** in Euren Emails, als ihr die **Geschichten** gesendet habt. Fühlt euch alle **umarmt** und gesehen, jede/r einzelne. Es ist **wundervoll,** so eine **Gemeinschaft** zu erleben, zu spüren und ein Teil davon zu sein. Auch wenn Deine Geschichte nicht in diesem Buch ist, weil du keine Zeit hattest, dich nicht getraut hast oder sie zu spät kam, so bist du ein **Teil** von uns.

Danke auch an alle Leser und Leserinnen, die mir bisher so **wundervolles** Feedback gegeben haben – **DANKE** an die **LICHTWESEN** in meinem Kanal auf Telegram, die mich **unterstützen** und deren Austausch mir **unendlich** viel bedeutet!

Danke an meine Admins im Kanal – Christiane, Dunja und Leif ♥, **Danke** an alle **rasenden Reporter** (insbesondere Barbara ♥) und alle **Kanäle**, die **authentisch, mutig** und konstant die **Wahrheit** verbreiten.

Digital Soldiers

Ist kein leerer Begriff

katebono.com
katebono@gmx.de

KATE BONO BOOKS

AYNIL – Lovestorys (2016) ISBN 978-3-7412-1084-6
AYNIL 2020 – Lovestorys ISBN 978-3-7526-0818-2
AYNIL 2022 – Lovestorys ISBN 978-3-7557-4909-7

In Wahrheit gelogen – Band I (2018) ISBN 978-3-7528-4313-2
In Wahrheit gelogen – Band II (2019) ISBN 978-3-7494-3597-5
In Wahrheit gelogen – Band III (2020) ISBN 978-3-7519-0126-0

Babyseelen (2019) ISBN 978-3-7504-0596-7

Spirituelle Vollmeise (2021) ISBN 978-3-7534-6225-7

Am Ende Du (2022) ISBN 978-3-7562-7633-2

NEU als Hörbuch

Spirituelle Vollmeiste (2022)
https://www.xinxii.com/kate-bono-108190

Hinweise

Namen von Beteiligten in diesem Buch sind frei erfunden und haben nur zufällig Ähnlichkeit mit lebenden Personen. Alle Geschichten sind frei erzählt und angelehnt an die wahren Begebenheiten. Die Geschichten sind nicht immer die Meinung und Ansicht der Autorin, sie sind von den jeweiligen Autoren und Autorinnen frei erzählt und ohne Zensur der Autorin veröffentlicht.

Das vorliegende Buch ist sorgfältig erarbeitet worden. Dennoch folgen alle Angaben ohne Gewähr. Weder Autor noch Verlag können für eventuelle Nachteile oder Schäden, die aus den im Buch gemachten praktischen Hinweisen resultieren keine Haftung übernehmen.

Sollte dieses Buch Links auf Webseiten Dritter enthalten, so übernehmen wir für deren Inhalte keine Haftung, da wir diese nicht zu eigen machen, sondern lediglich auf deren Stand zum Zeitpunkt der aktuellen Veröffentlichung hinweisen.

Bei der Erwähnung von Locations, Restaurants, Filmen, Büchern, Produkten etc. in meinem Buch handelt es sich lediglich um eigene Vorlieben und Erfahrungen damit, es handelt sich nicht um bezahlte Werbung!

Auf was blicken wir in 5 Jahren
wohl *noch* zurück?

Es ist der 28.11.2022 und der Gesundheitsminister warnt vor
einem Zombievirus aus dem Permafrost.

Wir leben in einer Simulation.
Das nächste Level wird eingeleitet.

Bis der End Boss kommt...

.